LE VICOMTE BLESSÉ

LES INSAISISSABLES
LIVRE QUINZE

DARCY BURKE

Traduit par
SOPHIE SALAÜN

Zealous Quill Press

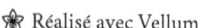

LE VICOMTE BLESSÉ

Après son échec sur le marché du mariage, Jane Pemberton a deux options : se soumettre à la volonté de ses parents et épouser leur ennuyeux voisin ou devenir une vieille fille assumée et s'installer dans le quartier général officiel de la Société des Femmes de tête. Elle n'a pas vraiment le choix et Jane est impatiente de profiter de sa nouvelle indépendance. Mais voilà qu'elle découvre sur le pas de sa porte un vicomte inconscient et le remet sur pied. Lorsqu'il propose de la dédommager, elle demande à être rétribuée sous la forme d'une initiation privée à la fois scandaleuse et intime.

Après avoir sombré dans une spirale d'autodestruction à la suite du meurtre de ses parents, Anthony, vicomte Colton, se rétablit physiquement grâce aux soins d'une séduisante femme de tête. Mais ce sont sa séduction et son charme qui apaisent son âme et attisent son désir, jusqu'à ce qu'une extorsion de fonds l'oblige à faire face aux péchés de son passé. À présent, pour sauver la femme qui lui a donné tout ce qu'il a perdu et plus encore, il va devoir faire l'ultime sacrifice : celui de son cœur.

Pour les trois humains drôles et adorables et les quatre chats doux et câlins qui rendent agréable le confinement à la maison en temps de pandémie.

Ceci est mon livre n° 41.
« Je n'en suis que là
Et seul demain ouvre la voie. »
— DAVID J. MATTHEWS

CHAPITRE 1

Londres, mai 1819

Jane Pemberton fredonnait tout bas en nouant les rubans de sa coiffe sous son menton.

— Je vais juste faire un petit tour sur la place avant la réunion, Culpepper.

Le majordome, un homme très compétent et imperturbable aux épais cheveux châtains et aux yeux marron, approchant la quarantaine, inclina la tête.

— Bonne promenade, mademoiselle Pemberton.

— Merci.

Jane lui sourit alors qu'il tendait la main vers la porte. Même si elle n'avait emménagé dans cette maison que depuis un peu plus de quinze jours, elle s'y sentait parfaitement à l'aise, en grande partie grâce à la gentillesse et au soutien de Culpepper. Ils étaient les bienvenus, vu le désastre qu'elle avait causé en s'installant ici, dans la maison de son amie Phoebe Lennox.

Non, pas Phoebe Lennox. Elle était désormais la marquise de Ripley, après avoir épousé le marquis quinze jours plus tôt. Aujourd'hui, c'était la première fois que Jane la revoyait depuis le mariage.

Culpepper ouvrit la porte et Jane s'avança vers le seuil. Elle s'arrêta avant de trébucher sur un…

— Juste ciel ! Il y a un homme sur le pas de la porte !

Jane s'accroupit et déplaça le chapeau de l'homme, qui était de travers et couvrait la plus grande partie de son visage. Du moins, elle pensait que c'était un visage. Son œil était si enflé qu'elle doutait qu'il puisse l'ouvrir, et une coupure marquait le haut de sa joue, couverte de sang séché. Il y en avait également dans l'espace entre son nez et sa bouche, et sa lèvre inférieure était fendue. Qui qu'il soit, il s'était violemment battu.

— Est-il vivant ? s'enquit Culpepper.

Jane se pencha sur l'homme et approcha sa joue de sa bouche et de son nez. Son souffle, qui empestait l'alcool, lui indiqua qu'il respirait encore.

— Oui. Emmenons-le à l'intérieur.

— Je vais chercher Jones, annonça Culpepper, faisant référence à l'un des valets de pied.

Une fois le majordome parti, Jane repoussa les sombres cheveux ondulés de l'inconnu pour les écarter de son visage abîmé. Qui était-il, et pourquoi se trouvait-il sur le pas de sa porte ?

Culpepper et Jones arrivèrent et le portèrent dans l'entrée. L'inconnu gémit, mais n'ouvrit pas les yeux.

— Emmenez-le dans la chambre à coucher à l'avant.

C'était la chambre que Jane avait occupée à son arrivée, mais Phoebe avait insisté pour qu'elle prenne la sienne, qui était plus grande et disposait d'un salon attenant. Comme Phoebe résidait désormais avec son mari à Hanover Square, juste en bas de la rue, Jane n'avait pas refusé.

— Oui, mademoiselle Pemberton, répondit Culpepper en ouvrant la voie.

Il soutint les épaules de l'homme, et monta les escaliers à reculons.

Jane détacha sa coiffe et retira ses gants en les suivant. Déposant les objets sur une table en haut de l'escalier, elle les suivit jusqu'à la chambre à coucher, où ils étendirent l'homme sur le lit.

Culpepper se tourna vers elle, l'air interrogateur.

— S'il vous plaît, allez chercher des linges et de l'eau pour que nous puissions le nettoyer, lui demanda Jane en s'avançant vers le lit.

Le majordome et le valet de pied quittèrent la pièce et la jeune femme scruta l'inconnu. Elle voyait l'autre côté de son visage, maintenant, qui était un peu moins abîmé.

— Qui êtes-vous ? murmura-t-elle en touchant doucement son front, qui semblait être la seule partie indemne de son visage.

Simultanément, il enroula la main autour du poignet de Jane, et ses paupières s'ouvrirent sur de stupéfiants yeux couleur cobalt. Elle sursauta en le reconnaissant enfin.

— Lord Colton !

Il plissa brièvement les yeux, puis ses traits se détendirent en un sourire lent.

— Bonsoir, my lady.

— Nous ne sommes pas le soir, et je ne suis pas non plus une lady. Vous ne savez pas qui je suis ?

Il se redressa péniblement et relâcha sa prise sur son poignet, mais sans la libérer. Au lieu de cela, il lui caressa l'avant-bras jusqu'au coude.

— Désolé, ma belle, j'ai oublié votre nom. Ce n'est plus le soir, dites-vous ? Nous avons dû passer un agréable moment.

Jane le regarda fixement, se disant qu'il avait dû perdre la raison au cours du combat.

— Vous ne vous souvenez pas ?

Il grimaça.

— Apparemment, non. Ah, eh bien, voilà une raison de plus pour recommencer.

Il lui lâcha le coude et glissa son bras autour de la taille de Jane, l'attirant vers lui. Surprise par sa manœuvre, elle perdit l'équilibre et atterrit contre sa poitrine.

Il poussa un hurlement de douleur qui s'acheva par un gémissement.

— Bon sang ! Ça fait mal ! s'exclama-t-il, puis il la lâcha et porta la main à sa tête. Tout me fait mal.

— Cela ne m'étonne pas, répondit Jane qui tâchait de se dégager de lui sans lui causer davantage d'inconfort.

Au vu de sa réaction, son corps devait également être blessé.

Une femme de chambre entra à ce moment-là, avec des serviettes et de l'eau qu'elle déposa sur la table à côté du lit. Jane se tourna vers elle.

— Merci. Auriez-vous apporté un peu de pommade ?

La domestique jeta un regard au vicomte et tressaillit.

— Non, mais je vais en chercher, annonça-t-elle, avant de se tourner et de quitter la pièce.

— Ainsi que le tonique pour les maux de tête de la cuisinière, lui cria Jane.

— Oui, mademoiselle Pemberton.

Jane se retourna vers le lit et vit que le vicomte avait de nouveau fermé les yeux ; il semblait s'être rendormi. Trempant un linge dans l'eau chaude, elle l'appliqua sur la coupure de sa joue, essuyant le sang. Quand elle fut propre, Jane entreprit de nettoyer le reste du sang sur son visage. Mais il était si tuméfié, et la chair était si rouge qu'elle n'avait pas l'impression d'être d'une grande efficacité.

Se penchant légèrement vers lui, elle étudia ses traits pour y retrouver l'homme qu'elle connaissait. Anthony, vicomte

Colton, était un très beau gentleman, enfoui quelque part sous les blessures qu'il avait subies. Il était également le frère de l'une de ses bonnes amies, Sarah, comtesse de Ware, qui se trouvait actuellement à la campagne, se préparant à donner naissance à son premier enfant d'un jour à l'autre.

Mais, que lui était-il arrivé ? Et surtout, pourquoi se trouvait-il sur le pas de la porte de Jane ?

— Mademoiselle Pemberton ?

Jane se tourna et vit Culpepper entrer dans la chambre.

— Devons-nous envoyer chercher un médecin ? J'ai l'impression que ses blessures ne se limitent pas à son visage, remarqua-t-elle.

— Connaissez-vous un médecin discret ?

Non, elle n'en connaissait pas. Et la discrétion était essentielle. Jane s'était peut-être soustraite aux règles de la société en se proclamant vieille fille et en quittant la maison de ses parents, mais elle ne souhaitait pas alimenter sa réputation sulfureuse.

— Occupons-nous de lui pour l'instant, décida Jane. Nous verrons comment il va plus tard.

— Ne devrions-nous pas avertir Bow Street* pour savoir qui il est ?

— Oh ! Je sais qui il est, répondit Jane, scrutant son visage presque méconnaissable. Il s'agit de lord Colton.

La surprise illumina les yeux de Culpepper.

— Je vois. Mes excuses, mademoiselle Pemberton, mais je suis venu vous prévenir que lady Gresham et Mlle Whitford sont arrivées.

— Merci, Culpepper. Pourriez-vous demander à Meg de venir s'occuper de lord Colton ?

— Tout de suite.

---

* Note de la traductrice (NdT) : les coureurs de Bow Street furent les premières forces de police professionnelles de Londres.

Jane jeta un dernier regard à l'homme inconscient sur le lit et se hâta de sortir. Elle se précipita en bas dans la salle jardin, située à l'arrière de la maison. Phoebe avait aménagé cette pièce lumineuse et gaie comme si elle faisait partie du jardin qui s'étendait juste derrière les portes donnant sur l'extérieur.

En fait, cette dernière était présente, elle aussi, avec lady Gresham et Mlle Whitford. Assise dans ce qui avait été son fauteuil préféré lorsqu'elle vivait là, Phoebe sourit à Jane en guise de salut. Elle avait l'air incroyablement heureuse, ses yeux verts pétillaient.

Jane choisit la chaise vide près de celle de Phoebe, en face d'un canapé où étaient assises les sœurs, lady Gresham et Mlle Whitford.

— Bienvenue, mesdames. Je suis très heureuse que vous ayez pu venir à notre première réunion officielle de la Société des Femmes de tête.

— Nous sommes ravies d'être invitées, déclara lady Gresham.

Grande et mince, avec une ossature délicate et des cheveux brun brillant, elle était l'incarnation de l'élégance, du moins aux yeux de Jane.

— Pourquoi cette réunion ? s'enquit Mlle Whitford sans préambule.

Lady Gresham regarda sa jeune sœur et sembla vouloir prendre la parole, mais Phoebe la devança.

— Avant de commencer la réunion, lady Gresham et Mlle Whitford ont trouvé un chapeau de gentleman sur le pas de ta porte.

Phoebe se leva et s'approcha d'une table près de l'entrée de la pièce, où elle prit un chapeau noir et le ramena là où elles étaient assises.

— Sais-tu à qui il appartient ?

L'esprit de Jane s'embrouilla lorsqu'elle le lui prit. S'il n'y avait eu que Phoebe ici, elle lui aurait dit la vérité, mais elle ne connaissait pas suffisamment lady Gresham et Mlle Whitford pour révéler qu'un homme inconscient se trouvait dans la chambre d'amis.

— Je ne sais pas. Peut-être le vent l'a-t-il poussé là depuis la place.

— Un gentleman s'en rendrait compte s'il avait perdu son chapeau, constata Phoebe.

— Peut-être quelqu'un l'a-t-il laissé là exprès, suggéra Mlle Whitford alors qu'une domestique entrait avec un plateau de rafraîchissements qu'elle déposa sur une table basse située entre le canapé et les fauteuils.

— Voulez-vous verser la limonade, s'il vous plaît ? lui demanda Jane.

— Merci, Laura, dit Phoebe à la femme de chambre, avec un ton chaleureux.

— C'est un plaisir de vous voir, my lady, déclara la jeune femme tout en servant la boisson.

Mlle Whitford semblait avoir quelques années de moins que sa sœur. Elle avait des cheveux blonds, des yeux noisette clair et une silhouette plus courte et plus galbée. Lady Gresham et elle ne se ressemblaient guère.

— C'est vrai, c'est votre maison, n'est-ce pas ? s'enquit Mlle Whitford.

— Oui, mais c'est Jane qui y vit, maintenant, répondit Phoebe, inclinant la tête vers cette dernière.

Mlle Whitford tendit son verre tout en jetant un coup d'œil à Jane.

— Et comment se fait-il que vous viviez seule ici ?

— Beatrix ! la réprimanda lady Gresham à voix basse avant d'envoyer un regard d'excuse à Jane et Phoebe. Pardonnez ma sœur. Elle s'exprime parfois de manière un peu irréfléchie. Comme nous venons de la campagne, nous ne sommes pas rompues aux convenances de la société.

— Ne vous inquiétez pas, lady Gresham. Je trouve l'attitude de Mlle Whitford rafraîchissante, car, voyez-vous, je suis moi-même assez fatiguée de la société, affirma Jane, souriant à Mlle Whitford d'un air encourageant. Voilà pourquoi je vis seule ici. Je n'ai aucune envie de prendre part aux rituels imposés aux femmes célibataires de mon âge. En outre, l'objectif de la Société des Femmes de tête est de célébrer la féminité et toute l'indépendance que nous pouvons revendiquer.

Mlle Whitford cligna des yeux, ses cils balayant brièvement ses yeux noisette.

— Fascinant. Nous sommes venues en ville pour que je puisse participer à une saison. Je dois dire que l'idée de l'indépendance me paraît agréable.

Elle tourna les yeux vers sa sœur qui, en tant que veuve fortunée, jouissait d'autant d'indépendance qu'une femme pouvait sans doute espérer en avoir.

— Le mariage aussi est agréable, intervint lady Gresham, regardant Phoebe qui venait de se marier et était très heureuse de l'être.

Et à un séducteur avéré, rien de moins. Ou plutôt, un ancien séducteur.

Phoebe prit son verre de limonade.

— Je n'ai pas à me plaindre. Et j'ose dire que si l'une d'entre vous a la chance de trouver un homme comme Marcus, vous ne vous plaindrez pas non plus. Non pas qu'il y ait d'autres hommes comme lui.

Un léger rougissement marqua ses joues tandis qu'elle dégustait sa boisson.

— Alors, que font les femmes de tête ? s'enquit Mlle Whitford.

— C'est à nous de décider, déclara Jane. Nous nous soutenons mutuellement, bien entendu, mais peut-être pouvons-nous aussi accomplir quelque chose de significatif pour d'autres femmes.

— Quelle merveilleuse idée ! s'exclama lady Gresham, avec une légère pointe de surprise dans le ton. Avez-vous quelque chose de précis à l'esprit ?

— Non, mais je suis sûre que nous pouvons trouver une cause à soutenir.

Alors que Jane prenait un biscuit sur le plateau, un grand fracas à l'étage le lui fit lâcher. Son regard se porta sur le plafond, tandis que son pouls s'accélérait.

Phoebe fronça les sourcils.

— Mon Dieu, qu'est-ce que c'était ?

— Mon, euh… mon chaton ! s'empressa de répondre Jane. Je l'ai ramené à la maison hier.

Elle lut la surprise sur le visage de Phoebe.

— Tu as un chaton ?

— Oui. J'espère que ça ne te dérange pas ? J'aurais dû te demander d'abord, mais la pauvre bête avait besoin d'un foyer.

Jane se rendit compte qu'elle aurait tout aussi bien pu parler de lord Colton. Lui avait désespérément besoin, non pas d'un foyer, mais de soins. Et elle en discuterait aussi avec Phoebe, mais plus tard.

Culpepper apparut dans l'embrasure de la porte, le front plissé par l'inquiétude.

— Mademoiselle Pemberton, puis-je vous dire un mot ?

Une vague d'inquiétude saisit Jane qui se leva de sa chaise.

— Veuillez m'excuser un instant, réussit-elle à dire calmement avant de quitter la pièce d'un pas tranquille, au moment où un second bruit retentissait à l'étage.

Elle suivit Culpepper dans le hall et chuchota frénétiquement.

— Bon sang ! Mais que se passe-t-il ?

Culpepper fronça les sourcils, visiblement frustré autant qu'agacé.

— Je crains que lord Colton ne se soit réveillé et ne soit plutôt… d'humeur perturbatrice. Meg et Jones tâchent de le faire taire, mais j'ignore s'ils y parviendront.

Le bruit de quelque chose qui se brise résonna dans les escaliers, et Jane pria pour que ses invités, surtout Phoebe, ne l'entendent pas.

— Visiblement, non, répliqua Jane. Je vais monter, après avoir ajourné la réunion. Voulez-vous bien les raccompagner rapidement ?

Elle revint dans la salle jardin en affichant un large sourire artificiel.

— Je vous demande pardon, mes amies, mais je crains que le chaton n'ait quelques difficultés. Pourrions-nous reporter la réunion ? Je vous remercie d'être venues aujourd'hui, et je suis navrée d'écourter le temps que nous passons ensemble.

Jane se retourna et quitta précipitamment la pièce avant qu'un autre bruit ne vienne compromettre la crédibilité de son histoire de chaton.

Se hâtant de remonter dans la chambre où elle avait laissé lord Colton inconscient, elle s'arrêta net devant le spectacle qui s'offrait à elle. Les débris d'un vase cassé jonchaient le sol, une table était renversée, et Jones, le jeune et vigoureux valet de pied qui avait aidé à porter le blessé à l'étage, se massait la mâchoire tout en fronçant les sourcils en direction du vicomte. Ledit vicomte se trouvait actuellement de l'autre côté du lit, à tenir la main de Meg en lui souriant.

— Que se passe-t-il ici ? demanda Jane.

Elle contourna Jones et lui jeta un regard d'excuse en se dirigeant vers Colton et Meg.

— J'étais en train de dire à cette belle créature à quel point elle est magnifique, bafouilla le vicomte.

Meg esquissa un sourire et retira sa main. Jane toucha le bras de la femme de chambre.

— Je suis vraiment désolée, Meg, lui dit-elle avant de s'interposer entre eux et de lancer un regard noir à Colton. Vous êtes ivre. Et blessé. Pourquoi avez-vous quitté le lit ?

Il grimaça et plissa brièvement ses yeux bleus.

— À quel point suis-je blessé ? Je ne me souviens pas…

Jane le poussa contre le côté du lit, posant un instant les mains sur son torse. Il glapit de douleur, et elle éprouva un pincement de regret. Mais pas plus. Il se comportait de manière horrible. Peut-être aurait-elle dû le jeter dans un carrosse et le renvoyer chez lui. Oui, c'était ce qu'il y avait de mieux à faire.

Lord Colton retira sa veste et la laissa tomber sur le sol, puis il entreprit de déboutonner son gilet.

— Que faites-vous ?

— Je crains que mes côtes ne soient meurtries. Ou cassées.

Il grimaça à nouveau en retirant son gilet. Puis il retira sa cravate et essaya de jeter un regard par l'encolure ouverte de sa chemise. Écartant le vêtement de son torse, il se renfrogna. Marmonnant un juron, il tira la chemise sur sa tête avec un gémissement.

— C'est mieux, dit-il en examinant à nouveau son torse.

Une légère ecchymose colorait déjà le côté gauche, entre la poitrine et l'abdomen. Une poitrine et un abdomen plutôt musclés.

Jane se détourna de lui quand elle se rendit compte qu'elle le fixait. Il allait peut-être devoir se reposer avant qu'elle ne le mette à la porte.

— Je crois que je devrais me reposer, marmonna-t-il, donnant voix à ses pensées.

Il tomba à la renverse sur le lit et haleta.

— Oh !

Il se toucha le visage avec précaution. Jane jeta un regard vers la table de l'autre côté du lit, et se rendit compte que c'était celle qui avait été renversée.

— Où est la pommade ? s'enquit-elle.

— Quelque part, dit Meg. Je vais la trouver.

La domestique se rendit de l'autre côté de la chambre pour chercher l'onguent.

— Jones, pourriez-vous retirer les bottes de lord Colton ? lui demanda Jane.

Elle se sentait mal à l'aise de lui demander, ainsi qu'à Meg, d'aider le vicomte alors qu'il s'était si mal comporté, mais elle savait que son esprit était altéré par la boisson, et sans doute par la douleur. Oui, il était peut-être préférable qu'il reste. Pour l'instant. Elle reporta son attention sur lui et vit qu'il la regardait, l'air consterné.

— Est-ce que je vous connais ? l'interrogea-t-il.

Elle ignora sa question.

— Vous allez rester ici pour l'instant.

Ses lèvres esquissèrent un sourire narquois, mais plutôt charmant.

— Seulement si vous promettez de rester avec moi.

— Vous avez besoin de dormir, répondit Jane, qui leva les yeux au ciel.

Lord Colton baissa le regard vers le lit tandis que Jones lui retirait sa seconde botte.

— Ou lui, ajouta-t-il, agitant les sourcils de manière suggestive.

Secouant la tête, Jane adressa un autre regard d'excuse à Jones.

— Peut-être devriez-vous l'aider à replonger dans l'inconscience.

Le valet de pied sourit.

— J'en serais ravi.

Jane lui sourit à son tour.

— Si cela ne vous dérange pas, j'aimerais que vous restiez dehors, près de la porte. J'ose espérer qu'il sera fatigué après toutes ces bêtises.

En réponse à son intuition, les ronflements du vicomte envahirent la pièce.

Meg revint de son côté du lit avec le pot de pommade.

— Je l'ai trouvé.

Jane lui prit le remède.

— Merci. Pourriez-vous rapporter de l'eau ? La coupure sur sa joue s'est remise à saigner.

Elle se demanda si elle avait besoin d'être recousue, ce qui nécessiterait l'intervention d'un médecin. Meg se retira, et Jane baissa les yeux sur son patient. Oui, il était maintenant sous sa responsabilité. Du moins pour l'instant.

— Vous êtes dans un triste état, dit-elle d'une voix douce en ouvrant le couvercle de la pommade.

Trempant ses doigts dans l'onguent épais, elle l'étala le long de la rougeur de sa mâchoire où une autre ecchymose commençait à se former. Puis sur sa joue, en veillant à ne pas trop toucher la coupure. Elle remonta jusqu'à son œil tuméfié, puis de l'autre côté de son visage qui, bien que moins meurtri, commençait à arborer des couleurs qui trahissaient le fait qu'il n'avait pas été épargné pendant la bagarre.

Et de quelle bagarre parlait-on ? Qu'avait-il fait pour mériter une telle correction ? Elle tressaillit intérieurement en pensant à la violence qui avait dû se déchaîner. Elle se souvint également de l'avoir vu se battre lors du bal masqué de Brixton Park le mois précédent. Ce comportement était-il devenu habituel pour lui ? Elle n'arrivait pas à faire le lien avec l'homme qu'elle avait rencontré quelques années auparavant. Mais c'était avant qu'il ne commence à fréquenter le mari de Phoebe, le marquis de Ripley. Ce dernier était un séducteur invétéré qui ne se souciait guère des règles de la société. Du moins, avant sa rencontre avec Phoebe. Aujourd'-

hui, il était désespérément amoureux et complètement repenti.

Pour autant, Jane n'avait jamais entendu dire que Ripley était un bagarreur. En fait, c'était lui qui avait mis fin à l'altercation de Colton au bal. Était-il au courant des agissements de son ami ? Ripley pouvait peut-être aider.

Jane secoua la tête. Évidemment, il n'était pas au courant : il profitait de son récent mariage avec Phoebe, comme il se devait. Jane ne voulait pas le déranger avec cela ni son amie. Pas pour l'instant, en tout cas.

Après s'être occupée de son visage, Jane observa l'ecchymose sur sa poitrine. S'était-elle étendue depuis qu'il avait retiré sa chemise ?

Elle déglutit en recouvrant ses doigts d'un peu plus de pommade et se dit qu'il n'était pas vraiment convenable de masser la poitrine nue d'un homme. Un homme qui n'était pas son mari et qui résidait chez elle. Une maison dans laquelle elle vivait seule, au mépris flagrant des règles de la société. Doux Jésus ! Était-elle maintenant une sorte de version féminine de Ripley ?

Cette pensée fit naître un sourire sur ses lèvres. Puisque Phoebe avait fait cela avant Jane, peut-être était-ce elle qui était la version féminine de Ripley et que c'était ainsi qu'ils s'étaient trouvés.

Mais non. Phoebe n'avait jamais été une séductrice. Au contraire, elle n'avait rien voulu avoir affaire avec les hommes pour des raisons tout à fait compréhensibles et incontestables.

Jane, cependant, n'était pas comme Phoebe. Elle était plutôt… intéressée par les hommes. En réalité, elle n'en avait jamais été aussi consciente jusqu'à cet instant, alors que le bout de ses doigts caressait la surface dure et musclée de la poitrine plutôt appréciable de lord Colton.

Rapidement, les joues enflammées, elle acheva sa tâche.

Que diable était-elle en train de faire ? Elle avait quitté ses parents et s'était proclamée vieille fille, s'installant ici pour éviter un mariage vers lequel ils la poussaient.

Ne pas vouloir M. Brinkley ne signifie pas que tu ne veux aucun *homme.*

Jane souffla. C'était vrai. En fait, depuis que ses amies, Arabella et Phoebe, s'étaient toutes deux mariées dernièrement et avec bonheur, Jane se sentait… déstabilisée. Non pas parce qu'elle voulait désespérément un mari. Non, elle voulait ce qu'un mari pouvait lui apporter, ce sourire de satisfaction secret que ses deux amies arboraient désormais lorsqu'elles parlaient de leur époux ou qu'elles regardaient dans leur direction. La chaleur et… le désir qui illuminaient leurs yeux. C'était précisément ce que Jane désirait.

Quelle ironie ! Elle venait de se mettre dans une situation qui rendait cette éventualité encore plus improbable que par le passé. C'était ironique et frustrant.

Fronçant les sourcils, elle remit le bouchon sur la pommade. Son regard parcourut le corps de lord Colton jusqu'à ce qu'elle aperçoive ses bas. Il fallait probablement les enlever aussi.

Elle posa la pommade sur le bord du lit, puis se baissa pour les lui retirer. Lorsqu'elle exposa ses mollets et les poils sombres qui les recouvraient, son ventre se mit à palpiter. Le terme « inapproprié » était loin d'être suffisant pour décrire cette situation.

À présent qu'il était pieds nus, elle se demanda s'il fallait aussi dénuder le reste de son corps. Il serait certainement plus à l'aise. Et ne fallait-il pas qu'elle vérifie s'il avait d'autres blessures ?

Non. Elle laisserait le médecin discret, à supposer qu'ils puissent en trouver un, s'occuper de cela. Elle ricana et s'éloigna du lit. Elle n'avait pas à prendre plaisir à s'occuper de lord Colton. Surtout qu'il avait frappé son valet de pied et conté fleurette à sa femme de chambre.

Meg revint à ce moment-là avec de l'eau. Elle jeta un regard autour d'elle, cherchant manifestement où la poser.

— Laissez-moi faire !

Jane s'empressa de redresser la table et de la placer à côté du lit pour que Meg puisse y déposer l'aiguière. Ensuite, la domestique prit la bassine et les serviettes qu'elle plaça à côté.

Sa maîtresse se tourna vers elle.

— Lord Colton vous a-t-il fait du mal ?

— Non, mademoiselle. Je ne pense pas qu'il se soit même rendu compte de qui j'étais. Il m'a invitée à danser, puis il a suggéré que nous trouvions un coin sombre dans le jardin après, raconta-t-elle, avant d'éclater de rire. Je crois qu'il m'a prise pour une lady.

Jane secoua la tête.

— Je suis soulagée d'apprendre qu'il ne s'agissait que de cela. Merci de votre aide. Pourriez-vous voir si Culpepper est libre ?

— Je suis là, mademoiselle, dit le majordome en entrant dans la pièce, son regard se posant sur la poterie brisée. Meg, pourriez-vous nettoyer ceci, s'il vous plaît ?

— Tout de suite.

La jeune femme se retira, sans doute pour aller chercher un balai. Culpepper s'approcha du lit en fronçant les sourcils.

— Je vois qu'il s'est rendormi.

— Oui, après s'être déshabillé, précisa Jane. Il a dit que ses côtes étaient peut-être cassées. Et son visage saigne à nouveau.

Elle fronça les sourcils, se tournant vers Culpepper, croisant son regard.

— Nous ne connaissons peut-être pas de médecin discret, mais nous devons en trouver un. Pourriez-vous faire cela ?

Le majordome lui adressa un signe de tête.

— Je m'en occupe.

Jane lui sourit avec reconnaissance.

— C'est vraiment gentil de votre part. Merci, Culpepper.

— Y aura-t-il autre chose, mademoiselle ?

Elle s'apprêtait à dire que non, puis elle se rendit compte qu'il y *avait* autre chose.

— Oui, en effet. J'ai besoin d'un chaton.

CHAPITRE 2

*A*nthony Colton essaya de rouler sur le côté, mais la douleur se propagea dans son abdomen, arrachant un gémissement à sa gorge desséchée. Clignant des yeux, ou plutôt d'un œil, puisque l'autre semblait ne pas vouloir coopérer, il tâcha de se redresser. Bien qu'il soit à moitié aveugle, une chose était évidente : ce n'était pas sa chambre à coucher.

Il porta la main à son visage et grimaça, laissant échapper un sifflement de douleur.

Deux choses étaient évidentes, en fait : quelqu'un l'avait roué de coups. Bon sang ! Il avait l'impression que sa tête allait exploser. Ce serait peut-être mieux ainsi.

Il laissa retomber sa main sur le lit à côté de lui, puis grimaça une fois encore lorsque ses phalanges effleurèrent les draps. Il remonta sa main et en scruta le dos. À en juger par les croûtes et la chair rougie, il avait peut-être mis l'autre homme dans le même état physique que lui.

Anthony tenta de nouveau de se redresser, serrant les dents sous l'effet de la douleur qui l'envahissait. Quand il eut réussi, il dut s'interrompre pour reprendre son souffle. Il en profita pour balayer la pièce du regard : c'était une chambre de taille moyenne à peine éclairée par une bougie à côté du lit et les braises de la cheminée. Où était-il, bon sang ?

Il ne reconnaissait rien. Ni le fauteuil vert rembourré près de l'âtre, ni le tableau de paysage suspendu au-dessus du manteau, ni les draperies ivoire occultant la fenêtre. Et même s'il ne se rappelait pas la table de chevet à sa gauche, le pichet et le verre qui s'y trouvaient étaient les bienvenus.

Il lui fallut fournir un effort considérable et douloureux pour tourner son corps et faire basculer ses jambes sur le côté du lit. La pièce vacilla, et il dut rester immobile un moment, le temps que le monde se remette d'aplomb. La main tremblante, il saisit le pichet et parvint à le ramener vers lui pour en voir le contenu. De l'eau. Merveilleux.

Enroulant sa main autour du verre pour le maintenir stable, ce qui semblait risible étant donné ce qu'il ressentait dans tout son corps, il parvint à verser de l'eau et n'en fit couler qu'une petite quantité sur sa main et sur la table.

— Bien joué, Anthony, murmura-t-il.

Puis il but. Un peu de gin lui aurait davantage convenu, mais il n'allait pas se plaindre. C'était bon d'humecter sa gorge. Il se versa un second verre et l'avala un peu plus lentement que le premier.

Se sentant un peu rafraîchi, il appuya ses pieds sur le sol pour se mettre debout. Expirant, il repoussa les draps et se rendit compte d'une chose qu'il aurait dû remarquer depuis son réveil.

Il était nu comme un ver.

Où étaient ses vêtements ? Était-il dans un bordel ? Si c'était le cas, il ne reconnaissait pas les lieux, et il était à peu près certain d'être allé dans toutes les chambres de Mme Alban, sa maison de débauche de prédilection.

Il tenta de se lever et le regretta aussitôt, car la pièce bascula à nouveau. Une fois qu'il fut rassis, il se glissa vers l'extrémité du lit et enroula sa main autour du montant. S'y agrippant fermement, il se mit debout et fut aussitôt essoufflé par le mouvement.

— Bon sang ! marmonna-t-il, agacé.

Celui qui l'avait roué de coups avait fait un formidable travail. Il sourit à cette idée, puis tressaillit lorsque ses lèvres et ses joues douloureuses se rebellèrent.

Qui l'avait battu ? Anthony tâcha de se remémorer les événements de la soirée. Était-ce encore le soir ? Il n'avait aucune notion de l'heure qu'il était.

Il s'était rendu dans un cercle de jeu, où il avait bu jusqu'à l'excès, comme il le faisait presque tous les soirs. L'alcool, pas le jeu. Il ne jouait plus. Il se contentait de regarder, et chaque fois qu'il ressentait l'envie de participer, il buvait. Ce qui expliquait les excès.

Soudain, il se rappela que quelqu'un avait essayé de le forcer à jouer. L'homme cherchait la bagarre, et Anthony avait été plus que ravi de lui donner ce qu'il voulait. Il avait le vague souvenir qu'un autre homme, ou plusieurs, les avait séparés, puis qu'Anthony était sorti du cercle de jeu en titubant. Le reste était plongé dans les ténèbres. Une âme bienveillante l'aurait-elle trouvé et soigné ?

Il n'y avait qu'une seule façon de le savoir. Il aperçut ses vêtements sur un fauteuil repoussé dans un coin de la pièce. Bon sang ! C'était incroyablement loin. Serrant les dents, il rassembla toute son énergie pour faire le trajet. Il traîna le pas en s'avançant vers le coin de la chambre. À mi-chemin, il dut s'arrêter et reprendre son souffle plusieurs fois pour pouvoir continuer. Il ferma les yeux : le sol semblait se déplacer sous lui. Il était habitué aux effets d'une consommation excessive d'alcool, mais cette fois-ci, c'était particulièrement désagréable.

Enfin, il atteignit le fauteuil. Et il s'y assit rapidement, son corps s'affaissant sous le coup de l'épuisement et du dépit. Peut-être devrait-il simplement retourner dans le lit jusqu'à ce qu'il soit davantage rétabli.

Mais il voulait savoir où il était. Se tournant au niveau de la taille, il fouilla dans la pile de vêtements jusqu'à ce qu'il trouve sa chemise. La tirer par-dessus sa tête lui demanda beaucoup d'efforts. À tel point qu'il décida qu'il ne pouvait pas en faire plus.

Lorsqu'il fut de nouveau capable de se lever, il le fit lentement, en s'appuyant sur les bras du fauteuil jusqu'à ce qu'il se sente stable. Ou, du moins, un peu plus stable.

La chemise lui arrivait au-dessous des fesses, ce qui lui suffisait. Et comme il était sans doute dans un bordel, personne ne s'en soucierait.

Il lui fallut plusieurs longues minutes pour atteindre la porte, mais, à ce moment-là, il se sentait davantage comme un homme et moins comme un déchet. Il ouvrit et jeta un coup d'œil dans un couloir vide.

Rassemblant le peu de forces qu'il possédait encore, Anthony le traversa d'un pas lent. Il ne reconnaissait toujours rien. Une vague de malaise le traversa et il appuya sa main sur le mur pour se soutenir. Une fois la nausée passée, il poursuivit son chemin jusqu'à ce qu'il trouve une porte.

Il l'ouvrit et entra dans un salon. C'était un lieu très féminin, décoré de rose et d'ivoire, mais il fut déçu de n'y trouver personne. Où était passé tout le monde ?

Une autre porte, de l'autre côté, attira son attention. Il traversa rapidement la pièce, aussi vite qu'il l'osait, et faillit s'effondrer contre la surface en bois lorsqu'il arriva. La respiration lourde, il la poussa et trébucha dans ce qui était manifestement une chambre à coucher.

Également décorée de rose et d'ivoire, cette pièce était

manifestement le domaine d'une femme. Une tenancière de bordel, peut-être.

Anthony s'efforça de marcher jusqu'au lit, où une forme était visible sous les draps. Enfin, il avait trouvé quelqu'un qui pourrait lui dire ce qui se passait.

Il posa la main sur la silhouette.

— Je vous demande pardon.

La femme sursauta, son corps tressaillit avant qu'elle se retourne et crie.

Sa réaction lui fit perdre l'équilibre, et il vacilla. Elle haleta et se mit à genoux, puis elle saisit les avant-bras d'Anthony avant qu'il ne s'écroule.

— Je vous tiens !

Et c'était vrai, avec une certaine force. Il se précipita sur le lit, la manquant de peu en atterrissant sur le matelas.

— Juste ciel ! s'exclama-t-elle. Vous ne portez pas de pantalon.

L'air froid sur ses fesses lui fit comprendre que sa chemise s'était relevée pour dévoiler son derrière dénudé.

— Non, dit-il, le visage dans les draps, ce qui rendit le mot confus et probablement inintelligible.

Il tourna la tête pour parler plus clairement.

— Je ne pense pas pouvoir me relever.

En fait, tout son corps hurlait de douleur et d'épuisement, comme s'il avait dépensé la moindre once d'énergie qu'il possédait.

Elle sortit du lit.

— Pourriez-vous au moins vous mettre sous les couvertures ?

Anthony commença à bouger, puis il gémit lorsque la douleur le transperça.

— Peut-être.

Elle repoussa les couvertures vers le bas aussi loin qu'elle le put.

— Je vais vous aider. Pourriez-vous rouler dessous, ou quelque chose comme ça ?

— Je peux essayer.

Il ferma les yeux et se poussa, laissant échapper un gémissement.

— Oh ! Votre chemise ! dit-elle, se détournant du lit.

— Nous ne sommes pas dans un bordel, n'est-ce pas ?

— Bien sûr que non !

Elle avait l'air scandalisée.

Et il était là, à moitié nu. Plus qu'à moitié, en fait. Anthony lutta pour se glisser sous les draps, et remonta la couverture jusqu'à sa taille.

— Je suis couvert.

Elle se tourna à nouveau vers le lit, et le regard d'Anthony fut attiré par le mouvement de ses seins, clairement visibles sous la fine batiste de sa chemise de nuit. En dépit de son triste état, il ressentit une montée de désir. Une longue tresse blonde effleurait son mamelon. Anthony déglutit et leva les yeux vers le visage de la jeune femme. Elle lui semblait familière…

— Lord Colton…

— Vous me connaissez, mais je crains…, dit-il, avant de s'interrompre brusquement en la reconnaissant. Mademoiselle… Pemberton ?

— Oui. Nous ne sommes assurément *pas* dans un bordel.

Bon sang ! C'était une jeune femme célibataire ! Que diable faisait-il dans sa chambre à coucher ? Il se redressa d'un bond et le regretta aussitôt, car la douleur le transperça à nouveau. Gémissant, il se laissa retomber en arrière.

— Que s'est-il passé ? Pourquoi suis-je ici ? *Où sont vos parents ?*

Mlle Pemberton fronça les sourcils en se rapprochant du bord du lit, l'observant de ses yeux marron clair.

— Vous ne devez pas vous blesser davantage. J'ignore ce

qui s'est passé, mais je vous ai trouvé hier sur le pas de ma porte.

— *Je vous ai rendu visite comme cela ?*

— Non, rien de tout cela. Vous étiez inconscient. Et vous étiez, comment dire… dans un piteux état.

— Je me *sens* en piteux état, marmonna-t-il.

— Vous pouvez être tranquille : ceci n'est pas un bordel, mais nous ne sommes pas non plus dans la maison de mes parents. Vous êtes chez Phoebe Lennox à Cavendish Square, lui expliqua-t-elle, avant de secouer la tête. Je veux dire, la maison de la marquise de Ripley. Un jour, je m'en souviendrai.

Anthony la connaissait, et, bien entendu, il connaissait Ripley. Cet homme était l'un de ses amis les plus proches. Ou plutôt, il l'était jusqu'à ce qu'il se marie, quinze jours plus tôt, et qu'il se transforme en homme responsable. Anthony ne l'avait pas vu depuis le petit déjeuner de mariage.

— Je n'arrive toujours pas à comprendre pourquoi je suis ici.

— Je ne le sais pas non plus, répondit-elle. J'ai envisagé de vous renvoyer chez vous. Cependant, vous étiez en assez mauvais état.

Il devait bien admettre que l'idée d'un trajet en calèche dans son état actuel était aussi séduisante que de passer une nuit sur un chevalet de torture. Et il ressentirait sans doute la même chose.

— Je suis touché par votre compassion et votre bon sens. Et je vous présente mes excuses pour avoir pensé qu'il s'agissait d'un bordel. Quand je me suis réveillé nu dans un endroit inconnu, c'est la seule chose logique qui m'est venue à l'esprit.

Jane plissa les yeux et pencha la tête.

— Cela vous est-il déjà arrivé ?

— Non, pas *ça*. Bien sûr que non. Mais, si je n'étais pas

dans un bordel, pourquoi me retrouver nu dans un lit inconnu ?

— Parce que vous aviez été battu jusqu'à en être presque méconnaissable et qu'en plus vous étiez complètement saoul.

Malheureusement, rien de tout cela n'était invraisemblable, et il était, à tout le moins, manifestement blessé. Il fallait qu'il soit complètement ivre pour se battre et se retrouver ici, à Cavendish Square. Comment cela s'était-il produit ? Il tâcha de se rappeler ce qui s'était passé, mais il ne parvint qu'à aggraver son mal de tête.

Il leva la main près de sa tempe.

— Auriez-vous quelque chose pour ma tête ?

— Il y a un tonique dans l'autre chambre. Je ne pense pas que vous devriez y retourner maintenant. Vous avez l'air plutôt pâle, du moins, aux endroits qui ne sont pas rouges ou couverts d'ecchymoses. Il y a aussi des pommades pour vos blessures. Vous êtes vraiment dans un piteux état.

Elle pinça les lèvres, et il sut qu'elle était en train de le juger. Comme tout le monde.

Anthony lutta contre une vague d'irritation.

— Merci.

— Nous avons fait venir un médecin, qui vous a examiné hier soir, et... c'est pourquoi vous ne portiez pas de vêtements.

— Vous étiez là ?

La question lui échappa sans qu'il y réfléchisse. Son cerveau était vraiment dérangé, et sa sobriété le frustrait.

— J'ai attendu à l'extérieur.

Y avait-il une légère rougeur sur ses joues ? C'était difficile à dire, à cause de la faible lumière de l'âtre, et parce qu'il n'avait qu'un seul œil qui fonctionnait.

— Il a confirmé que vous étiez blessé aux côtes et a demandé que vous gardiez le lit pendant au moins une semaine.

Voilà qui expliquait l'atroce douleur dans sa poitrine et son abdomen.

— Il a dit que votre visage allait se remettre, que rien n'était cassé et que la coupure sur votre joue n'avait pas besoin d'être recousue.

— Vous avez fourni beaucoup d'efforts pour moi.

Jane haussa l'un de ses sourcils blonds.

— Vous n'avez pas idée, dit-elle sèchement.

Il tressaillit intérieurement.

— Ai-je envie de savoir tout ce qui s'est passé hier ?

— Sans doute que non, mais je vais quand même vous le raconter.

Elle se percha sur le bord du lit et sa cuisse se pressa contre celle d'Anthony. Le contact le fit frissonner.

Elle ressentit sans doute la même chose, car elle se redressa comme si elle avait été brûlée. Tout ceci était terriblement gênant, étant donné son état. Peu importait qu'elle soit intouchable, une femme convenable et célibataire.

Et il se trouvait actuellement dans son lit. Nu. Enfin, plus nu, mais la chemise comptait-elle vraiment ? Bon sang ! En dépit de tout cela, son membre s'agitait.

Elle détourna le regard de lui, et, cette fois, il fut sûr de la voir rougir.

— Nous avons soigné vos blessures en dépit de votre état d'ébriété. Vous étiez plutôt indifférent, vous avez badiné avec moi, ma femme de chambre et, me semble-t-il, avec le valet de pied.

Anthony ferma son seul œil valide et gémit.

— Est-ce que vous allez bien ? demanda-t-elle, la voix basse, inquiète.

Il rouvrit les yeux et lui mentit.

— Ce n'est qu'une douleur dans les côtes.

Sa fierté était mise à mal également, pour avoir obligé

cette jeune femme parfaitement respectable à subir son mauvais comportement.

— Mes excuses, mademoiselle Pemberton. Je regrette sincèrement de vous avoir causé autant de difficultés.

Jane l'étudia un moment en silence.

— Une fois que j'ai compris qui vous étiez, j'ai commencé à me faire du souci. J'étais inquiète d'avoir trouvé un homme blessé sur le pas de ma porte, mais quand j'ai découvert que je vous connaissais… Eh bien, je ne pouvais pas *ne pas* vous aider.

— De toute évidence, vous êtes un ange.

Elle ricana.

— Mes parents ne seraient pas de votre avis, répondit-elle, à nouveau ironique.

— Vous avez un penchant pour le sarcasme. Cela me plaît, remarqua-t-il, puis il sourit et grimaça aussitôt. Je crains de ne pas pouvoir sourire sans déclencher une énorme douleur.

— Votre lèvre a été fendue lors de la bagarre. Avez-vous une idée de ce qui s'est passé ?

— J'étais dans un cercle de jeu. Je me souviens de m'être battu, mais j'ignore contre qui. Et je ne me rappelle pas comment j'ai atterri chez vous.

Cela le tracassait vraiment.

— Vous êtes ici maintenant et je pense que vous devriez rester. Pour une semaine, au moins, jusqu'à ce que vos côtes aient commencé à guérir, comme le docteur l'a dit.

Une semaine aux bons soins de Mlle Pemberton… Il pouvait imaginer bien pire situation. Et pourtant, c'était proprement scandaleux.

— Je ne pense pas que ce soit judicieux. D'ailleurs, que faites-vous ici ? Chez Phoebe, je veux dire.

— Vous ne le savez peut-être pas, mais je me suis revendiquée vieille fille. J'ai quitté la maison de mes parents. C'est ici chez moi, maintenant.

Elle s'était compromise, sans doute. Anthony se considérait comme un expert dans l'art de se compromettre.

— Pourquoi faire une chose pareille ? l'interrogea-t-il.

Elle haussa une épaule, déplaçant la tresse dont l'extrémité frôla son mamelon. Déjà quelque peu desséchée, la gorge d'Anthony lui donna l'impression d'être un vrai désert.

— J'étais lasse des règles du marché du mariage et de la bonne société qui s'appliquent aux jeunes filles non mariées. J'ai vu que Phoebe était plutôt heureuse de sa vie indépendante, et j'ai décidé que je voulais faire de même. S'il est vrai que je suis compromise sur le plan social, je ne peux pas dire que je m'en préoccupe vraiment, car être acceptée par la société ne m'apportait pas vraiment d'avantages. Mes amies restent mes amies, et c'est tout ce qui compte, à la fin.

Anthony trouvait son honnêteté et sa lucidité tout à fait rafraîchissantes, bien qu'étranges chez quelqu'un comme elle.

— Je dois donc vous féliciter.

— Merci.

— J'aimerais mieux quand même ne pas contribuer à la ruine de votre réputation, dit Anthony. Je suis sûr que je pourrais rentrer chez moi sans aggraver mes blessures.

Il n'en était absolument pas certain, mais il décida qu'il valait mieux blesser son corps que la réputation de la jeune femme.

— Nous garderons votre présence secrète. Personne n'a besoin de savoir que vous êtes ici. Ce n'est pas comme si j'allais recevoir, affirma-t-elle, affichant un sourire qui s'atténua rapidement.

— Quoi ?

— J'ai reçu en fait, hier. J'ai accueilli une réunion de la Société des Femmes de tête. Phoebe était là, ainsi que deux sœurs qui sont nouvelles en ville.

Son œil valide s'écarquilla, et l'autre, en dépit de sa blessure, essaya de faire de même. La douleur qui en résulta lui arracha un doux gémissement.

— Ont-elles su que j'étais ici ?

Mlle Pemberton secoua la tête, faisant à nouveau bouger la tresse contre son sein. Bon sang ! Elle allait directement l'envoyer à la tombe. Et elle n'en avait pas la moindre idée. À moins qu'elle ne baisse le regard et ne remarque la tente qu'il était sans doute en train de créer avec les draps.

— Non, elles n'ont rien su. Cependant, j'ai dû trouver une excuse pour tout le vacarme que vous avez fait. Vous avez renversé une table et cassé un vase. J'espère que Phoebe n'y tenait pas trop.

Anthony grimaça à nouveau.

— Je suis un véritable danger, dit-il doucement, mais en laissant transparaître tout le mépris qu'il éprouvait envers lui-même.

Ce qui n'était pas peu dire.

— Non, c'est faux.

Il la regarda d'un air dubitatif.

— D'accord, peut-être un peu.

Jane sourit encore, et il fut tenté de faire de même, mais il savait qu'il en souffrirait considérablement.

— Vous êtes définitivement un ange.

— Alors, c'est réglé, déclara-t-elle. Vous restez ici.

— Ici… dans votre lit ?

Une fois de plus, les mots lui avaient échappé sans qu'il y réfléchisse. Des mots charmeurs, provocateurs, séducteurs. Des mots pour lesquels il aurait dû s'excuser, mais il ne le pouvait pas.

Il se serait attendu à un nouveau rougissement, ou peut-être à de la surprise, ou même à une remontrance. Rien de tout cela ne se produisit. Lorsqu'elle parla, ses mots étaient mesurés.

— Lorsque vous irez mieux, demain, peut-être, vous

pourrez retourner dans l'autre chambre. En attendant, oui, vous resterez *ici*. Dans mon lit.

— Comme c'est délicieux ! s'exclama-t-il avant de s'interrompre.

Il fallait vraiment qu'il arrête de parler.

— Et où irez-vous ?

— Dans l'autre chambre. Je vais aller y chercher le tonique pour les maux de tête et la pommade.

Elle commença à se tourner, mais il lui attrapa la main. La peau de Jane était douce et chaude, et lui procura du réconfort jusqu'au fond de son âme.

— Merci.

Elle enroula brièvement sa main autour de celle d'Anthony, puis la lâcha.

— Je reviens tout de suite.

Il la regarda enfiler des pantoufles et une robe de chambre, puis s'en aller. Reposant sa tête sur l'oreiller, il fixa le plafond. Il avait beaucoup de chance que les choses n'aient pas tourné bien plus mal. Il aurait pu se retrouver sur le pas de la porte de n'importe qui plutôt que sur celui d'un bel ange déterminé à le sauver.

Cette image le mettait mal à l'aise. Il ne voulait pas être sauvé. Mais il accepterait ses soins, car il en avait manifestement besoin. De plus, elle n'avait pas proposé de le sauver.

L'épuisement l'envahit et lui fit fermer les yeux. Le parfum de la jeune femme l'enveloppait : un arôme léger, fruité, mais séduisant, qui le berçait dans un sentiment de sécurité.

Oui, son cerveau était bel et bien dérangé. Mais c'était mieux que l'autre solution, qui était sans doute la mort.

Vraiment ?

Alors qu'il s'assoupissait, il imagina Mlle Pemberton avec des ailes blanches et un halo de lumière autour de la tête. Il illuminait la beauté de son visage, dont il se souvenait pour l'avoir déjà rencontrée à plusieurs reprises : des sourcils élégants à l'arc naturel, des yeux intelligents d'un brun fauve, un nez fin, des pommettes sculptées, une bouche en forme de cœur qui souriait souvent avec un humour sincère.

Elle représentait la bonté et la générosité, la beauté et la vérité.

Et il n'avait rien à faire près d'elle.

CHAPITRE 3

Jane gravit les escaliers après le dîner ce soir-là, décidée à rendre visite à son patient. Elle n'avait pas pris de ses nouvelles dans l'après-midi, car il dormait, comme il l'avait fait pendant la plus grande partie de la journée, d'après Meg et les autres femmes de chambre qui s'étaient occupées de lui.

Elle ouvrit la porte de sa chambre, se disant qu'il était étrange que quelqu'un d'autre occupe son lit. Peut-être que le lendemain, il se sentirait assez fort pour retourner dans l'autre.

— Bonsoir, mademoiselle Pemberton, la salua-t-il depuis le lit, avec un sourire dans la voix à défaut de l'avoir sur le visage. J'espérais que vous me rendriez visite.

Jane regarda le plateau posé sur le lit à côté de lui.

— Avez-vous dîné ?

— Oui. J'étais affamé et c'était délicieux. Veuillez transmettre mes compliments à votre cuisinière.

— Je le ferai.

La jeune femme contourna le lit et prit le plateau pour le

poser sur une petite table près de la porte. Elle dut déplacer une statuette pour faire de la place. Baissant les yeux vers la demoiselle en céramique, elle se demanda si Phoebe avait l'intention de la récupérer. Nombre de choses se trouvaient dans la maison, et qu'elle voudrait sans doute avoir, en particulier le Gainsborough dans la salle jardin.

Posant la statuette sur l'étroite cheminée, Jane se retourna vers l'homme qui occupait sa couche. Il était assis contre la tête de lit, vêtu d'une chemise de nuit propre qu'une de ses domestiques avait achetée le matin même, sur ses ordres. Elle aurait voulu lui dire qu'il avait l'air d'aller mieux, mais les ecchymoses sur son visage s'étaient terriblement assombries. En fait, il semblait plus mal en point.

— J'ai l'air affreux, dit-il, un nouveau sourire dans la voix. Meg m'a donné un miroir avant le dîner, pour que je puisse constater ce que je soupçonnais déjà. Je me sens un peu mieux grâce au tonique contre les maux de tête de votre cuisinière. J'ose espérer vous la voler quand je partirai d'ici.

— Ce n'est pas ma cuisinière, c'est celle de Phoebe.

— Mais, n'est-ce pas votre maison, à présent? La marquise va sûrement habiter à Hanover Square avec son mari. Je n'imagine pas Ripley abandonner sa maison.

Jane non plus. Même si celle-ci était l'une des plus belles de Cavendish Square, elle n'était pas comparable à l'opulence et à la grandeur de la résidence du marquis. Du moins, c'était l'impression que l'on avait depuis l'extérieur, et Phoebe avait confirmé que l'intérieur était tout aussi impressionnant.

— Eh bien, dans tous les cas, j'aimerais autant que vous ne voliez pas la cuisinière, affirma Jane.

— Je prendrai en considération votre aimable requête, répondit-il, et son visage se crispa étrangement. Je ne peux pas faire de clin d'œil.

Inquiète, elle s'approcha du lit.

— Pourquoi pas ?

— C'est mon mauvais œil

— Vous ne pouvez pas cligner avec l'autre ?

— Je ne sais pas. Laissez-moi essayer.

Il plissa tout son visage.

— Oh !

Elle leva la main.

— Arrêtez ! Ne vous faites pas de mal.

— Tout me fait mal. Mais quel genre de coquin serais-je si je ne peux pas faire de clin d'œil ?

Il fit un nouvel essai, et l'effort qu'il déploya pour obtenir un résultat plutôt piteux fit rire Jane.

— Si vous tentez d'avoir l'air coquin, je crains que vous n'ayez plutôt l'air d'essayer d'éviter une crise d'apoplexie.

— Eh bien, ce n'est pas ce que nous voulons, dit-il en feignant l'horreur.

Puis il sourit, et, en dépit des dégâts subis par son visage, Jane se souvint qu'il était plutôt beau.

— Il ne faut pas sourire si cela fait mal.

— Comme je l'ai dit, *tout fait* mal. Et vous êtes bien trop divertissante. Je ne peux pas m'en empêcher. D'ailleurs, en parlant de mon départ, nous devrions sans doute en discuter.

Jane pensait qu'ils avaient déjà pris cette décision la veille. Mais peut-être ne s'en souvenait-il pas.

— Discuter de quoi ?

— De mon départ. Je devrais m'en aller. Mes domestiques seront horrifiés par mon apparence, mais sans doute ne seront-ils pas choqués. Ils s'inquiètent déjà trop pour moi.

Parce qu'il s'était déjà battu ?

— Vous ne partez pas. Je vous ai dit hier soir, mais peut-être ne vous souvenez-vous pas de notre conversation, que le médecin vous avait conseillé de vous reposer pendant au moins une semaine. Je ne vous laisserai pas rentrer chez vous tant que ce délai ne sera pas écoulé. Peut-être même une quinzaine de jours.

Il planta son regard dans le sien, l'air vulnérable.

— Vous êtes bien trop gentille. Qu'ai-je fait pour mériter votre générosité ?

— Il ne s'agit pas de vous. J'aurais fait la même chose pour n'importe qui.

Vraiment ? Quelqu'un qui serait apparu dans son état sur le pas de sa porte ?

Il se déplaça légèrement vers elle.

— Comment pourrais-je vous remercier ?

Elle agita la main.

— Ce n'est pas nécessaire

— C'*est* nécessaire. Nous trouverons bien quelque chose.

Elle n'avait aucune idée de ce que cela pourrait être. Elle n'allait certainement pas accepter d'être payée. Pour éviter toute autre discussion, elle revint au sujet précédent.

— J'ai envoyé un message à votre majordome aujourd'hui pour lui dire que vous alliez bien.

Il la fixa du regard.

— Vraiment ? Il sait que je suis ici ?

— Non. Je ne lui ai pas dit où vous étiez. J'ai simplement expliqué que vous étiez en sécurité et que vous seriez à la maison dans une semaine. Ou une quinzaine de jours. Et j'ai signé de votre nom.

— Bon sang ! souffla-t-il. Vous vous êtes occupée de tout ! Vous êtes *assurément* un ange envoyé pour veiller sur moi.

Jane éclata de rire.

— Pas vraiment. Je me réjouis simplement que ce soit sur mon perron que vous ayez atterri, et pas dans un endroit pire.

— En effet, acquiesça-t-il vigoureusement. J'ai plein de terribles endroits qui me viennent en tête.

Anthony haussa un sourcil, et elle fut surprise qu'il ne tressaille pas.

— Par exemple ?

— Le perron de l'homme qui m'a fait cela.

Elle faillit éclater de rire encore une fois.

— Oh, oui ! Ce serait *vraiment* pire.

— Ou sur le pas de la porte d'une des patronnesses d'Almack.

Elle gloussa à ces mots.

— Sans aucun doute. Carlton House ?

Il sourit encore.

— Oui. Ou Westminster.

— Oh là là ! Vous allez manquer vos obligations au sein des Lords, n'est-ce pas ?

Cette fois, il grimaça.

— Je ne leur manquerai pas. Je me suis montré un peu… euh… négligent au cours de cette session.

En raison de sa consommation d'alcool et de son comportement imprudent, sans doute.

— Y a-t-il du vin ? s'enquit-il. Mon dîner était accompagné de bière et de rien d'autre.

Parce qu'elle avait demandé à la femme de chambre et à la cuisinière de ne lui servir que cela.

— Je me suis dit qu'il valait mieux que vous gardiez les idées claires pendant votre convalescence.

Il plissa brièvement les yeux.

— Comment diable suis-je censé supporter la douleur sans l'aide de l'alcool ?

— La pommade devrait vous aider, et vous avez dit que le tonique pour les maux de tête fonctionnait bien, affirma-t-elle, puis elle hésita avant de poursuivre. En fait, j'avais l'impression que vous aviez suffisamment bu pour rester ivre pendant une semaine. Pourquoi n'êtes-vous plus sous l'empire de l'alcool ?

— Ah ah ! répondit-il, visiblement peu amusé et peut-être même un peu agacé.

Son irritation était vive à cause de tout ce qu'elle avait fait. Peut-être s'attendait-elle à une sorte de paiement, ou au moins à une reconnaissance.

— Vous semblez être en état d'ébriété la plupart du temps. Peut-être cette altercation était-elle un avertissement pour que vous vous comportiez avec davantage de prudence.

Il se renfrogna, mais elle poursuivit :

— Vous paraissez avoir des… difficultés ces derniers temps.

— Pourquoi cela vous préoccupe-t-il ?

Elle entendit une pointe de colère dans la voix d'Anthony, mais elle n'y prêta pas attention.

— Vous m'avez toujours semblé être un homme gentil, et j'aime beaucoup Sarah.

Jane considérait la sœur de Colton comme une amie. Elle pencha la tête sur le côté et étudia son visage blessé.

— Ce n'est pas votre première bagarre. Je vous ai vu vous battre au bal masqué de Brixton Park. Peut-être devriez-vous vous abstenir de consommer de l'alcool pendant un certain temps.

— Vous pensez que je me bats parce que je bois ? dit-il avec un ricanement. Vous ne savez rien de moi.

Il avait sans doute raison.

— Je m'inquiète quand même, dit-elle d'une voix douce. À propos de vous… et de votre réputation.

— Et elle a pris autant de coups que mon visage, ces derniers temps.

— Alors nous sommes des âmes sœurs, car la mienne a également subi des dommages en raison de mon comportement.

Anthony la regarda droit dans les yeux.

— Vous parlez d'avoir quitté la maison de vos parents, ou de cette autre rumeur ?

Jane se figea.

— Quelle autre rumeur ?

Il écarquilla les yeux presque imperceptiblement, mais elle le vit.

— Oh ! C'était il y a des années. Je ne suis pas certain de m'en souvenir exactement...

Elle ne le crut pas un instant.

— Bien sûr que vous vous en souvenez. Sans quoi, vous ne l'auriez pas mentionnée. Quelle était la rumeur ? Vous me le devez, insista-t-elle lorsqu'elle le vit hésiter.

Il souffla et pinça les lèvres, et son regard devint plus doux, empli d'empathie.

— C'est vrai. Très bien. J'avais entendu dire que vous n'étiez pas chaste, que vous aviez recouru à des... mesures de séduction pour essayer de trouver un mari.

Le ventre de Jane se noua, puis se crispa, et son pouls s'accéléra. Se levant du lit, elle se dirigea vers la cheminée. Elle ne savait pas à quoi elle s'attendait, mais ce n'était pas à *cela*. Des années plus tôt ? Comme, cinq ans auparavant, lors de sa première saison ? Elle était impatiente de conquérir Londres à cette époque, impatiente de faire une rencontre. Et elle avait échoué. Cette saison-là, et toutes les suivantes, jusqu'à ce qu'elle en devienne totalement blasée. Faisant volte-face vers le lit, elle lui demanda :

— Qui a lancé cette affreuse *et fausse* rumeur ?

— Je l'ignore. Je l'avais oubliée jusqu'à ce que vous disiez que nous étions des âmes sœurs. En fait... pourrions-nous faire comme si je n'avais rien dit ?

Il posa sur elle un regard plein d'espoir.

Jane était en proie à une colère brûlante.

— Le mal est fait, je le crains.

Elle était furieuse. Et blessée. Dire qu'elle avait cru être responsable de son échec. C'était en tout cas l'avis de ses parents. Comment avait-elle pu rester si longtemps dans l'ignorance d'une telle rumeur ?

— Qui est au courant de cette médisance ?

Il haussa une épaule.

— Elle était bien répandue parmi les jeunes hommes, affirma-t-il.

Il grimaça, et, cette fois, elle n'eut pas l'impression que c'était dû à une douleur physique.

— Je suis désolé, mademoiselle Pemberton. Je n'aurais jamais rien dit si j'avais pensé que vous n'étiez pas au courant.

Sa compassion la touchait. Tout comme le fait qu'il lui aurait épargné cette information s'il avait su. Mais… apparemment, il avait cru cette rumeur ? Elle revint près du lit et plissa les yeux en regardant Anthony.

— Vous pensiez que c'était vrai.

Il ouvrit la bouche, puis la referma. Il la fixa, puis détourna le regard.

— Comme je l'ai dit, je n'y pensais pas. J'avais oublié. C'est de l'histoire ancienne.

Il essaya de sourire, mais elle voyait que ce n'était pas sincère, qu'il voulait simplement qu'elle se sente mieux.

— Cela n'a guère d'importance. Cela a sans doute contribué à ruiner ma réputation aussi efficacement, voire plus, que le fait que j'aie quitté la maison de mes parents.

Gémissant de frustration, elle fit demi-tour et se dirigea à grands pas vers le coin de la pièce, où elle s'installa dans un fauteuil et s'adossa, étirant ses jambes devant elle d'une manière fort peu digne d'une lady. Mais, après tout, si les gens disaient qu'elle n'était pas une lady, pourquoi devrait-elle se comporter comme telle ?

— Voulez-vous savoir ce qui est le plus enrageant ?

— Quoi ?

— Le fait d'avoir une réputation scandaleuse sans même avoir le plaisir d'en profiter. Vous êtes un séducteur et un coquin, mais au moins, c'est vrai. Et vous en avez revendiqué les avantages ! s'exclama-t-elle.

Se renfrognant, elle agrippa les bras du fauteuil et les serra.

— Et plus encore, je n'en aurai probablement jamais l'occasion maintenant.

— Que voulez-vous dire ? demanda-t-il lentement.

Jane riva son regard sur celui d'Anthony de l'autre côté de la pièce.

— Je n'aurai jamais l'occasion de connaître le plaisir physique.

— Ah, je crois pouvoir vous assurer que vous n'aurez aucune difficulté à attirer le gentleman de votre choix en vue de connaître le plaisir physique.

Elle lui lança un regard noir.

— Qu'est-ce que c'est censé vouloir dire ?

— Que vous êtes attirante, séduisante, et bien d'autres… *choses*, lui dit-il, et sa voix se brisa un peu. N'importe quel homme serait heureux, et *chanceux*, de coucher avec vous.

Elle se leva brusquement de son fauteuil et contourna le lit. Elle s'assit sur le bord du matelas.

— En faites-vous partie ?

C'était une question audacieuse, et elle n'y avait pas tellement réfléchi avant de la poser à voix haute. En fait, elle n'y avait pas réfléchi du tout.

Il la fixa du regard, la mâchoire crispée alors que sa pomme d'Adam remuait dans sa gorge.

—Je… Oui, bien sûr.

Anthony garda les yeux rivés sur ceux de Jane, et quelque chose au plus profond d'elle s'enflamma.

— Je sais comment vous pouvez me rembourser, affirma-t-elle d'un ton assuré qui la surprit presque autant que ce qu'elle dit ensuite. Vous pouvez me débarrasser de ma virginité.

~

*A*nthony regardait fixement Mlle Pemberton ; le temps semblait s'être arrêté. Venait-elle de lui demander de la débarrasser de sa *virginité* ? Pour qui le prenait-elle ? Le marquis de Ripley ? Ou plutôt, Ripley avant qu'il ne tombe amoureux de Phoebe ?

C'était peut-être le cas. Anthony avait fait de son mieux pour remplacer Marcus dans son rôle de plus célèbre séducteur de Londres. Il n'avait pas particulièrement cherché à le faire, mais, apparemment, cela s'était produit.

— Je suis flatté, mademoiselle Pemberton, mais je crains de ne pas être le genre de gentleman qui…

Elle leva une main et plissa brièvement les yeux vers lui.

— Vous êtes *précisément* ce genre de gentleman. Ou, du moins, vous l'avez été au cours de l'année écoulée. Depuis que vos…

— Vous n'avez pas besoin d'entrer dans les détails.

Il ne pouvait pas la laisser prononcer ces mots à voix haute. Pourtant, la fin de sa phrase résonnait dans son cerveau. *Depuis que vos parents sont morts.*

Elle fixa son regard sur lui pendant un temps gênant. Il chercha à changer de sujet. Rapidement.

— Pourquoi diable voulez-vous vous défaire de votre virginité ?

Jane plissa le front.

— Me défaire ? Ce n'est pas une cape.

Il aurait voulu rire de sa boutade, mais il s'abstint. Le sujet était sérieux.

— Non, effectivement. Vous pouvez remettre une cape, tandis qu'une fois partie, votre virginité sera perdue à jamais.

— Je ne pense pas qu'elle me manquera. J'ai entendu dire que les activités sexuelles étaient plutôt, euh, agréables, et j'aimerais en faire l'expérience par moi-même.

Le regard d'Anthony s'attarda sur le renflement de ses seins et les contours généreux de sa bouche en forme de cœur.

— Agréables. Ce n'est pas le mot que j'emploierais pour décrire le sexe, ou tout ce qui mène à l'acte lui-même.

Elle avait l'air sceptique et peut-être un peu horrifiée.

— Ce n'est pas agréable ?

— Ça l'est, mais je dirais plutôt que c'est exaltant. Intense. Peut-être même *paradisiaque*.

Jane éclata de rire, et il ne put s'empêcher de sourire à son tour.

— Vous avez un rire très contagieux.

— Merci. Je crois. Je ne voudrais pas être contagieuse comme une maladie.

— Absolument pas, la rassura-t-il.

Mais, le cas échéant, il aurait été ravi de tomber malade. Cela signifiait-il qu'il allait accepter sa proposition ? Non, il ne pouvait pas. Pourtant, il comprenait son dilemme. Elle était jeune et avait peu de chances de se marier. Pouvait-il lui reprocher de vouloir éprouver une satisfaction physique ?

Anthony pencha la tête sur le côté.

— Vous caressez-vous ?

Elle écarquilla les yeux juste avant de détourner le regard. Puis elle se leva et mit plusieurs mètres entre elle et le lit… entre elle et lui.

— Oui.

Ce simple mot excita Anthony. Son sang afflua dans sa tête comme dans son sexe.

— Mais je ne crois pas être très douée pour cela.

Oh, bon sang ! Que devait-il faire d'une telle information ?

Tu pourrais l'aider.

— Comment le savez-vous ?

La question lui échappa sans qu'il ait eu le temps d'y réfléchir, mais il se dit que sa question était logique. Si elle n'avait jamais eu d'orgasme, comment pourrait-elle savoir si elle en avait connu un ?

Anthony recommençait à avoir mal à la tête. Juste au moment où son sexe commençait à palpiter. Il ajusta les draps pour masquer son érection. C'était inacceptable. Il ne pouvait pas convoiter l'une des amies de sa sœur. Même si elle était attentionnée, magnifique, et qu'elle lui demandait de lui procurer du plaisir.

— Vous l'envisagez, remarqua-t-elle, l'air surprise.

Elle ne s'était pas attendue à ce qu'il accepte. Et il n'allait pas le faire !

— Vous êtes une lady. Et l'amie de Sarah. Je ne pourrais pas faire ce que vous voulez.

— Alors, pourquoi me demander si je me caresse ?

— Parce qu'il me semble que le moins que je puisse faire, c'est de vous montrer comment procéder.

Elle haussa un sourcil et l'observa un instant.

— Et pourquoi cela devrait-il être vous ? Auriez-vous déjà montré à une femme comment trouver du plaisir ?

Il posa sur elle un regard brûlant tandis que la chaleur montait en lui.

— Je peux vous indiquer précisément où placer vos doigts, et comment les bouger pour provoquer une libération qui vous fera hurler d'extase.

— Comment ? demanda-t-elle d'une voix aiguë et essoufflée.

Totalement excitante. Cette conversation était en train de le pousser à bout.

Bon sang ! Il mourait d'envie de l'inviter à revenir sur le lit, de relever ses jupes, et de lui montrer.

— Vous mettez ma retenue à rude épreuve.

Si elle était à bout de souffle, lui semblait torturé. Parce qu'il l'était.

— Bien. Cela signifie-t-il que vous êtes d'accord ?

— Non.

Mais elle avait raison. Il y réfléchissait.

— Bon sang ! Vous m'avez jeté un sort ! Peut-être avez-vous mis quelque chose dans le tonique contre les maux de tête.

Elle revint vers le lit, balançant les hanches d'une manière terriblement provocante.

— Le pourrais-je ?

Pas à sa connaissance. De toute façon, ce n'était pas nécessaire. Elle était parfaitement capable de le captiver à elle seule. Il lui jeta un regard noir.

— Vous me rendez les choses difficiles.

Un sourire éclatant illumina le visage de Jane.

— Bien. Je vous promets que cela restera un secret… juste entre nous. Et vous prendrez des précautions pour que nous ne concevions pas d'enfant.

Sacré bon sang ! Bien sûr qu'il le ferait. Il ne pouvait pas avoir d'enfant. Il ne le méritait pas. Une douleur, mais pas physique, le transperça.

— Je n'ai pas donné mon accord.

Elle se rassit sur le bord du lit.

— Pas encore, mais j'ai plusieurs jours pour vous convaincre avant que vous ne rentriez chez vous.

Il devait rentrer chez lui *maintenant*. Avant qu'elle ne le séduise. En toute honnêteté, ce ne serait pas si difficile. Le simple fait de penser à ce qu'il avait envie de lui faire le submergeait d'un désir intense.

— Je devrais rentrer chez moi demain.

Elle fronça les sourcils.

— Non. Nous avons un accord. Vous restez au moins une semaine.

Comme il ne protestait pas, elle se leva à nouveau. Elle laissa courir son regard sur lui, s'attardant très brièvement sur sa région pelvienne.

— Je retournerai dans l'autre chambre demain.

Lorsqu'elle se pencha vers lui, la chaleur étincela dans ses yeux.

— Si vous décidez d'accepter ma proposition, vous n'êtes pas obligé de le faire.

— Jane, dit-il, puis il déglutit. *Mademoiselle Pemberton.* Si je décide d'accepter votre proposition, je refuserai quand même de partager votre lit. Comme vous l'avez dit, ce serait un secret, entre nous seulement, et je me garderais bien de faire preuve de si peu de discrétion dans nos… activités.

Il avait vraiment l'air d'être sur le point d'accepter.

— Comme vous le souhaitez. Je vous laisserai fixer les règles, dit-elle.

Ce mot, « règles », ne fit qu'exacerber la convoitise d'Anthony. Ou peut-être était-ce parce qu'elle était prête à lui céder entièrement le contrôle. Il la désirait tant qu'il en avait le tournis.

Il parvint à formuler quelques mots.

— Nous verrons ce qui se passera. Maintenant, pourriez-vous partir ?

S'il ne se caressait pas, il allait passer une très mauvaise nuit.

— Je vais m'en aller. Et je vous remercie de réfléchir à ma requête. Je dois admettre qu'après vous avoir écouté ce soir, je suis plus curieuse que jamais. J'espère que vous serez d'accord. Dans le cas contraire, peut-être pourriez-vous me recommander quelqu'un ?

Il en était hors de question !

— Non. Je ne ferais jamais une telle chose.

— Alors je suppose que ce sera vous.

Lui adressant un dernier sourire coquin, elle s'en alla.

Anthony bascula la tête en arrière et gémit. Cela pourrait très mal tourner. Elle le désirait. Il la désirait. Personne ne savait qu'il était là, et personne ne devait jamais savoir ce qui se passait entre eux. La tentation était immense et incroyablement réelle.

Dans quel pétrin s'était-il fourré ?

CHAPITRE 4

*C*ulpepper entra dans la salle jardin en portant un petit panier.

— Mademoiselle Pemberton, je vous présente votre chaton.

Jane se leva d'un bond de la table où elle buvait du thé et le rejoignit au milieu de la pièce.

— Vous en avez trouvé un !

— Oui, et si je peux me permettre, elle est assez fringante. Je pourrais croire qu'elle est à l'origine de l'agitation dont vous l'avez accusée l'autre jour lors de votre réunion.

En riant, Jane jeta un coup d'œil dans le panier où l'animal était recroquevillé en une minuscule boule de poils.

— Peut-être aurions-nous dû en prendre deux, déclara-t-elle. Elle a l'air seule.

— En fait, elle a une sœur. Voulez-vous que j'aille la chercher aussi ?

Jane leva les yeux vers lui.

— Pourriez-vous ?

Ces chatons seraient peut-être la seule compagnie qu'elle aurait jamais.

Elle tressaillit intérieurement. Elle était simplement en train de s'apitoyer sur son sort après sa conversation avec lord Colton de la veille au soir. En y repensant, elle éprouvait un mélange de gêne pour avoir fait cette proposition, et d'agacement parce que, manifestement, il avait envie d'accepter, mais se retenait de le faire. Était-elle à ce point résistible ?

Apparemment, oui. La rumeur qu'il avait dévoilée lui revint également en mémoire et la bouleversa à nouveau. On lui avait dénié la possibilité de faire une rencontre, alors oui, il se pourrait très bien que ce chaton et sa sœur soient ses seuls compagnons.

Prenant le panier des mains de Culpepper, elle réitéra son souhait d'avoir un deuxième chaton.

— S'il vous plaît, allez chercher sa sœur tout de suite. Je m'en voudrais de les séparer.

Le majordome inclina la tête.

— Comme vous voudrez, mademoiselle Pemberton.

Il se retourna et partit, et Jane alla s'installer sur le canapé. Elle déposa le panier à côté d'elle et le chaton sortit la tête. Des yeux jaunes fixèrent Jane depuis une adorable tête fauve à rayures.

— Oh, mais n'es-tu pas la plus adorable des créatures ? murmura Jane.

Le chaton miaula doucement quand elle le posa sur ses genoux.

— Comment vais-je t'appeler ?

En réponse, l'animal étira ses pattes avant et enfonça ses griffes dans la robe de Jane.

— Attention, ne l'abîme pas ! dit Jane sans la gronder.

Quelle importance si l'une de ses robes de jour était abîmée ? Elle allait sans doute devenir une femme ermite. Peut-être devrait-elle s'installer dans une folie sur la propriété d'un duc excentrique. Elle pourrait alors avoir une douzaine de chats. Ou plus.

Jane gloussa et le chat tourna sur ses genoux, levant vers elle ses beaux yeux dorés.

— Tu es tellement mignonne. Je vais peut-être t'appeler *Jolie*. Ce nom t'irait tellement bien ! Ou peut-être te faudrait-il un nom en rapport avec le jaune, pour aller avec tes magnifiques yeux. Soleil ? Jonquille ? Oh, j'aime *Jonquille* !

Le chaton sauta des genoux de Jane sur le canapé et entreprit d'explorer les coussins. Jane souleva le panier pour le poser sur le sol et remarqua une pelote de laine à l'intérieur.

— C'est pour toi ? demanda-t-elle en la sortant pour la poser sur le canapé.

Les yeux de Jonquille s'écarquillèrent brièvement lorsqu'elle vit le fil. Elle s'accroupit en remuant le derrière, puis elle bondit en avant et attaqua la pelote. Elle tomba sur le sol et Jonquille la suivit, la poussant dans tous les sens, la poursuivant là où elle roulait.

Souriant devant les cabrioles du chaton, Jane se sentait mieux qu'elle ne l'avait été depuis le début de la journée. Peut-être la nuit dernière n'avait-elle pas été aussi désastreuse qu'elle le pensait. Au moins, Colton avait un peu badiné. Et quand il lui avait demandé si elle se caressait… Eh bien, cela avait éveillé quelque chose au plus profond d'elle, et elle avait essayé de l'assouvir quand elle était retournée dans la chambre d'amis. Elle ne pouvait s'empêcher de penser qu'il pourrait au moins l'aider à cet égard, même si elle avait affirmé qu'il ne pouvait pas savoir comment faire. Manifestement, elle s'était trompée.

Une vague de chaleur l'envahit, la poussant à se lever pour faire les cent pas. Comme elle l'avait fait pendant la moitié de la nuit, elle ne cessait de penser à cette rumeur qui l'avait ruinée. Comment avait-elle pu en ignorer l'existence ?

Cela expliquait certainement pourquoi sa première saison avait été si décevante. Elle avait suscité de l'intérêt, plusieurs hommes lui avaient rendu visite. S'étaient-ils arrêtés soudainement ? Elle ne s'en souvenait pas. Cependant, elle se rappelait que sa mère et son père s'étaient demandé pourquoi aucun d'entre eux n'était allé jusqu'à faire une demande. Ils avaient reproché à Jane de ne pas être assez charmante ou intéressante, même si elle savait que c'était faux.

Pourtant, depuis, le doute s'était installé dans son esprit. Un doute qu'elle ne partageait avec personne, surtout pas avec elle-même. Sauf quand elle se montrait très honnête ou qu'elle se sentait très vulnérable. Comme elle l'était maintenant.

Oh ! Et puis zut ! Elle avait quitté la maison et s'était déclarée vieille fille justement pour ne plus se préoccuper de ces choses-là. Qui se souciait de savoir si elle avait été compromise ?

Toi.

Oui, effectivement. On lui avait volé son avenir, et elle voulait découvrir qui était responsable. Et pourquoi cette personne avait fait une telle chose.

Ses pas devinrent plus énergiques, ses jupes tourbillonnant autour de ses pieds tandis qu'elle arpentait la pièce. Elle sentit alors un petit coup sec et baissa les yeux : Jonquille s'attaquait à son ourlet, frappant de ses pattes le tissu en mouvement.

Jane ne put réprimer un sourire, puis elle se baissa pour prendre le chaton dans ses mains.

— Nous allons beaucoup nous amuser ! Surtout quand ta sœur arrivera.

Des voix fortes descendirent le long de la cage d'escalier et pénétrèrent dans la salle jardin, où Jane se tenait juste à côté de la porte. Jonquille dans les bras, elle se précipita à l'étage en direction du bruit… et de sa chambre. Enfin, pas tout à fait sa chambre, mais son salon. À l'intérieur, lord Colton se disputait avec Meg.

— My lord, vous n'êtes pas censé quitter votre lit.

— Alors, pourquoi mettre à portée de main mes vêtements lavés ? s'enquit-il judicieusement.

Il portait son pantalon et sa chemise, mais rien d'autre.

Jane ne put s'empêcher d'admirer ses pieds nus, ainsi que le triangle de sa poitrine et de son cou que révélait son vêtement ouvert. Elle se tourna vers Meg qui était debout, une main sur la hanche, et posait sur lord Colton un regard irrité qu'il méritait sans doute.

— Je vais m'en occuper, Meg, lui dit-elle alors que Jonquille se tortillait pour se dégager de ses bras et sauter sur le sol.

La femme de chambre sursauta.

— Oh !

— Voici Jonquille, annonça Jane alors que le chaton commençait à explorer la pièce.

— Elle est si mignonne ! s'exclama Meg. Je vais demander à la cuisinière de lui préparer quelque chose à manger. Elle va aimer, n'est-ce pas ?

La femme de chambre se tourna vers Jane.

— J'en suis sûre. Et oui, nous devons lui trouver un endroit où manger. À la cuisine, je suppose ?

Meg hocha la tête.

— Vous devrez peut-être aussi la nourrir ailleurs, du moins tant qu'elle est petite. Elle doit manger suffisamment pour devenir un chat grand et fort. Meg s'accroupit et Jonquille vint la renifler. Elle laissa ensuite la femme de chambre lui caresser la tête.

— Meg, veillez également à ce que la literie soit changée dans la chambre d'amis, car lord Colton va s'y installer.

— C'est une si jolie petite, murmura la jeune femme avant de se lever. Je m'en occupe, mademoiselle.

Puis elle fit volte-face et s'en alla sans accorder à lord Colton le moindre regard.

Jane reporta son attention sur lui.

— S'il vous plaît, n'ennuyez pas les domestiques.

Il cligna des yeux, l'air innocent, et elle constata à quel point il avait l'air mal en point. Son visage était d'une couleur encore plus intense, et son œil droit était encore enflé.

— Je l'ai ennuyée ?

— J'en ai bien l'impression. Elle ne faisait qu'appliquer ce que j'ai dit : vous devez rester au lit. Le médecin a préconisé un repos au lit pendant une semaine.

— Je ne pense pas qu'il voulait dire rester vraiment dans un lit. De toute façon, il va *falloir* que je me lève aujourd'hui pour aller dans la chambre d'amis, n'est-ce pas ?

Il n'avait pas tort.

— Vous vous sentez mieux ? s'enquit-elle.

Ce devait être le cas, puisqu'il était debout. Et il s'était habillé tout seul. Elle aurait pu parier qu'il n'était pas capable de le faire sans aide. La veille, en tout cas, il n'aurait pas pu.

— Oui, en fait. J'ai encore un peu mal à la tête, et, bien entendu, mon visage est un désastre, et mes côtes me tirent ici et là, mais, dans l'ensemble, je me sens plus humain.

Cela faisait plaisir à entendre.

— Votre apparence ne s'est pas améliorée.

Il se fendit d'un sourire, ce qui n'arrangea rien.

— J'ai jeté un coup d'œil dans le miroir, et j'ai bien peur d'être d'accord avec vous. La raison pour laquelle vous m'avez fait cette proposition hier soir reste un mystère pour moi. Je suis absolument épouvantable.

Mais il ne l'était pas. Elle se souvenait parfaitement de sa beauté sous les blessures, et elle l'avait vu presque nu l'autre jour. « Épouvantable » n'était pas un mot qu'elle aurait utilisé pour le décrire, même dans son état actuel.

— Je suis ravie que vous vous sentiez mieux, mais vous ne

pouvez toujours pas descendre. Je vous aiderai à vous rendre dans la chambre d'amis une fois que les draps auront été changés.

— Je propose un compromis. Je vais descendre jusqu'à ce que le lit soit refait, puis je promets de remonter.

Anthony se dirigea vers Jane, et Jonquille en profita pour attaquer son pied.

Le vicomte vacilla et commença à tanguer vers l'avant. Jane se précipita vers lui, entoura sa taille de ses bras et l'empêcha de tomber ; il était sacrément lourd ! Elle dut planter ses pieds dans le sol ; il était sans doute lui-même en train de se retenir pour ne pas basculer. Elle n'était pas certaine qu'elle aurait pu l'en empêcher.

Il la regarda droit dans les yeux tandis qu'ils se redressaient.

— Et vous voilà en train de me sauver, une fois encore, murmura-t-il.

— Il faut bien que quelqu'un le fasse.

— Apparemment.

Il détourna le regard et elle retira ses mains de sa taille. Cette sensation, lui contre elle, son torse chaud et fort plaqué contre sa poitrine, était gravée dans son corps et son esprit.

— Tenez, asseyez-vous.

Elle se tourna vers le canapé et tendit le bras vers lui, mais se retint de le toucher.

Il alla s'asseoir et étendit ses jambes devant lui. Jonquille s'empressa d'attaquer de nouveau son pied.

— S'il n'y avait pas eu le chat, je m'en serais sorti.

— Peut-être, mais n'est-ce pas mieux de s'asseoir ?

— En fait, si. Je suppose que je devrais me reposer un peu plus, concéda-t-il, mais il n'avait pas l'air tout à fait ravi.

— Si vous vous en sentez capable, nous pourrions peut-être jouer plus tard aux cartes ou au backgammon. Ou bien, je peux vous apporter des livres.

— L'un ou l'autre serait parfait, merci. Pour l'instant, vous pourriez peut-être me tenir compagnie jusqu'à ce que ma nouvelle cellule… enfin, ma nouvelle chambre soit prête.

Jane envisagea de s'asseoir à côté de lui, mais elle finit par prendre un fauteuil en face. Elle se sentait encore un peu troublée après la nuit précédente.

— J'ose espérer que vous n'avez pas l'impression d'être en prison.

— Ce n'est pas le cas. Je vous taquinais.

Il s'assit un peu plus droit, retirant légèrement ses pieds. Jonquille lui mordit la cheville, mais il ne tressaillit même pas.

— Je vous suis incroyablement reconnaissant de votre aide et de votre sollicitude.

— Jonquille ! la réprimanda Jane, même si le chaton ne lui prêtait pas la moindre attention.

Il lui faudrait un peu de temps pour apprendre son nom.

— Elle ne me dérange pas, dit lord Colton, tendant la main pour la gratter derrière l'oreille.

Jonquille se laissa tomber sur le flanc, puis s'enroula autour de sa main et posa les pattes arrière contre son poignet. Colton éclata de rire.

— Elle est plutôt fringante.

— C'est ce qu'a dit Culpepper. Je l'ai envoyé chercher sa sœur pour qu'elles puissent s'amuser ensemble.

— C'est très attentionné de votre part, même si je crois pouvoir dire que Jonquille serait capable de transformer à peu près n'importe quoi en jouet.

Il la souleva dans sa main et la posa sur ses genoux, puis il se mit alternativement à appuyer sur son nez et à lui chatouiller le ventre. Elle attaqua sa main avec ardeur, retombant d'un côté et de l'autre. Leur jeu était très divertissant.

Alors qu'elle l'observait, elle constata qu'il possédait de

nombreuses qualités attrayantes et elle se remémora la proposition qu'elle lui avait faite la nuit passée. Elle s'était demandé s'il ferait comme si rien ne s'était passé, comme elle avait envisagé de le faire elle-même, mais il en avait déjà parlé. Même si c'était sous la forme d'un commentaire plein de dérision envers lui-même.

Elle décida de ne pas soulever la question. Elle ne ferait pas comme si rien ne s'était passé, mais elle n'insisterait pas non plus. De toute manière, il n'était pas en état de l'aider. Oh ! Pourquoi avait-elle été si audacieuse ?

Elle décida de revenir sur le sujet de la rumeur.

— J'espère que vous vous souvenez d'autre chose à propos de la rumeur que vous avez mentionnée hier soir. J'aimerais bien savoir qui en est à l'origine et pourquoi.

Anthony continua à jouer avec Jonquille en penchant la tête sur le côté.

— Je ne m'en souviens pas. C'était il y a cinq ans. En vérité, cela fait très longtemps que je n'en ai plus entendu parler.

— Mais avez-vous entendu quelque chose depuis ? La rumeur continue-t-elle à me suivre ?

— Je ne saurais le dire. Je ne suis pas vraiment sur le marché du mariage.

Non, évidemment qu'il n'y était pas. Mais il l'avait été autrefois. Sûrement.

— Cherchiez-vous une épouse à un moment donné ?

— Pas vraiment. Peut-être devriez-vous interroger quelqu'un d'autre au sujet de cette rumeur. Ou, mieux encore, l'oublier complètement.

— Je crains de ne pouvoir le faire. La personne qui l'a lancée mentait et devait avoir une raison de le faire. Elle a ruiné ma vie. Je mérite de savoir pourquoi, sinon de recevoir des excuses.

— Et qu'est-ce que cela vous apportera ? demanda-t-il. Ce

qui est fait est fait. Vous ne pouvez pas changer le passé, mademoiselle Pemberton.

Elle se souvint que, la nuit précédente, il l'avait appelée Jane. C'était après qu'elle avait dit qu'ils pouvaient partager un lit. La chaleur commença à monter dans son cou. Avait-elle vraiment dit cela ?

Se raccrochant au sujet en cours, elle annonça :

— J'ai l'intention de parler à Phoebe.

— Sait-elle que je suis ici ?

— Pas encore, mais je le lui révélerai à un moment donné : nous n'avons pas de secrets l'une pour l'autre.

De plus, Phoebe était ce qui ressemblait le plus à une famille pour Jane. Ses parents n'étaient certainement pas près de lui rendre visite. S'ils le faisaient un jour. Et sa sœur Anne serait mariée d'ici une quinzaine de jours. La poitrine de Jane se serra quand elle songea qu'elle allait manquer la fête de sa sœur. Parce que ses parents ne lui permettraient pas d'y assister. Ils avaient affirmé qu'elle avait pris la décision de ne pas venir au moment où elle avait déménagé à Cavendish Square. Ce à quoi Jane avait rétorqué qu'elle avait au moins attendu qu'Anne soit fiancée.

Avec le recul, cependant... peut-être aurait-elle dû repousser son départ après le mariage. Mais la pression exercée par ses parents sur M. Brinkley était devenue insoutenable. Ils ne l'avaient pas écoutée, et elle avait craint qu'ils n'annoncent des fiançailles d'un jour à l'autre. Elle s'était sentie totalement piégée. Sa situation actuelle, aussi solitaire qu'elle puisse paraître à cet instant, était de loin préférable.

— Si vous le racontez à Phoebe, elle le dira à Marcus, dit Colton. Je préférerais qu'il ne soit pas au courant de mon altercation.

Bien sûr que Phoebe le lui dirait. Ils ne devaient pas non plus avoir de secrets l'un pour l'autre. *Sacré bon sang !*

— Pourquoi ne voulez-vous pas qu'il le sache ? N'est-il pas votre ami ?

— Si, répondit-il d'une voix mesurée. Cependant, je ne suis pas d'humeur pour ses… inquiétudes.

— Pourtant, vous vous satisfaites des miennes.

— Vous êtes bien plus charmante. Et plus jolie.

Jane éclata de rire, mais se rendit compte aussi qu'il n'avait pas vraiment répondu à sa question. Il pouvait se montrer très énigmatique, surtout en ce qui concernait son comportement. Elle était un peu surprise qu'il n'ait pas encore demandé d'alcool. Mais c'était peut-être pour cela qu'il avait voulu descendre. Elle faillit poser la question, mais elle se dit qu'il n'y répondrait sans doute pas plus.

Elle ne pouvait donc pas raconter à Phoebe que lord Colton était ici. C'était malheureux, car non seulement elle n'aimait pas mentir à sa meilleure amie, mais en plus elle ne pouvait pas lui demander conseil pour savoir si elle devait le séduire.

— Quoi ? demanda-t-il. Vous me regardez avec beaucoup d'attention.

— Vraiment ? Je pensais au fait de mentir à mon amie la plus chère, et combien cela me mettait mal à l'aise. Hélas, je vais accéder à votre requête, et quand je lui rendrai visite pour discuter de cette rumeur perturbante, je tairai le fait que vous êtes ici… et pourquoi vous l'êtes.

— Vous n'avez même pas besoin d'aller la voir pour lui parler de cette rumeur. Pas vraiment. Comme je vous l'ai dit, le passé est bien là où il est… derrière nous. Il n'y a pas lieu de revenir dessus, en particulier sur les aspects désagréables.

Il parlait d'une voix féroce, sombre et provocante.

Jane se pencha en avant, impatiente de lui faire comprendre son point de vue.

— Il n'est pas simplement question d'une erreur passée ou d'un regret. C'est un mystère qui a profondément affecté ma vie. Je voudrais savoir pourquoi cela s'est produit. Comme *je* l'ai dit, je pense que je le mérite.

— Savoir ce qui s'est passé n'y changera rien, dit-il d'un ton sombre, le regard trouble. Du moment que vous le savez.

Il détourna le regard, et elle ressentit un frisson soudain. Il devait parler de ses parents. Ils avaient été assassinés par un bandit de grand chemin, et leur mort les avait dévastés, Sarah et lui. Rien ne pourrait jamais changer ce passé.

Jane se leva.

— Je vais voir si votre lit est prêt.

Anthony jeta un coup d'œil à Jonquille, qui était maintenant roulée en boule et dormait sur ses genoux.

— Il n'y a pas d'urgence, car je semble être pris au piège.

Son ton était un peu joyeux, mais elle entendait toujours la noirceur qui s'en dégageait. Peut-être *était-il* pris au piège. Et peut-être pourrait-elle l'aider à se libérer.

~

*A*nthony s'était réveillé le lendemain matin avec non pas un, mais deux chatons pelotonnés entre ses mollets, sur la couverture. Il avait appris plus tard que la sœur de Jonquille, nommée Fougère, sans doute à cause de ses jolis yeux verts, était arrivée à la maison la veille au soir.

Meg, auprès de qui il s'était excusé de s'être montré difficile la veille, le lui avait dit. Il n'avait pas revu Mlle Pemberton depuis ce moment-là.

Se levant du secrétaire de sa chambre, Anthony se rendit dans l'étroite garde-robe pour nouer sa cravate. Il enroula la bande de soie autour de son cou et se regarda dans le miroir. Enfin, l'enflure autour de son œil droit avait suffisamment diminué pour qu'il puisse voir avec. Cependant, le reste de son visage était toujours aussi affreux. Certains pourpres avaient viré au bleu et certains bleus avaient viré au vert, mais dans l'ensemble, cela restait un chaos coloré.

Après avoir noué sa cravate pour lui donner un semblant de style, il attrapa sa veste et l'enfila, grimaçant légèrement lorsqu'il tira sur ses côtes. Elles allaient un peu mieux, mais il comprenait pourquoi le médecin lui avait recommandé de se reposer. Malgré tout, il n'avait pas pu résister à l'envie de prendre un bain et de s'habiller aujourd'hui. Il avait besoin de se sentir à nouveau humain. Du bout des doigts, il effleura la courte barbe qui recouvrait sa mâchoire. Apparemment, il était un humain poilu.

De retour dans la chambre, Anthony prit la lettre qu'il venait d'écrire et se dirigea vers la porte. Avant qu'il puisse l'ouvrir, quelqu'un frappa à l'extérieur.

— Entrez, dit Anthony en tendant la main vers la poignée. Il ouvrit la porte et vit Mlle Pemberton dans le couloir.

Elle le parcourut du regard, surprise.

— Vous êtes habillé.

— Oui.

— Vous êtes censé vous reposer. Pendant encore au moins trois jours. Quatre, en réalité. Peut-être plus longtemps.

Elle pinça les lèvres, et il ne put s'empêcher de penser qu'il mourait d'envie de les embrasser.

— J'avais envie de me sentir normal, pour changer, déclara-t-il. Et je voulais voir si Culpepper pouvait faire livrer ceci.

Il leva la lettre qu'il avait écrite à l'attention de son major-dome et de son valet de chambre.

— Oh ! Qu'est-ce que c'est ?

— J'ai demandé à mon majordome et à mon valet de chambre d'envoyer des vêtements. Je suis un peu fatigué de ce costume.

— Vous ne devriez pas être habillé du tout. Vous avez une

chemise de nuit que j'ai achetée pour vous. Si vous restez couché, elle suffira, affirma Jane, qui jeta un regard vers le lit. Mais vous ne voulez pas rester alité.

— Vous avez parlé de cartes ou de backgammon. J'espérais que nous pourrions jouer. La position allongée complique les choses.

Elle plissa ses yeux fauves en le regardant.

— Je pense toujours que vous avez essayé de vous faufiler en bas.

— Vu que mon intention était de jouer avec vous, je n'avais aucune raison de me faufiler, comme vous dites, remarqua-t-il avec ironie.

— Vous vous êtes dit qu'une fois en bas, je ne vous obligerais pas à remonter.

— Vous avez tout compris, répondit-il avec une pointe d'admiration.

Parce qu'elle avait raison.

— Je vais vous autoriser à descendre les escaliers, juste pour un jeu, si vous êtes capable de les atteindre sans vaciller.

— Cela signifie-t-il que vous n'allez pas m'offrir une escorte ?

Il fit la moue.

Un sourire se dessina sur la bouche en forme de cœur de Jane.

— Je resterai assez près pour vous rattraper. Encore.

— Alors, permettez-*moi* de vous *escorter*, proposa-t-il en lui présentant son bras.

Elle hésita, puis posa la main sur sa manche. Anthony se sentait bien plus stable sur ses pieds que depuis son arrivée, et il se dirigea vers les escaliers qu'il descendit sans tituber le moins du monde.

— Ai-je réussi l'examen ? s'enquit-il lorsqu'ils arrivèrent en bas.

Elle inclina la tête.

— Bien joué, my lord.

Il l'escorta jusqu'à la salle jardin.

— My lord, c'est tellement formel ! Vous devez m'appeler Anthony.

Elle retira sa main de son bras quand ils furent entrés.

— Je ne pourrais pas. Cela semble bien trop familier.

— Vous avez soigné mes blessures, vous m'avez permis de dormir dans votre lit, et vous m'avez vu nu. Qu'y a-t-il de plus familier que cela ?

— J'ai au moins une chose qui me vient en tête, répondit-elle en détournant le regard. De plus, je ne vous ai pas vu nu. Seulement presque nu.

Anthony s'efforça de ne pas penser à cela. Ou à toutes les autres choses qui allaient de pair avec.

— Oh ! Eh bien, si ce n'est que cela…

Elle lui décocha un large et bref sourire.

— Laissez-moi donner votre lettre à Culpepper.

Il la lui tendit.

— Merci. Pourriez-vous envoyer une calèche pour la faire porter, et demander à un valet de pied d'attendre pour prendre mes affaires et les ramener ensuite ? C'est le seul moyen que j'ai trouvé pour garder le secret sur l'endroit où je me trouve.

Elle lui prit la missive des mains.

— Bien sûr. Je vais demander à Culpepper de s'occuper de cela.

— Et peut-être aussi d'apporter du madère ou du porto ?

Jane pinça les lèvres.

— Je croyais que vous évitiez tout ce qui est plus fort que la bière.

— Seulement parce que vous avez dit que je devais le faire.

Il se rendit à la table située devant les portes qui donnaient sur le jardin et il s'assit.

Elle tapota la lettre contre sa main.

— Si vous êtes capable de me donner une bonne raison de boire quelque chose de plus fort que la bière, je vous laisserai l'avoir.

— Ah ! Vous êtes une soignante malveillante !

— Si c'est ce que vous pensez, je suppose que vous pouvez partir à tout moment.

— Vous avez insisté pour que je reste au moins une semaine, répliqua-t-il en l'observant avec intérêt. Pourquoi ce changement soudain ?

Elle haussa une épaule.

— Je ne peux pas vous obliger à faire quoi que ce soit. Si l'alcool est à ce point important pour vous, je suppose que vous pouvez faire ce que vous voulez.

Elle avait raison : elle ne pouvait pas le forcer à faire quoi que ce soit, y compris à accepter sa proposition. Mais il y songeait, tout comme il s'abstenait de boire de tout, sauf de la bière.

— Comme je guéris plutôt bien sous vos soins, malveillants ou non, je suis enclin à rester. Et à respecter vos règles.

— Je vais porter ceci à Culpepper, annonça-t-elle en agitant la lettre. Et lui demander d'apporter de la bière.

Elle s'en alla au moment où les deux chatons entraient en courant dans la salle jardin.

— Et voilà Jonquille et Fougère, dit-il en souriant.

Elles s'approchèrent de lui et reniflèrent sa botte. Il se baissa et tapota les deux petites.

— Êtes-vous déjà en train de semer la terreur dans la maison ?

Il balaya la pièce du regard, en quête d'un objet avec lequel elles pourraient jouer. Il posa les yeux sur une pelote de laine, ou plutôt une pelote avec une longue queue de laine qui s'était effilochée.

Anthony se leva et alla la récupérer dans le coin de la pièce. Fougère tourna la tête vers lui alors qu'il enroulait le fil autour de la pelote.

— C'est ça que tu cherches ?

Il s'accroupit et présenta la pelote sur sa paume. Fougère se précipita vers lui et donna un coup de patte dessus, timidement d'abord, puis avec plus de force, de sorte qu'elle s'envola de sa main. Jonquille courut vers le jouet, renversant sa sœur au passage. Elles bataillèrent un instant, semblant oublier la laine. Puis elles se figèrent toutes les deux et cherchèrent la pelote du regard, avant de s'élancer en même temps vers elle.

Anthony éclata de rire devant leurs pitreries ; cela faisait une éternité qu'il ne s'était pas senti aussi bien.

— Qu'y a-t-il de si drôle ? s'enquit Mlle Pemberton.

Elle s'avança vers la table en portant un jeu de backgammon.

— Les chatons. Ils sont incroyablement divertissants.

Elle posa le jeu sur la table.

— Je les adore vraiment, pourtant elles ne sont là que depuis un jour. En réalité, Fougère est là depuis moins longtemps.

— Qu'est-ce qui vous a poussée à les prendre ? voulut savoir Anthony, qui reprit sa place à la table et l'aida à installer le plateau de backgammon.

— Vous, en fait.

Colton haussa un sourcil et ne put s'empêcher de rire.

— Pourquoi ?

— Parce que vous faisiez du bruit pendant que j'essayais d'organiser une réunion de la Société des Femmes de tête et que j'ai dû trouver une explication. J'ai accusé un chaton.

— Et elles vous ont cru ?

Il ne se rappelait pas ce qui s'était passé, mais il supposait qu'il avait fait plus de bruit qu'un chaton ne pourrait en faire.

Elle regarda les chatons qui jouaient avec la laine.

— Elles en ont eu l'air. Et parfois, quand je les observe, je me dis que c'est peut-être possible. Ce matin, Jonquille a fait tomber plusieurs objets de ma coiffeuse. Je me demande même si elles ont dormi.

— Elles ont dormi. Meg les a fait entrer dans ma chambre hier soir et a laissé la porte entrouverte.

Mlle Pemberton le regarda avec surprise.

— Elles ont dormi avec vous ?

— Quand elles n'attaquaient pas mes pieds.

— Je vois. C'est adorable ! dit-elle, puis elle croisa son regard. Sauf que… c'était sans doute agaçant, et que vous avez besoin de vous reposer. Je veillerai à ce qu'elles ne vous dérangent pas ce soir.

— Ce n'était pas gênant, répondit-il, puis il plissa les yeux. À moins que… Seriez-vous en train d'essayer de les garder pour vous ?

Jane éclata de rire.

— Pas du tout ! Après votre départ, elles dormiront peut-être avec moi.

Après son départ. Soudain, il n'avait plus envie d'y penser.

— Voulez-vous jouer au backgammon ?

— À moins que nous n'installions le plateau juste pour le regarder.

— Ou pour que les chatons sautent dessus et envoient les pièces partout.

Elle jeta un coup d'œil aux petites ; Jonquille lançait une attaque furtive sur sa sœur.

— Chut ! Ne leur donnez pas d'idées.

— Devons-nous lancer les dés pour voir qui commence ?

Mlle Pemberton acquiesça et en prit un. Anthony saisit l'autre sur le plateau, et tous deux les lancèrent.

— C'est vous, annonça-t-il après avoir obtenu un deux, et Jane un quatre.

Culpepper apparut avec deux verres de bière qu'il déposa sur la table.

— Puis-je apporter autre chose ?

Mlle Pemberton haussa un sourcil interrogateur vers Anthony. Celui-ci leva les yeux vers le majordome pour répondre à sa question.

— Non, merci.

Après le départ de Culpepper, Anthony leva son verre.

— À l'aide-soignante la plus charmante que j'aurais pu espérer.

Elle lui jeta un regard en coin.

— Je croyais que j'étais malveillante.

Il haussa les épaules.

— Vous êtes quand même la plus charmante, rétorqua-t-il en souriant avant de boire une gorgée de bière.

Elle lança les dés, et chacun joua quelques tours avant qu'il ne reprenne la parole. Il ne pouvait s'empêcher de penser à sa proposition. Qui n'était pas si choquante. Ce n'était pas tous les jours qu'une belle jeune femme lui demandait de la séduire. Ce n'était jamais arrivé, en fait.

Mais était-ce vraiment de la séduction ?

— Donc, au sujet de votre proposition…, dit-il lentement.

Elle se redressa, et le regard de Jane croisa le sien.

— Oui ?

— Que recherchez-vous, exactement ? S'agit-il d'une transaction : je vous procure du plaisir en échange de votre hospitalité et de vos soins, et c'est tout ?

— Eh bien, j'aurai sans doute envie de vous donner du plaisir en retour. C'est une question de politesse.

De politesse ?

— Il n'est pas question d'un échange de faveurs, mademoiselle Pemberton. Ce que vous me demandez vous exposera, ainsi que moi, et pas seulement physiquement. Il y a une intimité lorsque l'on fait ces choses.

Il but une autre gorgée de bière. Comment avait-il pu envisager que ceci, avec *elle*, serait une transaction ?

— Enfin, il peut y en avoir, et c'est mieux s'il y en a.

— Mieux comment ?

— Le plaisir est plus grand. D'après mon expérience en tout cas. Si je me contentais de coucher avec vous par commodité, ce serait moins satisfaisant. Vous attendez-vous à des baisers ou à des caresses ?

Elle répondit rapidement.

— Des baisers, oui. Et je ne sais pas comment vous pourriez faire ce que je vous ai demandé sans caresses.

Anthony sourit.

— Je voulais parler de caresses plus particulières. Aimeriez-vous que je touche votre corps, surtout vos seins et votre… sexe ? Il avait été sur le point de dire « figue », mais il avait décidé que c'était peut-être trop vulgaire.

Ses joues prirent une délicate nuance de rose, et il sentit la chaleur aussi. Pas dans son visage, mais plus bas… bien plus bas.

Elle ne le quittait pas des yeux, et elle semblait le déshabiller du regard. Ou peut-être n'était-ce là qu'un vœu pieux.

— Je crois que vous le devriez ? Je veux dire… je n'en sais rien. Est-ce que cela rend les choses meilleures ? Plus intimes, comme vous l'avez dit ?

— Oui.

Sa gorge était si sèche qu'il avait l'impression d'avoir erré dans le désert pendant un mois. Il but davantage de bière.

— Comment ?

Bon sang, elle voulait des détails ! Il se pencha légèrement en avant.

— Vos seins sont sensibles. Je pourrais vous exciter en les touchant, avec mes mains, et avec ma bouche.

Les narines de Jane se dilatèrent.

— Vous y mettriez votre bouche ?

Anthony aurait pu jurer que les mamelons de la jeune femme avaient durci, mais il ne pouvait évidemment pas le deviner à travers les couches de ses vêtements. Encore un vœu pieux, sans doute.

— Quoi d'autre? voulut-elle savoir, légèrement essoufflée.

Enhardi par l'intérêt qu'elle portait à ce qu'il disait, il saisit l'un des dés qu'il fit rouler entre ses doigts.

— Vous voyez ce que je fais à ce dé? demanda-t-il d'une voix douce. Je ferais la même chose à vos mamelons. Vous vous cambreriez contre moi, et je tirerais doucement. Vous halèteriez peut-être. Vous gémiriez peut-être. Peut-être me supplieriez-vous de vous prendre dans ma bouche. Et je le ferais. Peut-être alors éprouveriez-vous cette sensation, le désir, au plus profond de votre sexe.

Elle ne cilla pas. Ses lèvres s'entrouvrirent. Anthony faillit gémir de désir.

— Ensuite, vous me toucheriez… là?

Il acquiesça, incapable de parler à ce moment-là.

— Et vous y mettriez aussi votre bouche? s'enquit-elle, et sa question était lourde de scepticisme.

Elle s'attendait à ce qu'il dise non… il en était persuadé.

— Je ne devrais pas? demanda-t-il, car il voulait savoir si elle souhaitait qu'il le fasse.

Jane écarquilla les yeux.

— Je ne sais pas. Cela semble… scandaleux.

Il rit, un son grave et guttural qui résonna dans son torse. Anthony reposa le dé sur le plateau.

— Tout ceci est scandaleux, mademoiselle Pemberton.

Elle baissa les yeux sur ses genoux.

— Oui, bien sûr que ça l'est. Je n'aurais pas dû vous demander.

— Je ne le regrette pas. Et oui, je mettrais ma bouche sur vous… si vous me le permettiez.

Lorsque les yeux de Jane croisèrent à nouveau les siens, il y vit de la chaleur et du désir. Son sexe se dressa contre le tissu de son pantalon, et il se réjouit d'être caché par la table.

— Je le ferais, répondit-elle, la voix légèrement rauque. Je vous fais confiance, vous feriez ce que vous pensez être le mieux. Ce qui ferait le plus de bien.

Elle lui faisait confiance. Rien de ce qu'elle aurait pu dire n'aurait réussi à le déstabiliser davantage.

— Jane. *Mademoiselle Pemberton*, grogna-t-il, avant de secouer la tête. Non, si je couche avec vous, alors je vous appellerai Jane.

Elle se pencha en avant, l'air interrogateur.

— Cela signifie-t-il que…

Il ne la laissa pas terminer.

— Cela ne veut rien dire. Pour l'instant.

Bon sang, il l'envisageait ! Plus que cela. Il le *prévoyait.* Il l'imaginait allongée dans son lit à l'étage, étendue nue devant lui, tel un festin à sa merci. Et il ferait tout ce qu'il venait de lui dire, et plus encore, en commençant par l'embrasser.

— Vous a-t-on déjà embrassée ?

Jane secoua la tête.

Comment diable avait-elle pu hériter d'une réputation de séductrice alors que personne ne l'avait jamais embrassée ? Pour quiconque prenait le temps de discuter avec elle, il était évident qu'elle était aussi innocente qu'on pouvait l'être.

Ce qui signifiait qu'il aurait dû garder ses mains et sa bouche loin d'elle. Et pourtant, comme elle le lui demandait, et qu'elle s'était déjà retirée du marché du mariage…

Il termina sa bière, regrettant qu'il n'y en ait plus. Il avait la bouche continuellement sèche tandis qu'il se trouvait assis en face de la femme la plus séduisante qu'il ait jamais rencontrée. Était-ce vrai ? Il avait rencontré un grand nombre de femmes. Certes, mais Jane était différente. Jane avait découvert des facettes de lui que personne n'avait jamais vues.

Il lui était redevable. Mais ce n'était pas une raison pour lui prendre sa virginité. Cependant, il pouvait l'embrasser, non ?

— Vous devriez être embrassée.

— Est-ce une offre ? lui demanda-t-elle, un léger sourire se dessinant sur ses lèvres.

— Peut-être. Je n'ai pas encore pris ma décision. Vous avez un don pour qu'il soit difficile de vous refuser quoi que ce soit.

Jane sourit alors, et quelque chose se détendit dans la poitrine d'Anthony pour la première fois depuis très, très longtemps.

— Oh ! Bien.

— En attendant, il me semble que nous avons une partie de backgammon en cours, remarqua-t-il.

— Vraiment ? J'ai failli oublier. Vous étiez très distrayant.

Elle lui lança un regard grivois.

— Vous pensez que *je suis* distrayant ? répéta-t-il en secouant la tête avec un petit rire. Vous devez arrêter de me regarder comme ça.

— Je ne suis pas sûre de comprendre ce que vous voulez dire, dit-elle timidement.

— Je pense que vous le savez. Et c'est à votre tour.

Elle prit les dés et en tint un dans sa paume, tout en faisant rouler l'autre entre ses doigts. Le message de Jane était clair.

La partie allait être très longue.

CHAPITRE 5

*J*ane parcourut des yeux le salon de la maison du marquis de Ripley à Hanover Square. Il était aussi élégant qu'elle s'y attendait, et nullement inconvenant comme le marquis. Ou comme il l'*avait* été. Mais était-il vraiment « convenable » tout d'un coup, parce qu'il avait épousé Phoebe ? Après tout, la réputation de son amie avait été ruinée lorsqu'elle avait annulé son mariage l'année précédente, juste avant qu'il n'ait lieu.

Oh ! Quelle importance ? Les réputations et les normes étaient fixées par l'élite et n'avaient souvent rien à voir avec la valeur réelle d'une personne. Jane le savait par expérience personnelle. Chaque fois qu'elle songeait à la rumeur la concernant, la rage enflait en elle.

Phoebe entra dans le salon, rayonnante comme au jour de son mariage.

— Je suis ravie que tu sois venue me rendre visite !

Elles s'étreignirent, puis s'assirent ensemble sur le canapé, se tournant l'une vers l'autre.

— Cette maison est magnifique, constata Jane. Je

comprends pourquoi tu la préfères à ta maison de Cavendish Square.

Phoebe lui jeta un regard penaud.

— Ne le dis pas à Marcus, mais ma salle jardin me manque.

Jane toucha doucement la main de son amie.

— Oh, non !

— Tout va bien. Il m'a donné carte blanche pour en créer une ici aussi. Il y a un salon qui conviendra à merveille, une fois que nous aurons posé des portes et effectué d'autres travaux de rénovation. Et son jardin est *bien plus grand* que le mien.

— Eh bien, ce sera magnifique. Je suppose que tu voudras ton Gainsborough, ainsi qu'un certain nombre d'autres objets de la maison.

Le regard de Phoebe devint méditatif.

— Oui, sans doute. Je n'ai pas eu beaucoup de temps pour réfléchir avant le mariage, avoua-t-elle en rougissant légèrement. Tout s'est passé si vite !

— Pourquoi attendre ? Une fois que tu as trouvé la personne avec laquelle tu veux passer le reste de ta vie, j'imagine que tu as envie de commencer tout de suite.

— Exactement ! s'exclama Phoebe, de nouveau rayonnante. Maintenant, parle-moi de ton chaton.

Jane faillit rire de l'absurdité de passer d'une discussion sur le mariage à celle sur l'acquisition d'un chat, mais de quoi d'autre aurait-elle pu parler ? Cette pensée lui donnait presque envie de pleurer, mais elle n'était pas du genre à se complaire dans le désespoir. En plus, elle n'était pas désespérée, pas encore. Elle était en colère à cause de la rumeur, mais elle accueillait également un beau et charmant gentleman. Accueillait ? Pensait-elle que c'était ce qui se passait ?

— Elle est adorable. Tellement, en fait, que j'ai ramené sa sœur à la maison aussi. Jonquille et Fougère.

Phoebe fronça les sourcils.

— Je croyais que c'était un garçon. J'aurais juré que tu avais dit « il ».

Jane se figea. Vraiment ? S'obligeant à rire, elle agita la main.

— J'ai d'abord cru que c'était un mâle ! C'était idiot de ma part.

Phoebe plissa légèrement les yeux, comme si elle n'était pas tout à fait sûre de croire l'histoire de Jane, mais c'était absurde. Pourquoi ne la croirait-elle pas ? Qu'elle ait pensé que le chaton était un mâle était bien plus crédible que d'imaginer que c'était l'animal qui avait causé tout ce bruit l'autre jour.

Cherchant à détourner la conversation, Jane lança :

— J'ai entendu la chose la plus horrible qui soit, et j'ai besoin de ton aide.

Phoebe posa un regard inquiet sur elle.

— Quoi ?

— Apparemment, quelqu'un a lancé une rumeur importune durant ma première saison, selon laquelle j'étais *facile.*

— Qui ferait une telle chose ?

— Je n'en ai pas la moindre idée, voilà pourquoi j'ai besoin de ton aide. Je veux découvrir qui a fait ça, et pourquoi, affirma Jane, croisant les mains sur les genoux. Ils ont complètement ruiné ma vie, Phoebe. Voilà pourquoi je ne me suis jamais mariée et pourquoi, lorsqu'il semblait que je pouvais avoir trouvé un partenaire, le gentleman en question ne poursuivait jamais sa cour.

— Et pourtant, le duc Galant a quand même écrit à ton sujet, remarqua Phoebe. Tout le monde n'était donc pas au courant de cette rumeur. Moi, en tout cas, je ne la connaissais pas.

Phoebe faisait référence à l'homme, le marquis de Northam, qui était désormais marié à leur amie Lavinia, et qui avait pris l'initiative d'écrire des poèmes au sujet de femmes célibataires dans le but d'accroître leur popularité et ainsi leur permettre de faire des rencontres. Le marquis était un poète et un musicien doué. Ses ballades avaient été publiées et lues par un grand nombre, et elles avaient donné lieu à plusieurs rencontres. Y compris pour Phoebe, mais cela s'était malheureusement terminé de manière épouvantable lorsque son fiancé s'était révélé être une personne vraiment affreuse.

— Il est possible que M. Northam en ait eu connaissance et qu'il ait décidé d'écrire sur moi malgré tout, déclara Jane. Il aime bien bousculer les conventions.

— Effectivement, acquiesça Phoebe, avant de se mettre à rire. J'ai l'impression que les hommes comme lui font les meilleurs maris.

Cela semblait être le cas, en particulier quand il était question de l'époux de Phoebe.

— As-tu une idée de la personne qui aurait pu être à l'origine d'une chose aussi hideuse ?

Phoebe écarquilla brièvement les yeux, puis elle souffla.

— Il y a tant de gens… mais *pourquoi* feraient-ils cela ? Je ne te connaissais pas très bien à l'époque. Aurais-tu repoussé ou ignoré quelqu'un ?

— Je n'ai pas cessé d'y réfléchir, mais je n'arrive pas à trouver une seule personne. C'est ce qui est terriblement frustrant.

Phoebe regarda derrière elle, les sourcils froncés, visiblement plongée dans de profondes pensées. Puis elle ramena son regard sur celui de Jane :

— Il faut que tu interroges quelqu'un qui aurait pu savoir ce qui s'est passé lors de ta première saison, quelqu'un qui a des relations.

Elle se figea soudain pendant une seconde. Puis elle cligna des yeux en regardant Jane.

— Qui t'a parlé de cela.

Zut ! Jane ne pouvait pas lui dire que c'était Anthony. Cette omission brûlait la conscience de la jeune femme, qui mourait d'envie de parler de lui à Phoebe, ainsi que de la proposition qu'elle lui avait faite. De la façon dont elle se consumait en pensant aux choses qu'il lui avait dites la veille, en proie à un besoin qu'elle ne comprenait pas entièrement.

— La cousine du fiancé d'Anne le lui a dit, et elle me l'a répété.

Phoebe, qui n'avait aucune raison de parler à Anne, puisqu'elles n'étaient pas proches, ne pouvait pas le vérifier.

— Je vois. La cousine de Chamberlain n'aurait pas dû dire quoi que ce soit.

— Je ne suis pas d'accord. Je suis heureuse d'apprendre enfin que mon célibat n'était pas ma faute.

Plissant brièvement les yeux, Phoebe se pencha vers Jane.

— Cela n'a jamais été ta faute ! Ta mère n'aurait jamais dû te dire cela.

— Oui, précisément. Et maintenant, j'en aurai la preuve. Lorsque je découvrirai qui a lancé la rumeur et que je prouverai que cette personne est une menteuse.

— Est-ce ton intention ? La retrouver sera déjà assez difficile. Tu veux te venger ?

— Je le mérite, n'est-ce pas ?

Phoebe soupira.

— Oui, mais je crains que tu n'obtiennes pas vengeance.

Jane avait espéré davantage de soutien.

— Je vais quand même essayer.

— Et je t'aiderai, affirma son amie en se tapotant la lèvre du bout du doigt. À qui pouvons-nous parler ?

— Cela ressemble à une rumeur entre gentlemen, remarqua Jane. Pourrais-tu poser la question à Ripley ?

— Bien sûr ! Il est fort possible qu'il ait entendu parler

d'une telle chose, au vu de sa réputation, répondit Phoebe en pinçant les lèvres.

— Son ancienne réputation, la corrigea Jane, ce qui fit rire la jeune mariée.

— Je pense qu'elle est toujours d'actualité, mais je m'en fiche. La plupart des gens ne voudront jamais croire qu'il est éperdument amoureux de quelqu'un, et encore moins de moi, mais rien ne les y oblige.

— Non, c'est vrai, approuva Jane à voix basse.

Tout ce qui comptait, c'était que Phoebe le croie. Et pourquoi en aurait-il été autrement ? Il suffisait de regarder Ripley pour se rendre compte qu'il était complètement épris.

— Si Marcus ne le sait pas, il pourrait sans doute se renseigner auprès de quelques gentlemen.

— Penses-tu à des femmes qui pourraient en avoir entendu parler ? s'enquit Jane. Quelqu'un qui aurait de nombreuses relations au sein de la société, et qui n'aurait pas répandu la rumeur, puisqu'elle n'était pas connue de tous.

— Que penses-tu de lady Satterfield ? Elle connaît absolument tout le monde, et c'est l'une des personnes les plus gentilles et généreuses que j'ai rencontrées. Elle ne répandrait jamais de telles rumeurs.

— Et elle n'en parlerait jamais à ma mère ni à moi. Elle ne voudrait pas nous bouleverser.

— Exactement. Oui, je pense que nous devrions lui demander. Si Marcus ne met pas fin à cette interrogation avant.

Jane souhaitait connaître la vérité le plus vite possible.

— Est-il ici ?

Phoebe secoua la tête.

— Je crains bien que non. Mais je lui parlerai dès son retour, et je t'enverrai un message.

Un peu soulagée, Jane adressa un sourire reconnaissant à son amie.

— Merci.

Cependant, son soulagement fut de courte durée, car elle se rendit compte qu'elle n'aurait sans doute pas l'occasion de parler à lady Satterfield. Ce n'était pas comme si Jane continuait à fréquenter ces cercles.

— Malheureusement, je viens de penser à quelque chose. Comment pourrai-je parler à lady Satterfield ? Je n'ai pas reçu la moindre invitation depuis que j'ai emménagé à Cavendish Square, et je ne m'attends pas à ce que cela change.

Phoebe se renfrogna.

— Les règles sont différentes pour les hommes et les femmes, et c'est terriblement injuste. Tu sais que je t'inviterai toujours aux événements que nous organiserons, et tous nos amis feront de même, affirma-t-elle en regardant Jane. Et n'oublie pas que nous comptons des ducs parmi nos amis.

Jane était touchée par le soutien de Phoebe.

— Je ne sais toujours pas comment je pourrais voir lady Satterfield de sitôt.

— Tu le feras lors du dîner que j'organiserai la semaine prochaine. Il aura lieu à Brixton Park, et les gens pourront y passer la nuit s'ils le souhaitent. Nous devrions peut-être faire une nouvelle partie de cache-cache dans le labyrinthe.

Dans ses yeux brillait quelque chose que Jane commençait à reconnaître : une impatience particulière. Et comme elle savait que la dernière fois qu'ils avaient joué à cache-cache dans le labyrinthe, Phoebe avait retrouvé Marcus et l'avait embrassé pour la première fois, elle imaginait aisément à quoi pensait son amie.

Et maintenant, Jane pensait à la même chose. Elle faillit demander si Phoebe inviterait Anthony, mais cela signifierait qu'il devrait être chez lui pour recevoir l'invitation. Ce qui ne serait pas le cas. Finalement, elle ne dit rien. L'idée d'embrasser Anthony dans le labyrinthe de Brixton Park était ridicule. Il n'avait rien accepté. Mais elle pouvait encore espérer.

Elles discutèrent encore une heure avant que Jane ne prenne congé. Tout en marchant d'un bon pas vers Cavendish Square, elle pria pour que Ripley parvienne à élucider le mystère. Ensuite, il ne lui resterait plus qu'à déterminer comment elle se vengerait de la canaille qui avait ruiné sa vie.

Une fois rentrée chez elle, Jane monta dans la chambre d'amis pour voir Anthony. Elle s'arrêta juste à côté, se rendant compte qu'elle l'appelait par son prénom dans sa tête depuis la veille et leur partie de backgammon. Quand il lui avait dit qu'elle devait l'appeler Anthony parce qu'elle était suffisamment familière avec lui pour le faire.

Ensuite, il avait rendu les choses encore plus familières entre eux, en lui racontant en détail ce qu'il pourrait lui faire. Son corps la picotait. Poussée par le désir de le voir, elle s'avança vers la porte qui était entrouverte.

— Lord Colton ?

Elle avait beau le faire dans sa tête, elle n'était pas prête à l'appeler Anthony. Pour le moment.

— Entrez.

Elle s'exécuta, poussant davantage la porte en franchissant le seuil.

— Pardonnez-moi de ne pas me lever, dit-il d'un ton ironique.

Il était installé dans un fauteuil près de l'âtre, un livre à la main. Elle vit que les deux chatons étaient roulés en boule sur ses genoux, endormis.

— Vous êtes en train de vous rétablir. Vous n'avez pas besoin de vous lever, même si vous n'étiez pas bloqué par les chats.

— Je suis quand même un gentleman, répondit-il, fermant le livre sur son doigt pour marquer la page.

Puis il se fendit d'un sourire qui fit s'emballer le pouls de la jeune femme.

— La plupart du temps.

— Les chatons vous aiment vraiment, remarqua-t-elle en allant s'asseoir sur la banquette rembourrée au bout du lit.

— J'en ai l'impression. Moi, en revanche, je ne suis pas sûr de les aimer. Ces petites m'ont encore empêché de dormir pendant la moitié de la nuit en s'attaquant à mes pieds. Je devrais les réveiller et les priver de sommeil, affirma-t-il en leur jetant un regard faussement dégoûté.

— Oh ! Je suis sûre que vous les aimez quand même. Comment pourriez-vous faire autrement ?

Il soupira.

— Je suppose.

— Que feront-elles lorsque vous partirez ? se demanda-t-elle à voix haute, avant de regretter de l'avoir dit.

Elle ne voulait pas penser à son absence. Elle s'était habituée à sa présence. Non, elle *aimait* sa présence.

— Eh bien, il me reste encore quelques jours sous votre autorité.

— Et vous resterez plus longtemps si nécessaire, dit-elle fermement, espérant qu'il suivrait son conseil.

Et pas uniquement parce qu'elle voulait qu'il reste.

— Comment vous sentez-vous aujourd'hui ? C'est ce que je suis venue vérifier.

Et elle voulait aussi le voir, tout simplement. Mais elle ne voulait pas le lui dire.

— Mieux. Ma poitrine ne me fait plus autant souffrir. Je peux presque respirer profondément.

— Merveilleux ! s'exclama-t-elle, car elle était heureuse de l'entendre, même si cela signifiait qu'il allait partir. Vous avez l'air mieux, effectivement.

Le gonflement autour de son œil droit avait beaucoup

diminué et certaines des ecchymoses les plus vives s'étaient quelque peu estompées.

— Vous êtes très gentille. J'ai toujours une mine affreuse, dit-il. Il y a un miroir dans la penderie, vous savez.

Elle éclata de rire.

— Je sais, mais je maintiens ce que j'ai dit. Vous ne vous êtes pas vu le matin où je vous ai trouvé sur le perron. Vos ecchymoses n'étaient peut-être pas aussi colorées, mais vous aviez l'air affreux.

Il grimaça.

— Je pense qu'il faudra un certain temps avant que je retrouve un aspect normal.

C'était sans doute vrai. Il ne ressemblait guère au gentleman qu'elle connaissait, même sans ses blessures. Une barbe brune recouvrait sa mâchoire et l'espace au-dessus de sa lèvre, et elle trouvait cela étrangement attirant.

— Pour être honnête, la barbe n'est pas si mal, lui avoua-t-elle.

Anthony passa une main le long de sa mâchoire.

— Je me disais qu'il fallait que je me rase. Mais, vous aimez ?

La question fit palpiter le ventre de Jane.

— Je ne *déteste* pas. Je reconnais que c'est un peu difficile à dire à cause des ecchymoses.

Il lui adressa un faible sourire, abaissant la main sur l'accoudoir du fauteuil.

— Il faudra que je trouve une raison à mes blessures lorsque je rentrerai chez moi. Je ne crois pas que je pourrai éviter de sortir jusqu'à ce qu'elles soient complètement guéries. Je risque de devenir fou.

— Est-ce que c'est le cas ? s'enquit Jane. La folie, je veux dire.

— Non. Mais j'ai pas mal de choses pour me divertir ici, dit-il, montrant les chatons avec le livre.

— Rien que les petites ? insista Jane, car elle se demandait si elle était la seule à être affectée par leur badinage.

— Pas seulement elles.

Il y avait une pointe sombre et provocante dans sa voix qui lui procura un doux frisson dans l'échine.

Jane lutta pour retrouver le fil de leur conversation avant de commencer à lui demander de réfléchir à nouveau à sa proposition. Elle voulait qu'il prenne sa propre décision, et elle n'en parlerait plus.

— Au lieu de chercher une raison à vos blessures, pourquoi ne resteriez-vous pas chez moi jusqu'à ce que vous soyez complètement rétabli ? Cela vous ferait sûrement du bien.

— Et que vais-je dire à mes domestiques ?

— La vérité ? Ou du moins, une partie de la vérité ? À quel endroit leur direz-vous que vous étiez ?

— Ce qu'ils pensent déjà : je leur dirai que j'ai séjourné chez un ami. Je n'ai pas donné de détails dans la lettre que vous avez remise à Culpepper.

Jane observa Anthony, avec son pantalon bleu, sa chemise ivoire et son gilet jaune foncé. Son cou découvert et ses pieds nus étaient scandaleux, mais ils avaient dépassé ce stade, bien sûr.

— Ils ont rassemblé vos vêtements assez rapidement. Jones a dit qu'il n'avait pas eu à attendre très longtemps, expliqua-t-elle, avant qu'une pensée angoissante ne lui vienne à l'esprit. Vous ne pensez pas que quelqu'un de votre maisonnée aurait pu suivre Jones jusqu'ici, n'est-ce pas ?

— J'en doute, répondit-il avec un petit rire. Vous êtes une créature malicieuse, n'est-ce pas ?

— En quoi cela me rend-il malicieuse ?

— Car tout le monde n'aurait pas envisagé une telle hypothèse.

Jane haussa les épaules.

— Mon esprit a tendance à faire ce genre de choses. Je réfléchis aux situations en profondeur.

Maintenant, elle songeait à la rumeur et à la nécessité pour elle d'en trouver l'instigateur.

— Je suppose que je pourrais dire à mes domestiques que je suis tombé d'une calèche en marche.

Jane s'adossa au pied du lit.

— Est-ce que c'est crédible ? Je suppose que oui, si vous aviez bu.

— Et nous savons que c'est une hypothèse crédible, ajouta-t-il en souriant.

— Et si vous étiez tombé en essayant de grimper jusqu'à la chambre d'une femme ?

Il éclata de rire.

— Je ne suis pas un dépravé *à ce point* !

— Si c'était le cas, vous ne devriez sans doute pas l'admettre, même à vos domestiques, lui dit-elle avec un clin d'œil. Vous avez dégringolé un escalier ?

— J'ai été attaqué par des cygnes. Ce sont des créatures méchantes.

Jane s'esclaffa.

— C'est vrai ! Cependant, je ne suis pas sûre que vos blessures correspondent à cela. Comment diable pourraient-ils vous meurtrir les côtes ?

Anthony agita les sourcils.

— Leurs ailes sont peut-être plus dangereuses que nous ne le pensons !

— Peut-être qu'une ruée de chèvres serait plus crédible.

Colton éclata d'un rire tonitruant.

— Des chèvres ?

Elle acquiesça et haussa une épaule.

— Pourquoi pas ?

— Pourquoi pas un cheval ou une vache ? demanda-t-il entre deux rires.

— Je pense qu'ils feraient des dégâts plus importants, répondit-elle après avoir réfléchi longuement. Une chèvre me semble tout à fait réaliste.

Il riait toujours.

— Alors, ce seront des chèvres. Je vais devoir établir comment je suis entré en contact avec des chèvres agressives, mais je suis sûr que cela me viendra.

L'hilarité faisait pétiller ses yeux cobalt.

Jane ne se rappelait pas avoir déjà passé un moment aussi agréable avec quelqu'un.

— Vous trouverez quelque chose, comme je l'ai fait avec Phoebe tout à l'heure.

Anthony posa le livre sur la petite table à côté de la chaise et la regarda d'un air interrogateur.

— C'est vrai ?

— Je l'ai interrogée au sujet de cette rumeur, et elle a l'intention d'en parler à Ripley, pour voir s'il se souvient de quelque chose.

— Vous ne lui avez pas parlé de moi ?

— Non, c'est pour cela que j'ai dû inventer quelque chose pour lui parler de la rumeur. Je ne pouvais pas lui avouer que je l'avais entendue de votre bouche. J'ai dit que la cousine de mon futur beau-frère l'avait dit à ma sœur, qui me l'a répétée à son tour.

— Merci, lui dit-il avec un regard penaud. Je me sens mal de vous demander de mentir.

— Je comprends pourquoi c'est important pour vous, mais merci de le dire.

Elle remarqua un fil décousu sur sa jupe et essaya de le dégager délicatement. Il ne bougea pas.

— Est-ce que vous manquerez à d'autres en votre absence ?

— J'en doute. Comme vous le savez, Sarah est à la campagne en attendant la naissance de son enfant, et c'est la seule famille proche que j'ai.

Il baissa les yeux sur les chatons et les caressa. Fougère s'étira sur le dos, et il lui frotta le ventre.

— Mais vous avez des amis, dit Jane, espérant le distraire de sa mélancolie, si c'était ce qu'il ressentait.

Il semblait s'assombrir et... se recroqueviller quand on évoquait sa famille.

— Felix est avec Sarah, bien sûr, parce qu'ils sont mariés. Et Marcus vient tout juste de convoler, il est occupé.

Jane se demandait si c'était tout. Elle se souvenait qu'il semblait y avoir un désaccord entre eux lors du petit déjeuner de mariage. Ripley était allé parler à Anthony, et ce dernier avait semblé s'irriter. Ensuite, il était parti. Elle décida de ne pas l'interroger à ce sujet. Leur conversation distrayante avait déjà pris un tour plus sombre.

— Quelqu'un d'autre ?

Il fronça les sourcils et la regarda.

— Il est possible que quelques gentlemen s'interrogent. J'ignore si quelqu'un a été témoin de la bagarre. Il est peut-être inutile que je raconte mon histoire d'attaque de chèvres si les ragots circulent déjà en ville.

— Je ne pense pas que ce soit le cas. Je lis la page des commérages, une mauvaise habitude que je dois à ma mère, et je n'ai rien lu à votre sujet.

— Tout n'y apparaît pas, déclara-t-il, l'air dégoûté.

— C'est vrai. Sinon, j'aurais été au courant de cette rumeur au moment où elle a commencé, affirma Jane.

Elle serra brièvement le poing, puis posa la main à plat sur ses genoux.

— Chaque fois que j'y pense, je suis tellement en colère ! Mais j'ai un plan, grâce à Phoebe. Comme je l'ai dit, elle parlera à Ripley pour voir s'il se souvient de quelque chose, et j'interrogerai lady Satterfield. Elle connaît tout le monde, et si une lady devait en avoir eu vent, je parierais volontiers sur elle.

— Je pense toujours que vous devriez abandonner, dit Anthony d'une voix douce. Quel bien cela pourrait-il vous faire ?

Jane se redressa, envahie d'une colère brûlante.

— Au moins, l'infâme gredin qui m'a ruinée sera rabaissé d'un cran !

— Et comment comptez-vous y parvenir ? Vous allez simplement ressortir ce scandale vieux de plusieurs années, ce qui n'améliorera en rien votre réputation, et l'auteur sera mis au ban de la société ?

— Je trouverai un moyen. Ripley l'a fait pour Phoebe lorsqu'il a réussi à ternir la réputation de son ancien fiancé.

Son amie lui avait raconté comment Marcus s'était rendu chez White et avait tout simplement parlé à voix haute de Sainsbury. Cela avait suffi à nuire à la réputation de l'autre homme.

Anthony frotta l'oreille de Jonquille.

— On ne saurait dire quels dommages il a réellement causés, puisqu'il a fini par commettre un meurtre peu de temps après et qu'il sera sans doute bientôt déporté, si ce n'est pendu.

Zut ! Il n'avait pas tort. Pourtant, elle pensait pouvoir se venger, et elle avait l'intention d'essayer. Avait-elle espéré qu'il l'aiderait ? Peut-être. Elle pensait qu'ils étaient devenus amis. L'étaient-ils vraiment ? Une fois qu'Anthony serait parti, ils redeviendraient des connaissances. En fait, elle le verrait sûrement moins puisqu'elle n'assisterait à aucun événement de la société, bien que lui-même n'en fréquente plus beaucoup. Enfin, à l'exception de ceux de ses amis, qui, apparemment, étaient aussi ceux d'Anthony. Elle le verrait donc sans doute.

— Je vous vois réfléchir, dit-il. Et je vois que vous êtes en colère. Vous l'êtes, n'est-ce pas ?

Il était capable de lire ses émotions ? Évidemment qu'il le pouvait. Elle imaginait bien que sa colère était visible. Elle soupira et se leva.

— Oui. Je me sens trahie. Et je n'ai aucune idée de qui a fait cela, ou pourquoi.

— Pourquoi trahie ? Croyez-vous que quelqu'un à qui vous tenez l'aurait fait ?

— Je l'ignore. Et, quoi qu'il arrive maintenant, je crains de ne pouvoir trouver le repos tant que je n'aurai pas découvert de qui il s'agit ?

Qu'avait-elle de mieux à faire, de toute façon ?

Soudain, elle éprouva une sensation d'oppression dans la poitrine. Qu'avait-elle ? Plus important encore, *qui* avait-elle ? Son regard se posa sur les chatons endormis sur les genoux d'Anthony et elle se rendit compte que même les deux petites n'étaient pas vraiment à elle. Elles tournaient autour de lui depuis qu'elles étaient arrivées.

— Je ne m'attends pas à ce que vous compreniez, dit-elle d'un ton sec, avant de tourner les talons et de se diriger vers la porte.

— Je suis désolé ! lui cria-t-il.

Alors qu'elle quittait la chambre, elle aurait pu jurer l'avoir entendu dire qu'il comprenait.

～

*A*nthony passa en revue son apparence dans le miroir, inclinant la tête d'un côté puis de l'autre. C'était étrange d'être rasé de frais pour la première fois depuis près d'une semaine. Il espérait que Jane approuverait, en imaginant qu'il la croiserait. Il ne l'avait pas revue depuis l'après-midi de la veille. Quand elle était partie en colère.

Il avait tout gâché. La situation de la jeune femme n'était pas la même que la sienne. Elle voulait en savoir davantage sur le passé, tandis que lui voulait l'enterrer. Qui était-il pour lui dire comment se comporter dans sa situation ?

— My lord ? l'appela Culpepper depuis l'extérieur de la penderie. Avez-vous besoin d'aide ?

Anthony ouvrit la porte avec un grand geste.

— Non.

Il avait réussi à prendre un bain, à se raser et à s'habiller tout seul. Il aurait vraiment pu rentrer chez lui. Mais il n'en avait pas envie. Pas encore. Pas tant qu'il n'aurait pas arrangé les choses avec Jane.

— Il vous manque une veste, lui indiqua Culpepper.

Exact. Il se retourna et récupéra le vêtement, puis le tendit au majordome.

— Vous avez raison. Cela ne vous dérange pas ?

— Pas du tout.

Anthony glissa une main dans une manche, puis il tourna le dos à Culpepper qui l'aida à enfiler sa veste. Le majordome passa ses mains sur chaque épaule tandis qu'il ajustait le vêtement sur sa silhouette.

Se tournant, Anthony s'enquit :

— C'est mieux ?

— Parfait, my lord.

En riant, Colton ajusta les poignets de sa chemise.

— Loin de là.

— Vous avez l'air bien mieux. Quelques-unes de vos ecchymoses sont jaune pâle maintenant.

C'était vrai, mais son œil droit était toujours d'un effroyable violet bleuté.

— Je me sens effectivement mieux, alors, c'est déjà cela, je suppose.

— Et comment vont vos côtes ? l'interrogea Culpepper.

— C'est encore un peu tendu, mais je n'ai eu aucune difficulté avec le bain.

— Excellent. J'espère que vous savez que vous pouvez nous appeler si vous avez besoin de quoi que ce soit.

Anthony répondit par un sourire.

— Oui, merci. Mlle Pemberton a beaucoup de chance de vous avoir, vous et le reste de la maisonnée.

— C'est nous qui avons de la chance de l'avoir.

— J'ai remarqué qu'elle n'avait pas reçu de visites. Enfin, à part le premier jour, constata-t-il.

Il voulait lui demander pourquoi ses parents ne lui avaient pas rendu visite.

— Sa famille vient-elle souvent la voir ?

Les épaules de Culpepper se raidirent.

— Non. En fait, ils ne sont pas encore venus lui rendre visite.

S'efforçant de ne pas se renfrogner, Anthony hocha la tête.

— Je vois. Ce sont eux qui perdent quelque chose.

Leur manque d'attention envers elle rendait-il Jane triste ? Regrettait-elle de s'être proclamée vieille fille ? De toute évidence, c'était le cas, tout comme elle regrettait la rumeur et les conséquences qu'elle avait eues sur ses perspectives de mariage. Elle avait choisi de devenir vieille fille, car cela lui avait semblé être la meilleure option dans sa situation. Une situation dans laquelle quelqu'un l'avait poussée.

Anthony avait soudain envie de se battre à nouveau, et pour une bien meilleure raison qu'il ne l'avait jamais fait auparavant : l'honneur de Jane.

— Je suis d'accord, approuva Culpepper.

Il répondait à son commentaire sur le fait que c'étaient ses parents qui perdaient quelque chose.

— Nous sommes très heureux d'avoir Mlle Pemberton,

surtout maintenant que Mlle Lennox est mariée. Nous avons un foyer chaleureux et agréable.

— Je vois cela, dit Anthony. Vous êtes particulièrement compétent, si je puis me permettre, tout comme la cuisinière. Je ne pense pas que vous puissiez m'apporter un verre de madère ? Ou de porto ? N'importe quel vin ferait l'affaire…

L'inquiétude se lut brièvement dans le regard du major-dome, et Anthony regretta d'avoir posé la question.

— Mes excuses, my lord, mais j'ai reçu des instructions très strictes : je ne dois rien vous donner de plus fort que de la bière. Souhaitez-vous que je vous en apporte ?

— Je m'excuse de vous avoir mis dans une position délicate, Culpepper. Cela ira, ne vous en faites pas, merci.

En fait, Anthony ne se souvenait pas de la dernière fois où il était resté aussi longtemps sans boire d'alcool plus fort. Il se sentait parfaitement lucide, et c'était rafraîchissant. Il se rendait compte qu'il avait eu peur de sortir en pleine lumière, mais ce n'était peut-être pas aussi terrible qu'il l'avait imaginé. Parce qu'il avait Jane pour le distraire. Et elle faisait des merveilles dans ce domaine.

— Si vous n'avez besoin de rien d'autre, alors…, dit Culpepper qui se tourna pour s'en aller.

— Mlle Pemberton est-elle à la maison ?

— Elle est dans la salle jardin.

— Merci, Culpepper, lui dit Anthony en levant le bras. Après vous.

Le majordome inclina la tête et précéda Anthony hors de la chambre.

Ce dernier descendit l'escalier et s'arrêta dans l'embrasure de la salle jardin. Jane était assise à la table devant les portes qui donnaient sur l'extérieur, dont l'une était entrouverte. Sa main faisait glisser une plume sur le papier devant elle, et une unique boucle d'or frôlait son oreille. Il aurait voulu être cette boucle... proche de son parfum et de la soie douce de sa peau.

Il entra dans la pièce.

— Bonjour, mademoiselle Pemberton.

La plume cessa de gratter le papier, et elle la posa sur le buvard. Prenant un petit chiffon, elle s'essuya le bout des doigts en se tournant. Ses yeux s'écarquillèrent alors de surprise.

— Lord Colton, vous vous êtes rasé !

Il leva la main pour masser doucement son menton.

— Eh oui. Mauvaise décision ?

— Je ne crois pas. En fait, vous êtes très beau. Pour la première fois, je vois que c'est vous.

Il rit doucement.

— Vous voulez dire que, pendant tout ce temps, j'aurais pu être un imposteur ?

Il lut la joie dans ses yeux.

— Je n'y avais jamais pensé, mais je suppose que c'est possible. Mais quelle aurait été la motivation d'une telle ruse ?

— Eh bien, passer du temps avec vous, bien sûr. Sinon, comment un gentleman pourrait-il se retrouver dans votre lit, et à votre merci ?

Il badinait avec elle, ce qu'il n'aurait probablement pas dû faire. Pas alors que sa proposition se dressait encore entre eux. Pas alors qu'il était incroyablement proche d'accepter de la satisfaire.

Elle posa le chiffon sur la table et se leva.

— Je voulais m'excuser...

Anthony ne pouvait pas la laisser faire.

— Non, c'était ma faute. Je ne devrais pas vous conseiller sur ce que vous devez faire, d'autant plus que vous ne m'avez même pas demandé mon avis. Veuillez accepter mes excuses.

Je n'ai jamais voulu vous mettre en colère ou vous contrarier de quelque manière que ce soit.

Jane hésita, elle semblait surprise de ses excuses.

— Merci. J'apprécie, même si je me rends compte que je me suis un peu… obstinée à propos de la rumeur depuis que vous m'en avez parlé.

— Je regrette de l'avoir fait, lui dit Anthony d'une voix douce.

Voyant l'éclair d'indignation dans le regard de la jeune femme, il précisa sa pensée.

— Seulement parce qu'elle vous fait souffrir, et que jamais je ne voudrais vous causer du mal.

Les épaules de Jane se détendirent.

— C'est une bonne chose de connaître la vérité ou au moins d'en connaître une partie. Savoir que ce n'était pas ma faute… eh bien, cela m'aide.

Elle lui adressa un faible sourire. Anthony comprit qu'elle avait porté pendant des années le fardeau de ce qu'elle avait considéré comme un échec. Il songea à ses parents qui ne lui rendaient pas visite, et il fut de nouveau pris d'une envie de se battre. Cependant, il ne pouvait pas *vraiment* envisager une altercation physique avec sa famille. Il pouvait malgré tout l'imaginer.

Il fit un pas vers elle, réduisant l'écart entre eux à moins d'un mètre.

— Cela n'a jamais été votre faute. Vous êtes charmante. N'importe quel gentleman aurait de la chance de vous avoir pour épouse. Je n'arrive pas à croire que personne n'ait fait fi de cela et ne se soit empressé de vous ravir en dépit de cette rumeur ridicule.

— Vous ne m'avez pas ravie, répliqua-t-elle avec un sourire. Je vous taquine. Je suis touchée par vos gentilles paroles. Je sais que c'est compliqué à comprendre pour vous, en tant qu'homme, mais cela a littéralement changé le cours de ma vie. Difficile de ne pas se sentir impuissante, et un peu… vide.

Il savait exactement quel effet cela faisait. Il avait pris une décision, celle de ne pas rentrer au domaine familial pour y superviser une tâche que son père lui avait confiée. Il était trop occupé par sa vie à Londres. Alors, ses parents s'y étaient rendus à sa place. Et, en un instant, leur famille avait changé pour toujours, aux mains d'un bandit de grand chemin. Peu importait qu'il ait été attrapé et pendu. Anthony n'en ressentait aucun soulagement, aucun sentiment de justice. Il n'éprouvait rien d'autre qu'une culpabilité écrasante et un vide profond.

Maintenant, il mourait d'envie de boire un verre.

— Anthony ?

Entendre Jane prononcer son nom le tira de l'abîme. Il cligna des yeux et la regarda, se concentrant sur l'inquiétude dans son regard fauve.

Elle réduisit la distance qui les séparait de deux petits pas.

— Vous continuez à le faire.

— Faire quoi ?

Il tressaillit, sachant exactement ce qu'elle voulait dire, mais espérant qu'elle ne l'avait pas vraiment percé à jour.

— Je vous perds un instant, dit-elle, lui touchant la manche. Où allez-vous ?

— Nulle part.

Nulle part dont il voulait parler avec elle. Elle était la grâce et la lumière, l'incarnation de tout ce qu'il n'était pas. De tout ce qu'il ne pourrait jamais être.

— Je ne crois pas que ce soit vrai, murmura-t-elle, retirant sa main. Mais je ne vous importunerai pas. Sachez simplement que je suis là si vous voulez parler de quoi que ce soit.

Anthony attrapa la main qu'elle venait de retirer de sa manche, mêlant ses doigts à ceux de la jeune femme.

— Peut-être puis-je vous apporter mon aide en ce qui concerne la rumeur.

Elle cligna deux fois des yeux.

— Merci. Cela me touche que vous vouliez m'aider. Phoebe a envoyé un message tout à l'heure : Ripley ne s'en souvient pas du tout.

— C'est regrettable. Parlez-moi de votre première saison. Qui vous a fait la cour ?

— Personne officiellement.

— Vous ne voyez personne qui vous aurait prêté attention ? Qui vous aurait emmenée vous promener dans un jardin sombre lors d'un bal ? J'essaie de déterminer pourquoi des gens ont estimé cette rumeur crédible.

Jane baissa les yeux sur leurs mains jointes.

— Je n'ai jamais été aussi proche d'un gentleman que nous le sommes. Il n'y a eu ni rencontres clandestines ni promenades. Je n'ai même pas le souvenir d'avoir été invitée à faire une telle chose. Et vous savez que l'on ne m'a jamais embrassée.

Oui, il le savait.

— Ce qui est un fichu crime.

Le regard de Jane croisa celui d'Anthony, et une vague de chaleur s'immisça entre eux.

— Vraiment ?

— Des plus graves, confirma-t-il dans un murmure, se penchant vers elle.

Il leva son autre main pour la poser délicatement sur la joue de Jane, juste avant de rapprocher ses lèvres des siennes. Fermant les yeux, il effleura la bouche de la jeune femme. C'était un baiser doux, chaste, qui lui fit l'effet d'un coup de foudre.

Il écarquilla les yeux, émerveillé, et recula. Elle le regarda fixement.

— Est-ce tout ?

Le temps s'arrêta pendant une seconde, puis il éclata de rire.

— Pour quelqu'un qui n'a pas d'expérience, vous en savez trop

— Seulement parce que vous m'en avez parlé, répondit-elle sans ruse.

— C'est donc *ma* faute.

Elle haussa les sourcils d'une manière tout à fait grivoise et provocante. Peut-être était-elle très rusée, finalement.

— J'aimerais que ce soit le cas.

Et, à ces mots, son sexe devint subitement dur.

— Prenez garde à ce que vous demandez, Jane.

Il relâcha la main de la jeune femme et passa le bras autour de sa taille, l'attirant contre lui. C'était si bon de la sentir si proche, et il savait que la goûter serait encore meilleur.

Fermant une nouvelle fois les yeux, il posa sa bouche sur celle de Jane. Remontant la main dans son dos, il glissa les doigts dans ses cheveux derrière son oreille, tout en caressant sa joue avec le pouce de l'autre main. Il le baissa, tirant sur sa mâchoire pour passer la langue derrière ses lèvres.

Elle posa une main sur son épaule et l'autre sur sa taille, enfonçant le bout de ses doigts dans sa chair tandis qu'il l'embrassait, explorant sa bouche avec sa langue. Sans un mot, il l'incita à l'embrasser à son tour.

Puis elle le fit, faisant glisser sa langue contre celle d'Anthony, d'abord timidement, puis avec plus de détermination. Il recula et murmura :

— Oui, comme ça…

Il inclina la tête et l'embrassa à nouveau, déplaçant sa main vers sa nuque et l'attirant plus étroitement contre lui.

Jane enroula une main autour de son cou, et se donna à lui dans un abandon total, basculant la tête en arrière, ouvrant la bouche pour accueillir Anthony. Puis elle s'enhardit, plongeant sa langue dans la bouche du vicomte, lui montrant à quel point elle apprenait vite.

Les hanches d'Anthony tressaillirent alors qu'il tâchait de ne pas se frotter contre elle. Il la désirait avec un désespoir brutal qui le choquait au plus haut point.

Et elle était à lui, il pouvait la prendre. Elle s'était montrée très claire à ce sujet. Il pourrait faire volte-face, aller fermer la porte, et revenir l'allonger sur le canapé.

Il la relâcha et s'éloigna, haletant rapidement.

— Qu'est-ce qui ne va pas ?

Elle leva vers lui des yeux rendus brûlants de désir et des lèvres rougies par les baisers ; elle respirait aussi vite que lui.

— Rien.

Il se força à prendre de grandes respirations pour faire retomber son désir. Il ne pouvait pas la prendre sur le canapé. Il ne le ferait pas. Elle méritait bien mieux que cela.

Elle méritait bien mieux que *lui*.

— Je dois y aller.

Il tourna les talons et quitta la pièce avant qu'elle puisse le questionner davantage. Avant de dévoiler autre chose du vide de son âme. Avant qu'il ne la détruise comme il détruisait tout le reste.

CHAPITRE 6

ujourd'hui, c'était le septième jour. Anthony pouvait très bien partir le lendemain. En fait, elle s'attendait à ce qu'il le fasse. Il s'était montré distant depuis leur baiser de la veille. Oh, il jouait quand même au backgammon et aux cartes après le dîner. Et il avait badiné avec elle… en douceur. Mais il n'avait pas évoqué ce baiser, et elle non plus.

Elle avait cru qu'il avait changé d'avis au sujet de sa proposition, surtout quand il l'avait embrassée. Manifestement, ce n'était pas le cas. Ce baiser l'avait troublé, se disait-elle.

De plus, il se rétablissait exceptionnellement bien. Ils avaient passé du temps dans le jardin cet après-midi-là, et si son œil avait toujours un aspect horrible, la plupart de ses autres blessures étaient presque guéries.

Ce soir, ils dîneraient dans la salle à manger, et elle se demandait si ce serait leur dernière soirée ensemble. Elle s'y attendait tout en le redoutant.

Soudain, elle se sentit irritée contre elle-même et son attitude défaitiste. Si ce devait être leur dernière soirée ensemble, elle voulait en profiter. Et elle voulait savoir si c'était vraiment la dernière.

Une fois habillée pour le dîner, Jane se rendit à la chambre d'Anthony et frappa à la porte.

— Entrez, dit-il.

Jane obéit et referma derrière elle. La chambre à coucher était vide, mais la porte étroite de la penderie était ouverte. Elle traversa la pièce et s'avança sur le seuil. Anthony était dos à elle, en train de nouer sa cravate.

La batiste de sa chemise blanche s'étirait sur ses larges épaules pendant qu'il s'affairait. Le regard de Jane s'attarda le long des muscles de son dos, à peine visibles sous le coton, et finit par se poser sur la courbe de son postérieur. Elle n'avait jamais prêté attention à l'attrait de cette partie du corps sur un homme. Ou peut-être n'était-ce que celui d'Anthony. Ses doigts la démangeaient de le toucher. La veille, elle n'avait eu droit qu'à un petit aperçu frustrant de lui. Elle en voulait plus.

Les yeux du vicomte croisèrent les siens dans le miroir, et ses doigts cessèrent de remuer.

— Jane. *Mademoiselle Pemberton*.

Il avait recommencé à l'appeler ainsi après le baiser. Elle avait suivi son exemple et recommencé à l'appeler lord Colton. Mais, dans son esprit, il serait Anthony pour toujours.

En se retournant, il abandonna la cravate, laissant la soie tomber, son nœud à moitié fait.

— Veuillez excuser ma tenue légère.

— Vous n'avez pas besoin de vous excuser. Je vous importune. C'est à vous de m'excuser.

Anthony sourit.

— Nous sommes d'une politesse exemplaire.

Elle acquiesça.

— Je me demandais si vous aviez l'intention de partir

demain. Je suis consciente que j'aurais pu vous le demander au dîner, mais il se trouve que..., dit-elle avant de s'interrompre, cherchant ses mots. Je voulais savoir. *Maintenant.*

Anthony eut l'air déconcerté.

— Pourquoi ?

Jane s'avança plus loin dans la petite pièce.

— Si c'est notre dernière nuit ensemble, je veux le savoir.

Il déglutit, et elle vit sa pomme d'Adam remuer, alors que le reste de son corps était totalement immobile.

— Ce devrait l'être. Je suis presque guéri et je devrais rentrer chez moi.

Elle se rapprocha encore, enhardie par l'électricité qu'elle sentait dans l'air.

— Mais vous n'êtes pas *complètement* guéri. Vous *pourriez* rester.

— Nous savons tous les deux que je ne devrais pas.

— Pourquoi ? Parce que je pourrais encore vous battre au backgammon ?

Il sourit, et ses yeux se plissèrent d'une manière qui fit palpiter son ventre et lui donna l'impression que ses poumons ne pouvaient plus respirer profondément.

— Sans nul doute. Ma virilité ne supporterait pas une nouvelle défaite.

Elle refusait de se dérober face à l'attirance qui régnait entre eux comme ils le faisaient depuis le baiser. Elle risquait de le regretter à jamais. Se postant juste devant lui pour qu'il n'ait nulle part où se cacher, elle posa une main sur son torse. Avec seulement sa chemise entre eux, elle sentait les battements puissants de son cœur, la chaleur alléchante de sa chair.

— Ou bien, est-ce parce que vous risqueriez de m'embrasser à nouveau ?

— Je ne le referai pas. J'ai dépassé les bornes hier.

Elle leva les yeux vers lui, frustrée par sa galanterie inutile.

— Comment pourriez-vous dépasser les bornes alors que je vous ai invité à prendre ma virginité ? Un baiser est tout à fait dans les limites de ce que je vous ai déjà demandé de faire. Et que ferez-vous si je vous embrasse ?

Un grognement sourd jaillit du fond de la gorge d'Anthony.

— Jane, vous êtes l'incarnation de la tentation.

En réponse, elle remua les hanches et remonta la main jusqu'à sa cravate. De l'autre, elle saisit la soie entre ses doigts.

— Dois-je la nouer pour vous, ou la retirer ?

— *Merde* ! s'exclama-t-il.

Jane eut l'air surprise, et, pendant un instant, elle se figea.

— Mon Dieu ! Je suis désolée.

Il ferma brièvement les yeux et gémit. Lorsqu'il croisa à nouveau le regard de la jeune femme, le sien était empli d'un désir à l'état pur.

— Vous me faites complètement perdre la tête. J'ai envie que vous la retiriez, mais vous devriez la nouer.

Jane lui adressa une grimace d'excuse.

— Malheureusement, je ne sais pas comment nouer une cravate.

Elle détacha le ruban de soie et en saisit les extrémités dans chaque main. Elle s'en servit ensuite pour lui tirer la tête vers le bas.

— Cependant, j'ai récemment appris à embrasser.

Se hissant sur la pointe des pieds, elle posa sa bouche sur celle d'Anthony. Elle s'attendait à devoir l'amadouer, mais il l'entoura de ses bras et il la souleva contre lui.

Elle ravala un halètement tandis qu'il lui pillait la bouche. Et dire que c'était *elle* qui devait l'embrasser ! Certes, elle n'était pas en reste. Car elle avait effectivement appris à embrasser, et qu'elle n'avait pas pensé à grand-chose d'autre depuis la veille.

Lâchant la cravate, elle passa les bras autour du cou d'Anthony et s'y accrocha. Oh, c'était exactement ce qu'elle avait espéré. C'était bon de l'avoir contre elle, fort, chaud et rassurant. Dans ses bras, elle se sentait désirée, spéciale. Le vicomte voulait résister, mais il en était incapable. Un feu d'artifice se déchaînait au creux de son ventre.

Il la fit lentement redescendre vers le sol. Le corps de Jane glissa le long du sien, et elle ne fut que trop consciente de son érection, de son *membre* contre elle. Le battement qui avait jailli entre ses jambes lorsqu'il l'avait embrassée la veille revint et s'amplifia jusqu'à devenir une palpitation lancinante. Elle savait qu'elle pourrait essayer d'apaiser cette douleur, mais elle se doutait qu'il y parviendrait mieux. Peut-être lui montrerait-il au moins comment faire… ne le lui avait-il pas proposé ?

Il mit fin à leur baiser, mais ne s'éloigna pas. Il parla contre sa bouche.

— Tu es une véritable tentatrice, lui dit-il. Je sais que je me répète. Je ne peux pas m'en empêcher. Jane, tu devrais partir.

— Sans doute, mais je n'en ferai rien. Je me suis montrée claire avec toi sur ce que je voulais, répliqua-t-elle, le tutoyant à son tour. Rien n'a changé. À moins que… tu n'aies changé d'avis ?

Il en avait l'air ou, tout du moins, il avait l'air sur le point de le faire.

— Je ne peux pas faire tout ce que tu veux, expliqua-t-il en se reculant légèrement pour pouvoir la regarder. Ce n'est pas que je n'en aie pas envie. Bon sang, j'en ai envie ! Mais je ne peux pas. Pas tout.

Un sentiment de déception saisit le ventre de Jane, mais il ne l'avait pas carrément rejetée.

— Que peux-tu faire ? Pourrais-tu au moins me montrer comment me procurer du plaisir ?

La chaleur entre eux atteignit un niveau presque insupportable avant qu'il réponde.

— Oui.

Le mot était à peine audible, mais elle avait vu ses lèvres remuer. Ses lèvres charmantes, enchanteresses, et qu'elle mourait d'envie d'embrasser à nouveau.

Elle se mit sur la pointe des pieds pour l'embrasser encore.

— Oh ! Bien.

— Jane, grogna-t-il avant de s'emparer de sa bouche et de l'embrasser avec un abandon sauvage.

Ils s'accrochèrent l'un à l'autre comme s'ils étaient les seuls éléments solides dans une tempête qui faisait rage autour d'eux. Lorsqu'ils se séparèrent enfin, ils étaient tous deux haletants.

— Plus tard, après le dîner ? s'enquit-il.

Jane secoua la tête. Elle ne voulait pas attendre. Bon sang ! Pourquoi pas maintenant *et* plus tard ?

— Maintenant, s'il te plaît. Et après le dîner, si tu en as envie.

Anthony prit la main de Jane et l'entraîna dans la chambre.

— Je ne te promets rien pour plus tard, mais maintenant… Grimpe sur le lit.

Jane retira ses chaussures et entreprit de monter sur la couche.

— À bien y réfléchir, cela va froisser ta robe, et nous devons encore dîner.

Elle reposa les deux pieds sur le sol.

— Nous pourrions dîner ici, et ce que nous portons n'aura pas d'importance, dit-elle, puis elle lui décocha un sourire sensuel. En fait, nous pourrions même ne rien porter du tout.

— Le mot « tentatrice » n'est peut-être pas assez fort. « Sirène », c'est mieux, affirma Anthony, la fixant avec une intensité brûlante. Jane, tu es une sirène. Et tu vas me tuer. Mais je n'ai pas peur de dire que ce sera la meilleure mort que l'on puisse espérer.

— Je ne veux pas te tuer, dit la jeune femme d'une voix douce, avant de se tourner pour lui présenter son dos. Pourquoi ne pas délacer ma robe, et je l'enlèverai pour l'instant. Ensuite, je pourrai la remettre… après.

En guise de réponse, Anthony commença à tirer sur les lacets. Elle avait été déshabillée par sa femme de chambre à d'innombrables reprises, mais elle n'avait *jamais* ressenti cela. La moindre traction se propageait dans son corps, se répercutait dans son ventre et faisait croître davantage encore son désir. Lorsqu'il eut terminé, elle respirait fort, sa poitrine se soulevait et s'abaissait rapidement.

Elle retira ses bras des manches et il lui passa le vêtement par-dessus la tête. Jane se tourna ensuite pour le regarder le déposer soigneusement sur le dossier de la chaise près de l'âtre.

Puis il se rapprocha d'elle et fit tourner son doigt.

— Fais demi-tour.

Interloquée par cette demande, mais désireuse de faire tout ce qu'il demandait, elle se mit face au lit. Les doigts d'Anthony se posèrent sur sa nuque, la caressant doucement, envoyant des ondes de sensation le long de sa colonne vertébrale et jusqu'à ses extrémités. Elle frissonna. Il descendit les mains jusqu'à atteindre le haut de son corset.

— Je veux aussi le retirer. Mais nous n'y sommes pas obligés.

Elle entendit sa lutte intérieure dans sa voix. Il se retenait. Elle ne voulait pas qu'il le fasse.

— Je crois que je préférerais que tu me le retires.

Il avait parlé de lui toucher les seins, ce qu'il ne pourrait pas faire avec le corset.

Il entreprit de détacher ce nouveau vêtement, et le bruit des liens sembla résonner autour d'eux. Alors que son corset se desserrait, elle tenta d'apaiser son pouls qui s'emballait ; elle prit une grande inspiration et ferma les yeux.

Il lui retira le sous-vêtement, le fit glisser sur ses hanches et le long de ses jambes, jusqu'à ce qu'elle en sorte. Elle garda les yeux fermés, se laissant guider par lui.

— Je suppose que je ne devrais pas défaire tes cheveux, dit-il tout près de son oreille, son souffle chatouillant son cou.

— Tu pourrais.

— Je ne le ferai pas.

Mais elle entendit le désir dans sa voix. Puis les lèvres d'Anthony se posèrent sur sa peau. Elle haleta doucement quand il embrassa son cou et son épaule. Il serra délicatement sa taille, puis déploya sa main sur sa hanche, de sorte que ses doigts touchaient presque son sexe. Enfin, son sexe, protégé par son jupon et la chemise qu'elle portait encore. C'était trop.

Jane passa une main dans son dos pour détacher son jupon. Il tomba au sol, et elle l'écarta d'un coup de pied.

— C'est mieux, murmura-t-elle.

Anthony appuya sur sa peau, ramenant son postérieur contre lui.

— Soulève ta chemise.

Elle lui arrivait à mi-cuisse. Se servant de sa main gauche, elle remonta l'ourlet jusqu'à ses hanches.

— Plus haut, murmura-t-il contre son oreille.

Il embrassa la jeune femme à cet endroit, ses lèvres et sa langue dessinant une piste séduisante le long du bord externe.

Elle fit ce qu'il lui demandait, soulevant sa chemise jusqu'à sa taille, se dévoilant à son regard.

— Montre-moi ce que tu fais quand tu te donnes du plaisir, lui ordonna-t-il d'une voix rauque.

Elle était ténébreuse et séduisante, l'enveloppant dans un monde de sensations où le toucher et l'ouïe étaient primordiaux.

Une impression de chaleur la submergea, et elle se demanda si elle avait le courage de faire ce qu'il lui demandait. Seulement, il ne lui demandait pas. Et c'était d'autant plus séduisant. Elle abaissa sa main droite sur son sexe, où elle l'appuya doucement.

— Je frotte simplement ici, murmura-t-elle.

— Tu ne mets pas ton doigt en toi ?

Elle secoua la tête, les joues brûlantes, alors que ses cuisses se mettaient à trembler.

Anthony posa une main sur celle de Jane.

— Écarte davantage tes jambes.

Elle lui obéit, et il commença à déplacer la main de la jeune femme contre son sexe, faisant tourner le bout de ses doigts sur cet endroit qui lui faisait tant de bien.

— Ton clitoris est très sensible. Je pourrais sans doute te faire jouir rien qu'en faisant cela… en allant de plus en plus vite. Mais si j'ajoute mon doigt ou ma langue en toi, tu pourrais jouir plus fort. Sais-tu ce que ça veut dire, Jane ? De jouir ?

Elle secoua la tête. Elle était incapable de parler alors que le désir enflait en elle. Il n'avait pas cessé de remuer leurs doigts, et les étincelles qu'il avait déclenchées brûlaient maintenant, la léchant de toutes parts.

— C'est avoir un orgasme, cette libération qui déferle sur toi, submerge tes sens et te prive de ta raison. Certains comparent cela à une perte de conscience ou même à la mort ; la chute dans une obscurité à la fois terrifiante et bienvenue.

À l'entendre, c'était vraiment merveilleux. Elle était certaine de n'avoir jamais rien vécu de tel.

— Tu me donnes de grandes espérances, dit-elle en haletant, tandis qu'il élargissait son mouvement, ses doigts se déplaçant plus bas sur son sexe et plongeant dans sa chaleur avant de remonter.

— Alors, je ferais mieux d'être à la hauteur, dit-il avec une assurance toute masculine qui fit frissonner Jane.

Il poursuivit leur jeu en silence. Non, pas en silence, car elle était presque à bout de souffle, et que son sang martelait ses oreilles.

Anthony leva son autre main vers le haut de sa chemise et tira le vêtement, dévoilant ses seins.

— Tu ne te touches jamais ici ? s'enquit-il en caressant délicatement un globe.

Jane se réjouissait de la présence rassurante de son corps derrière elle, car elle avait l'impression qu'elle allait s'effondrer.

— Non, réussit-elle à répondre.

— Tu te souviens du dé ?

— Oui.

Elle faillit gémir quand les doigts d'Anthony se refermèrent sur son mamelon et qu'il répéta ce qu'il avait fait la veille lors de leur partie. Il fit rouler sa chair, puis la serra doucement en tirant sur elle. Elle ressentit le plaisir au plus profond de son ventre, son bassin frémissant en réaction, tandis qu'elle gémissait.

— Tu vois ce que tu as manqué ? la taquina-t-il en alternant entre les caresses sur sa chair, la pression sur son mamelon et un léger pincement avant de répéter la séquence.

En même temps, il se servait des doigts de Jane pour plonger plus profondément dans son sexe.

— As-tu l'habitude d'être aussi mouillée ?

Elle avait déjà remarqué une certaine moiteur avant, mais pas comme cela. Mais elle n'avait jamais introduit son doigt en elle avant.

— Non. Je ne sais pas. Est-ce normal ?

— Oui, lorsque tu es excitée. Cela rend la pénétration plus facile.

Il plongea davantage le doigt de Jane en elle, entamant un mouvement de va-et-vient pendant qu'il l'embrassait dans le cou, sa bouche s'accrochant à elle. Le bout du doigt d'Anthony la pénétra aussi, et elle en voulut davantage. Plus encore, elle voulait son doigt, ou ses doigts… pas sa propre main.

Elle la retira de sous celle d'Anthony, et inversa leur position pour faire plonger le doigt du jeune homme en elle.

— S'il te plaît.

— Embrasse-moi, Jane.

— Je…

Elle haleta lorsqu'il s'enfonça profondément en elle. Elle n'avait aucun mal à imaginer qu'elle pourrait jouir plus fort…

— Tourne la tête et embrasse-moi.

Son ordre, grave et exigeant, fit vibrer le corps de Jane.

Elle tourna la tête et il s'empara de sa bouche, y plongeant sa langue comme il plongeait son doigt dans son intimité. Mais il rompit brièvement leur baiser.

— N'arrête pas de te toucher, Jane. Faisons-le ensemble. Continue de caresser ton clitoris.

Elle fit ce qu'il lui disait, et le plaisir qu'elle en retira, associé au doigt d'Anthony et à la main qu'il avait posée sur son sein, fit enfler l'extase en elle à un degré incroyable. Puis il l'embrassa encore, et la tempête s'intensifia, la propulsant à des hauteurs inimaginables.

— Plus vite, Jane, gronda-t-il contre sa bouche.

Puis elle sentit une présence supplémentaire en elle : il se servait de deux doigts, il l'étirait.

Ses jambes se dérobèrent et il l'empêcha de tomber. Il déplaça la main vers son autre sein pour la serrer plus fort contre lui.

— Jouis pour moi, Jane. *Jouis.*

Totalement submergée, elle n'arrivait plus à maintenir le rythme, même si l'imminence de son orgasme l'exigeait.

— Anthony, *je t'en prie.*

Il retira alors ses doigts et les posa contre son clitoris, les remuant rapidement sur sa chair, lui montrant à quel point elle était à sa merci. Une vague de plaisir déferla en elle. Elle cria, submergée de spasmes dans tout le corps. Il n'arrêtait pas de bouger, alternant les caresses sur son clitoris et en elle. Elle était complètement perdue dans un torrent d'extase.

Lorsque Jane commença à s'apaiser, il la fit tourner et la jucha sur le bord du lit. Elle ouvrit les yeux et posa sur lui un regard émerveillé.

— Je n'aurais jamais imaginé…

Anthony l'embrassa, posant la main sur l'arrière de sa tête. Jane enroula sa main autour de son poignet et lui rendit son baiser, reconnaissante de son cadeau.

Quand ils se séparèrent, elle cligna des yeux en le regardant.

— Merci.

— Je t'en prie.

Elle ne put s'empêcher de remarquer qu'il avait l'air de souffrir, le visage crispé.

— Est-ce que tu vas bien ? s'enquit-elle, lui touchant la joue.

— Très bien. Merveilleusement bien, en fait.

— Mais, tu n'as pas joui, n'est-ce pas ?

— Je, euh… je m'en occuperai après ton départ. Avant de descendre pour le dîner.

Il avait l'intention de se caresser, bien sûr. Il était sans nul doute bien meilleur qu'elle dans ce domaine, même si elle se sentait à présent mieux préparée.

— J'ai remarqué que c'était bien mieux quand c'était toi qui me procurais du plaisir.

Voilà pourquoi elle l'avait supplié sans retenue de plonger *ses* doigts en elle.

— Serait-ce meilleur pour toi si je faisais la même chose ?

— Mon Dieu, Jane ! Es-tu bien réelle ? demanda-t-il en riant brièvement. Oui, ce serait meilleur, mais je ne vais pas te laisser faire cela.

Elle le regarda, les yeux plissés.

— Même si j'en ai vraiment, vraiment envie ?

Il ferma les yeux et pencha la tête en arrière pendant une seconde avant de la regarder à nouveau, le regard brillant de chaleur.

— En es-tu sûre ?

Elle acquiesça.

— Oui, s'il te plaît. Dis-moi ce que je dois faire.

~

C'était de la folie.

Anthony aurait dû s'en aller. Non, il aurait dû s'enfuir. Il ne fit ni l'un ni l'autre.

— Tu n'es pas obligé de faire ça, lui dit-il d'une voix rauque.

— Je le sais. Mais j'en ai envie.

Elle se leva du lit, sa chemise toujours tirée au-dessous de ses seins, dont les mamelons étaient durs et de la couleur d'une rose sombre. Il mourait d'envie d'en prendre un dans sa bouche. Il était une bête, dépravée et égoïste, il le savait.

Pourtant, il ne bougea pas, pas même quand Jane posa la main sur son torse.

Les lèvres de la jeune femme se retroussèrent en un sourire séducteur.

— Si une personne m'avait dit il y a une semaine que je serais ici aujourd'hui avec toi en train de faire… ceci, j'aurais ri. Juste avant de lui dire qu'elle était folle. Pourtant, il n'y a nul autre endroit où je voudrais être, et je ne comprends pas pourquoi je n'ai jamais pensé à toi de cette façon.

Elle fit remonter son doigt jusqu'à ce qu'il rencontre la chair nue d'Anthony au-dessus du col ouvert de sa chemise.

Son contact le brûla, faisant jaillir le désir dans toutes les parties de son corps. Il luttait pour parler, mais il craignait de perdre complètement prise sur la réalité s'il ne le faisait pas.

— Et de quelle façon parles-tu ?

— Pour être honnête, je ne crois pas avoir jamais songé à aucun homme de cette manière. C'est difficile de le faire quand on ignore ce qui se passe une fois qu'on est mariés.

— Ta mère ne t'a rien dit ?

Il trouvait cela presque criminel. Cruel, assurément, puisque certaines jeunes femmes semblaient terrifiées. Il en avait effrayé plus d'une en les invitant simplement à danser.

Jane secoua la tête.

— Elle m'a dit que mon mari m'expliquerait tout, et que c'était mieux ainsi, répondit-elle.

Elle remonta le bout de son doigt jusqu'au creux au bas de sa gorge, suivant son geste du regard.

— Je dois bien avouer que j'ai aimé tes explications. Et ta démonstration.

Elle leva les yeux vers lui, ses paupières légèrement baissées, ce qui lui donnait un air à la fois séduisant… et assuré. N'était-elle pas censée être une jeune fille vierge ?

Il l'avait clairement sous-estimée. Peut-être que la laisser le soulager ne l'enverrait pas directement en enfer. Oh ! Qu'est-ce que cela pouvait bien faire, puisqu'il irait de toute manière ?

Anthony leva la main pour saisir celle de Jane, immobilisant le doigt de cette dernière contre sa chair.

— Es-tu sûre de vouloir une autre démonstration ?

— Oui, s'il te plaît.

Elle le regardait avec une telle impatience, une telle... faim qu'il en eut le souffle coupé.

— Tu es bien plus courageuse que toutes les femmes que j'ai rencontrées.

— Es-tu sûr que ce n'est pas de l'impudence ?

Elle rit doucement, ses yeux scintillant à la lumière du début de soirée qui filtrait entre les rideaux. Il se rendit compte qu'il commençait à faire sombre dans la pièce depuis qu'ils étaient sortis de la penderie. Il fut tenté d'allumer une bougie, puis décida que c'était mieux s'ils restaient dans la lumière du crépuscule.

— Tu es une coquine.

Il l'embrassa, se servant de ses dents pour tirer doucement sur sa lèvre inférieure.

Elle haleta doucement, et il tendit les mains pour saisir son postérieur et l'attirer contre lui. Après un long et intense baiser qui fit palpiter de désir son vit déjà douloureux, il releva la tête.

— Tu sens ça ? s'enquit-il, la plaquant davantage contre son érection.

— Comment pourrait-il en être autrement ?

Il laissa échapper un petit rire. Elle était merveilleuse, et il ne méritait rien de tout cela. Anthony plongea le regard dans les yeux fauves de Jane et tâcha d'être sérieux.

— Veux-tu le toucher ?

— Je pense que je le dois.

Il ne put réprimer un sourire.

— Ce n'est pas la même chose que de le vouloir.

— Bien sûr que je le veux.

Elle recula légèrement et porta ses mains à sa ceinture,

puis entreprit aussitôt de déboutonner le pantalon d'Anthony.

S'il avait nourri le moindre doute quant à ses intentions ou à ses désirs, elle les dissipa tous. Il se demandait encore s'il était avisé et décent de la laisser faire, mais à cet instant, elle le toucha, et il fut soudain incapable de réfléchir. Il n'éprouvait plus qu'une sensation de félicité, et un désir fulgurant.

Il ferma les yeux et bascula la tête en arrière, murmurant :

— Doux Jésus !

— C'est bon ? s'enquit-elle.

— Si tu ne faisais rien de plus, ce serait merveilleux.

— Eh bien, tu es un homme facile.

Il ouvrit les yeux : une fois encore, elle le faisait rire.

— Et tu ne ressembles à aucune des femmes que j'ai rencontrées. Ce n'est pas censé être amusant.

— Ah, bon ! Sans doute que non. Je n'avais pas du tout envie de rire quand tu me touchais, mais… pourquoi pas. Rire fait du bien, et chacune des choses que tu m'as montrées m'a fait du bien, répondit-elle avec un soupir. C'était merveilleux.

Anthony dut faire appel à toute sa maîtrise de lui-même pour ne pas la jeter sur le lit, soulever sa chemise et s'enfoncer profondément dans sa chaleur humide. Il ferma à nouveau les yeux ; il espérait que cela pourrait l'aider à préserver ce qu'il lui restait de santé mentale.

— Jane. Je pense qu'il est temps de le sortir.

— Oh ! Ça ? demanda-t-elle en dégageant son vit de son pantalon. Devrais-je te déshabiller ?

— Pas nécessaire, répondit-il d'une voix étranglée.

C'était logique, car son désir était si intense qu'il avait du mal à respirer.

— En fait, je ne suis pas d'accord. Ta chemise me gêne.

Elle n'avait pas fini de parler qu'il avait déjà passé le vêtement par-dessus sa tête et l'avait jeté à l'écart.

— C'est mieux ?

— *Oh, oui !* souffla-t-elle.

Elle toucha son torse de son autre main, étalant sa paume au centre, appuyant les doigts contre sa chair.

— Anthony, tu es magnifique. Si dur et si bien dessiné… Je ne me rendais pas compte à quel point un homme pouvait être beau.

Bon sang ! Il allait se répandre. Il ouvrit les yeux, vit l'admiration dans le regard de la jeune femme et manqua encore de perdre le contrôle.

— Jane, j'ai besoin que tu bouges ta main.

C'était à lui de lui montrer, bon sang ! Il se rendait compte qu'il était bien plus aisé de la guider par rapport à son propre corps.

Jane lui caressa le torse, effleurant son mamelon du bout du doigt. Il aspira une grande bouffée d'air et sentit son sexe tressauter contre la paume de la jeune femme.

— Pas cette main, gémit-il. *L'autre.*

— Oh ! Bien sûr, murmura-t-elle.

Anthony posa la main sur celle de Jane et lui montra.

— Comme ça, souffla-t-il, faisant glisser sa paume sur son membre, de la pointe à la racine, et inversement. Et, comme nous l'avons fait avec toi, il faudra que tu bouges de plus en plus vite.

— Je comprends que la vitesse est importante. C'était incroyable quand tu me l'as fait. Je vais tâcher de faire de mon mieux.

— Jane, je déploie des efforts pour ne pas me répandre en ce moment même, alors je ne crois pas que tu auras à essayer trop fort.

— C'est vrai ? Tu es *vraiment* un homme facile, affirma-t-elle en levant vers lui un sourire grivois. Mais je crois que tu mens. Je crois que tu préférerais que je prenne le plus de temps possible, pour faire durer ton plaisir. N'est-ce pas ce que tu as fait avec moi ?

Pendant qu'elle parlait, elle caressait son vit avec une dextérité de novice qui aurait sans doute scandalisé n'importe qui d'autre. Mais il était un vaurien et le pire des hommes, alors il en voulait encore plus.

— Plus vite, souffla-t-il. Serre-moi plus fort.

Joignant le geste à la parole, il resserra la main de Jane autour de lui.

Elle suivit son exemple, et il laissa retomber sa main. Fermant à nouveau les yeux, il bascula la tête en arrière et s'abandonna à elle. Il agrippa la taille de Jane et bougea avec elle, remuant les hanches. Elle fit descendre son autre main le long de son torse et sur le côté, pour caresser sa taille. De sa paume, elle effleura ses fesses, revint sur sa hanche et glissa sur sa cuisse. Puis elle saisit ses testicules.

Comment diable pouvait-elle… ?

Anthony gémit.

— Jane. Non.

Elle retira sa main, mais maintint la pression sur son sexe.

— Non, je ne voulais pas dire…, commença-t-il, mais il était incapable de parler de façon cohérente. Ne t'*arrête pas*. Fais ça. Encore.

Elle reposa la main sur ses testicules.

— Serre-les. Doucement.

Elle fit ce qu'il lui demandait, et c'en fut fini de lui. Il cria alors qu'un orgasme brutal le transperçait. Sans réfléchir, il la serra contre lui alors qu'il se répandait dans son incroyable main.

— *Jane.*

Il prononça son nom encore et encore, diminuant de volume à mesure que son corps s'apaisait.

— Eh bien, c'était salissant !

Anthony ouvrit les yeux, le cœur battant à une vitesse folle. Il aspira une bouffée d'air.

— Je suis désolé. J'aurais dû te dire que cela arriverait.

Il était vraiment le pire des hommes.

— Ce n'est pas un problème, dit-elle calmement. Je faisais simplement une observation.

Il baissa les yeux et vit que le devant de la chemise de Jane était bien mouillé.

— Bon sang ! Je suis *vraiment* désolé.

Elle leva sa main, pas celle couverte de sa semence, et l'enroula autour de son cou.

— Anthony, ne sois pas désolé. C'est moi qui ai demandé, et je ne regrette absolument rien, surtout pas une chemise souillée. Mais je vais peut-être la laver moi-même.

Elle lui adressa un clin d'œil qui le laissa sans voix.

Qu'avait-il fait pour mériter cette jeune femme charmante, intelligente et attentionnée ? La façon dont il était parvenu à trouver le pas de sa porte au pire moment de sa vie restait un mystère

qu'il n'était pas sûr de pouvoir résoudre un jour. Cela n'avait pas d'importance. Il serait à jamais reconnaissant pour cela, car cette semaine avait été la meilleure de sa vie, en dépit des coups et des blessures qu'il avait subis.

Quelque chose de doux lui toucha le mollet. Il baissa les yeux et vit Jonquille, qui le regardait en miaulant.

Jane sourit.

— Je crois qu'elle essaie de dire qu'elle a faim. Moi aussi, d'ailleurs. Ce qui signifie que je dois me préparer pour le dîner. Je te retrouve en bas plus tard ?

Elle se détourna de lui et alla chercher son corset, son jupon et sa robe avant de glisser ses pieds dans ses chaussures.

Anthony remonta son pantalon et le boutonna.

— Tu vas te rendre ainsi dans ta chambre ?

— Je n'ai pas particulièrement envie de porter cette chemise dans son état actuel, remarqua-t-elle.

— Et si quelqu'un te voyait ?

— Tout le monde est occupé à préparer le dîner. Meg est peut-être dans ma chambre, poursuivit-elle avec un hausse-ment d'épaules. Je lui dirai que j'ai eu un problème avec mon corset et je changerai ma chemise en cachette.

Jane s'interrompit, puis inclina la tête.

— Serais-tu inquiet pour ma réputation auprès de mes domestiques ?

— Peut-être. Je ne voudrais pas contribuer à sa ruine.

Elle tendit une main vers lui et lui caressa la joue, lui adressant un doux sourire.

— Tu n'as rien fait. Tu m'as offert quelque chose dont je me souviendrai et que je chérirai à jamais. Je te retrouve au dîner et nous discuterons ensemble, pour savoir si tu acceptes ma proposition de départ.

Puis elle disparut.

Et il était bel et bien fichu.

Il ne pouvait pas lui prendre sa virginité. Il était déjà le plus vil des hommes pour avoir agi comme il l'avait fait avec elle. Certes, elle avait participé de son plein gré, mais elle n'était ni une courtisane ni une prostituée. Elle était une lady, et il avait profité de sa curiosité. Mais il n'était qu'un égoïste et un sans cœur.

Elle lui avait aussi dit qu'elle n'avait pas l'intention de se marier, et qu'elle s'attendait à ne jamais connaître d'expé-rience sexuelle. Elle le croyait peut-être à cet instant, mais il n'était pas certain que ce soit vrai. Manifestement, le mariage signifiait quelque chose pour elle, sinon cette fichue rumeur ne l'aurait pas autant dérangée.

Elle avait sans doute envie de tomber amoureuse et de fonder une famille, quand bien même elle ne voulait pas l'ad-mettre. Et pourquoi le ferait-elle si elle était convaincue que cela n'arriverait jamais ? Y avait-il quoi que ce soit de plus douloureux qu'une perte, qu'il s'agisse d'un rêve ou... d'autre chose ?

Anthony ne voulait pas être celui qui ruinerait ses chances d'avenir, car en dépit de cette rumeur et du fait qu'elle s'était récemment proclamée vieille fille, il était convaincu qu'elle pouvait encore trouver le bonheur. Il existait un homme qui verrait au-delà des règles de la société et saurait reconnaître la femme merveilleuse qu'elle était, un homme qui l'honorerait, l'aimerait et, plus important encore, la mériterait.

Cet homme n'était pas lui.

Mais peut-être pourrait-il l'aider. Il faillit éclater de rire. Comment pouvait-il imaginer faire une telle chose, alors qu'il n'était pas capable de s'aider lui-même ?

Une chose était sûre : il fallait qu'il s'en aille le lendemain. Tôt. Avant qu'elle puisse essayer de le persuader de rester. Ce qui signifiait qu'il n'avait plus qu'à tenir jusqu'à la fin du dîner. Ensuite, il prétendrait avoir mal à la tête, pour qu'elle ne tente pas de le séduire en lui parlant à nouveau de sa proposition.

Il ne céderait pas une seconde fois. Une avait suffi. Non, une était de trop, car maintenant, ses caresses, son rire, sa douce passion le hanteraient jusqu'à sa mort.

CHAPITRE 7

*A*nthony descendit du fiacre et porta sa valise en haut des marches menant à sa maison de Grosvenor Street. Son majordome, Purcell, ouvrit la porte, son expression stoïque ne trahissant qu'une très légère surprise.

— Bonjour, my lord.

Son ton était neutre et agréable, comme si Anthony n'avait pas disparu pendant une semaine.

— Bonjour, Purcell.

Il pénétra dans le hall et éprouva un bref sentiment de familiarité, une impression d'être chez lui. Jusqu'à l'arrivée de cette culpabilité et de ce désespoir, également familiers, qui chassaient toujours ces sensations.

— Je vais prendre cela, proposa le majordome, tendant la main vers la valise.

S'il avait remarqué l'ecchymose encore visible autour de l'œil d'Anthony, il n'en dit rien. D'un autre côté, il était aussi stoïque et compétent qu'un majordome pouvait l'être, et Anthony le trouvait réconfortant pour cette raison. De ses cheveux noirs parsemés de gris à ses yeux sombres et apaisants en passant par sa carrure raide, il présentait une image de sérénité. Il n'avait jamais cédé au chagrin après la mort des parents d'Anthony. Il avait continué presque comme si rien ne s'était passé.

— Ai-je entendu, lord Colton ?

Le son de la voix grave du valet d'Anthony résonna dans l'entrée juste avant qu'il n'apparaisse. Tabor était grand et mince, avec une touffe de cheveux blonds qu'il avait du mal à dompter et des yeux bleus ronds qui voyaient presque toujours au travers de lui. Sa personnalité était totalement opposée à celle du majordome, et pourtant Anthony le trouvait également réconfortant.

— Bonjour, Tabor, le salua-t-il.

Les yeux du valet s'écarquillèrent lorsqu'il posa les yeux sur son maître.

— Mon Dieu, qu'est-il arrivé à votre œil ? Encore une bagarre ?

— Avec une chèvre, si vous voulez savoir.

Tabor plissa brièvement les yeux, visiblement sceptique quant à l'histoire d'Anthony.

— Une chèvre ? Comment en vient-on à se battre avec une chèvre ?

— J'étais chez un ami à l'extérieur de la ville. Il a des chèvres. Des chèvres agressives.

Anthony sourit intérieurement en se remémorant la charmante conversation qu'il avait eue avec Jane au sujet de ces animaux inexistants. Mais la sensation de chaleur ne dura pas. Il l'avait quittée ce matin-là avec un simple mot de remerciements. Il fallait qu'il s'en aille, mais cela n'avait pas été facile. Surtout après la nuit précédente.

Leur dîner avait été très agréable, plein de rires et de badinage, comme il s'y était habitué lorsqu'il était en sa compagnie. Il avait failli, une nouvelle fois, oublier toute prudence pour l'emmener au lit. Il savait qu'elle en avait envie.

Au lieu de cela, il avait prétendu souffrir d'un mal de tête, l'avait embrassée sur le front, et lui avait souhaité bonne nuit. Elle lui avait souri chaleureusement, et lui avait dit de bien dormir, qu'elle le verrait le lendemain.

Mais cela n'arriverait pas. Il était un imbécile, mais seulement quand il le fallait. Un jour, elle le remercierait d'être parti avant qu'elle ne soit trop impliquée dans la tragédie de son existence pathétique.

Tabor ricana.

— Je n'y crois absolument pas. Des chèvres agressives, dites-vous ? répéta-t-il en riant. Vous vous êtes encore battu.

Il prit la valise des mains de Purcell, qui semblait un peu mal à l'aise d'assister à cet échange.

— Purcell, dit Anthony. Pourriez-vous apporter du café dans mon bureau ? Je suppose que j'ai de la correspondance à lire.

— Un peu, my lord.

Purcell inclina la tête et quitta l'entrée. Tabor plissa les yeux.

— Du café ? Je ne vous ai pas entendu en demander depuis…

Il sembla changer d'avis et ne plus vouloir dire depuis quand. Car il n'en avait pas demandé depuis la mort de ses parents.

— Je prends un café à l'occasion. Rarement.

— Le plus souvent, c'est du porto, du gin, ou quelque chose de ce genre, répliqua Tabor qui se rapprocha de lui et le renifla. Êtes-vous sobre ?

Anthony leva les yeux au ciel.

— Oui. Ne faites pas comme s'il s'agissait d'une anomalie.

— N'en est-ce pas une, pourtant ?

Anthony souffla, sachant qu'il était inutile de discuter

avec la seule personne qui le connaissait peut-être mieux que lui-même.

— Si. Très bien. Il se trouve que j'aime bien être… lucide.

C'était la vérité. Il ne voulait pas gâcher le temps qu'il passait avec Jane. Sauf qu'il n'y aurait plus de temps avec Jane. Un trouble l'envahit.

— Je dois vous féliciter, my lord. En dépit de l'état de votre œil, vous avez l'air en pleine forme, si je puis dire. Cela fait plaisir à voir.

Il regardait Anthony avec une telle approbation et une telle chaleur que ce dernier se sentit légèrement mal à l'aise. Son état avait-il été à ce point catastrophique ?

Bien évidemment. C'était le but : te détruire. Et plus tôt tu t'y remettras, plus les choses seront faciles.

Plus faciles ? Étaient-elles difficiles à cet instant ? Non, et il s'efforcerait de faire en sorte qu'elles restent ainsi. S'il ne pouvait plus voir Jane, au moins, son influence persisterait.

— Vos parents seraient heureux, dit doucement Tabor.

Anthony lui jeta un regard, et serra la mâchoire. Le valet, qui avait à peine quelques années de plus que lui, baissa la tête.

— Mes excuses, my lord, lui dit-il, avant de s'éloigner promptement.

Prenant une profonde inspiration, Anthony se rendit à son bureau. La pile de correspondance sur sa table de travail était assez importante. Il se frotta les mains, impatient d'être distrait de ses parents, de Jane, de tout cela. Il s'assit pour lire au moment où Purcell lui apportait son café et le posait sur le bureau.

— Y aura-t-il autre chose, my lord ? s'enquit le majordome.

— Non, merci, répondit Anthony avant de boire une gorgée de la boisson chaude, et de se concentrer sur sa correspondance.

Les premières missives concernaient diverses réunions à Westminster auxquelles il devait assister. Il les mit de côté pour les passer en revue plus tard. Pour la première fois depuis longtemps, il avait hâte de retourner à la Chambre des lords.

Les courriers suivants étaient des invitations. Bien qu'il ne soit plus convié à autant d'événements que par le passé en raison de la dégradation de sa réputation, il en recevait toujours plus qu'il ne voulait bien en accepter. Mais il y en avait une de Marcus et Phoebe. Ils organisaient un dîner plus tard dans la semaine à Brixton Park. Les invités étaient conviés à rester la nuit suivante s'ils ne voulaient pas rentrer en ville.

Était-il prêt à revoir Marcus ? Ils s'étaient disputés lors du petit déjeuner de mariage de ce dernier, quand il avait tenté de convaincre Anthony d'arrêter de boire autant. Apparemment, il s'agissait là d'un thème récurrent. Ou d'un problème.

Bon sang, il savait que c'était un problème ! Il était conscient qu'il buvait trop, et ce, depuis l'assassinat de ses parents. L'angoisse l'envahit, et il faillit se diriger droit vers le buffet où il gardait ses alcools. Peut-être devrait-il demander à Purcell de le retirer de son bureau. Oui, il n'avait qu'à faire cela.

Parce qu'il aimait *vraiment* avoir les idées claires. Là où Marcus avait échoué, Jane avait réussi à persuader Anthony d'arrêter. Toutefois, la jeune femme ne l'avait pas vraiment convaincu, elle avait plutôt insisté pour qu'il suive ses règles s'il voulait rester chez elle pour se rétablir. Il se disait que cela avait été plus facile de rester avec elle que de souffrir en rentrant chez lui, mais était-ce la vérité ?

Il secoua la tête. Rien de tout cela n'avait vraiment d'importance. Mais elle avait fait une différence avec lui. Peut-être avait-elle été précisément ce dont il avait besoin à ce moment-là.

Anthony but une nouvelle gorgée de café et se concentra sur sa correspondance. Il retint son souffle devant la lettre suivante, rédigée dans une écriture familière. Il l'ouvrit et lut rapidement les mots, puis revint en arrière et les relut. Sa sœur avait accouché. Il était désormais l'oncle d'une petite fille, nommée Marianne, en l'honneur de leur mère.

Un torrent d'émotions le submergea, dont aucune ne valait la peine d'être explorée ou ressentie. L'idée d'être lucide lui sembla soudain horrible.

Levant le regard de la lettre, Anthony contempla le portrait de son grand-père accroché au mur en face de son bureau. À présent qu'Anthony était devenu vicomte, il aurait dû le remplacer par un portrait de son père, mais il en avait été incapable. Près d'un an s'était écoulé depuis l'assassinat de ses parents, et il ne pouvait toujours pas se résoudre à regarder son visage.

La lettre de Sarah lui tomba des mains. Il cilla et baissa les yeux. Elle avait accouché cinq jours plus tôt. Le courrier était sans doute là depuis au moins deux jours. Elle avait dû la faire porter dès que possible, pour lui annoncer la nouvelle. Et elle attendait sûrement sa réponse, qui était désormais en retard parce qu'il s'était absenté.

Son dégoût de lui-même le transperça. Il jeta un regard vers le buffet où se trouvaient des bouteilles de porto, de rhum et de gin, qui le tentaient. Son pied tressaillit et il faillit se lever. Il dut mobiliser tout son sang-froid pour ne pas se servir un verre. Plus précisément, pour ne pas succomber à l'envie de se saouler. C'était tellement plus facile que cela, que *ressentir*.

Au prix d'un effort herculéen, Anthony posa la lettre de Sarah sur le côté. Il finirait par trouver le courage de lui répondre plus tard. Forcément. Son regard se posa à nouveau sur le buffet.

Jurant, il ouvrit la lettre suivante. Les mots le glacèrent jusqu'à l'âme, ou plutôt, ce qu'il en restait.

> *Colton,*
>
> *Je sais ce que vous avez fait, comment vous avez tué vos parents. À moins que vous ne souhaitiez que tout le monde apprenne vos péchés, j'exige deux cents livres, à remettre au barman du Stinking Sheep à Blackfriars. Vous devrez vous charger vous-même de la livraison le dix-sept mai, sinon tout le monde à Londres connaîtra les détails embarrassants et sordides de vos transgressions, que ce soit le jeu, la boisson, la séduction, mais surtout, le meurtre.*

Il respirait difficilement. Il n'était pas un meurtrier.

Bien sûr que si. Ils ne seraient pas morts si tu n'avais pas eu d'ennuis, et si tu n'avais pas refusé la demande de ton père.

Bon sang ! Quel jour était-on ? Il avait du mal à réfléchir. Il avait perdu la notion du temps pendant son séjour chez Jane. S'il n'était pas rentré chez lui ce jour-là, il aurait manqué cela.

Serrant la missive dans sa main, il se leva et fit le tour du bureau. Cela signifiait-il qu'il allait payer ? Deux cents livres n'étaient pas une somme dérisoire. Pourtant, s'il ne le faisait pas, tout le monde connaîtrait les détails de ses crimes, et saurait jusqu'où il était tombé. Ses amis, sa sœur, Jane…

Anthony froissa le parchemin et le jeta à travers la pièce. Il se dirigea vers le buffet et versa du gin dans un verre, avant de le boire d'un trait. Une chaleur bienvenue l'envahit. Il ferma les yeux pour savourer le goût, et la sensation que, bientôt, tout irait bien.

Non, tout n'irait pas bien. Cela n'irait jamais bien. Seulement mieux. Les choses seraient plus tolérables.

Il serait engourdi.

Il se servit un autre verre qu'il avala également d'un trait.

Remplissant le verre une troisième fois, il se dirigea vers le canapé adossé au mur et s'y allongea, attendant que l'apathie le gagne. Attendant de s'immerger dans une obscurité confortable.

Il ne pouvait rien supporter d'autre.

~

— *I*l est le pire des hommes, n'est-ce pas ? demanda Jane aux chatons qui l'avaient réveillée de bonne heure ce matin-là avec leurs bêtises.

Les petites ne l'avaient jamais fait auparavant, sans doute parce qu'elles se trouvaient généralement dans la chambre d'Anthony. Cela aurait dû être le premier indice montrant que quelque chose n'allait pas. Puis, plus tard dans la matinée, quand elle était descendue prendre son petit déjeuner, Culpepper lui avait remis le mot d'Anthony l'informant de son départ.

> *Ma chère Jane,*
> *Les mots ne sauraient suffire à exprimer ma gratitude pour l'attention que tu m'as portée au cours de la semaine écoulée. J'espère t'avoir rendu ta gentillesse de manière satisfaisante, mais je crains que cela ne soit jamais vraiment possible. Tu as été une lumière dans les ténèbres lorsque j'avais le plus besoin d'être guidé.*
> *Merci.*
> *Colton*

Il n'avait même pas eu l'élégance de signer de son prénom ! Après tout ce qu'ils avaient partagé ! La veille, il lui avait dit qu'il la verrait aujourd'hui, et, pendant tout ce temps, il avait su qu'il ne serait pas là.

À moins qu'il ne se soit réveillé ce jour-là et qu'il ait

décidé de partir. Il avait eu une migraine la veille au soir. Peut-être connaissait-il un recul dans son rétablissement.

Ou peut-être était-elle en train de lui trouver des excuses.

Jane faisait les cent pas dans la salle jardin, et les chatons jouaient avec ses jupes jusqu'à ce que Fougère saute sur Jonquille et qu'elles se mettent à faire des sauts sur le tapis.

— Au moins, vous n'avez pas l'air trop perturbées, murmura-t-elle aux petites. Mais vous m'avez réveillée à une heure indue ce matin. Est-ce parce qu'Anthony vous manquait ? Le réveilliez-vous tous les jours à cette heure-là ?

Avec une certaine férocité, elle espérait que c'était le cas. Il le méritait bien.

Les chatons cessèrent leur lutte et levèrent les yeux vers elle. Jonquille miaula, puis s'approcha pour pousser la chaussure de Jane avec le bout de son nez. La jeune femme se baissa pour la prendre. La petite se mit à ronronner tandis qu'elle la câlinait et lui grattait la tête.

— Comment a-t-il pu partir comme ça ? La moindre des choses aurait été qu'il nous dise au revoir en personne !

Jonquille appuya sa tête contre la main de Jane, comme si elle était d'accord.

— Merci, Jonquille.

Elle se tourna vers Fougère, qui était à présent en train de tirer sur un fil du tapis.

— Qu'en penses-tu ?

Fougère s'éloigna du fil, puis agita son derrière avant de s'élancer à nouveau vers l'avant.

— Devrais-je aller le voir ? demanda Jane.

Bien sûr qu'elle le devait. Elle allait se rendre chez lui tout de suite et exiger de savoir pourquoi il était parti si discrètement.

— Merci, les filles.

Jane déposa un baiser sur la tête de Jonquille avant de la placer sur le tapis à côté de sa sœur.

Peu de temps après, elle se trouvait dans la calèche de Phoebe, en route pour la maison d'Anthony sur Grosvenor Street. Une dizaine de choses lui passaient par la tête quant à ce qu'elle pourrait lui dire, mais rien de très poli.

Lorsque le véhicule s'arrêta devant la maison, sa colère s'estompa. Elle n'était jamais venue ici auparavant, mais elle savait que cela avait été la maison de ses parents. Était-ce difficile pour lui de vivre là ? D'après leurs conversations, ou plutôt ses réactions à certaines de leurs conversations, elle savait que la perte de ses parents lui pesait encore beaucoup. Ce qui était normal. Après tout, c'étaient ses parents, et cela ne faisait même pas un an qu'ils étaient morts.

Cela fait près d'un mois que tu n'as pas vu tes *parents.*

Certes, mais ils ne lui avaient pas écrit et ne lui avaient pas rendu visite. Elle, en revanche, leur avait écrit. Elle s'était enquise de l'avancement des préparatifs du mariage et leur avait demandé s'ils allaient bientôt lui pardonner. Jane avait espéré que ce serait le cas à temps pour le mariage, mais ils n'avaient pas répondu. En revanche, sa sœur Anne avait répondu qu'ils avaient besoin de temps et que, pour l'instant, elle devait se montrer patiente.

Le cocher ouvrit la portière et aida Jane à descendre de la calèche. Elle gravit les marches et fut aussitôt accueillie par le majordome d'Anthony.

— Bonjour.

L'homme arborait un air de dignité austère. Il n'était pas du tout comme elle aurait pu s'y attendre. Il avait sans doute été le majordome des parents d'Anthony. Elle se demanda si c'était douloureux pour lui aussi.

La colère qu'elle avait ressentie en apprenant qu'il était parti s'éteignit.

— Bonjour, lui répondit Jane d'une voix chaleureuse. Mlle Pemberton. Je suis venue voir lord Colton.

Un pli barra le front du majordome, mais cela ne dura qu'un instant.

— Je suis désolé… *mademoiselle*, mais lord Colton n'est pas à la maison. Je lui dirai que vous êtes venue.

Jane remarqua qu'il avait hésité avant de souligner qu'elle était une *demoiselle*. Qui ne devrait jamais rendre visite à un gentleman, et encore moins sans chaperon. C'était sacrément difficile d'être une vieille fille. Et ce n'était pas aussi merveilleux qu'elle l'avait espéré.

Sauf qu'elle avait pu s'occuper d'Anthony, ce qui n'aurait jamais été le cas si elle n'avait pas choisi cette vie. Ou sans cette ruine dont elle n'avait jamais eu conscience. Si cette rumeur n'avait pas été lancée cinq ans plus tôt, Jane serait sans doute mariée à un autre homme, et elle aurait des enfants en prime.

L'idée qu'elle aurait pu ne jamais apprendre à connaître Anthony comme elle l'avait fait, sans partager cette merveilleuse soirée de félicité…

— Au revoir, dit le majordome en fermant la porte.

Jane fronça les sourcils. L'attitude de cet homme l'agaçait, mais à quoi s'attendait-elle ?

Frustrée, elle fit demi-tour et retourna à la calèche, mais elle ne demanda pas au cocher de rentrer à la maison. Peut-être qu'une promenade sur Bond Street la débarrasserait de sa morosité.

À peine cinq minutes plus tard, Jane entra dans l'une de ses boutiques préférées. Elle adorait leurs broderies sur des objets aussi variés que des taies d'oreiller et des bas.

— Mademoiselle Pemberton ?

Jane se tourna et vit lady Gresham.

— Bonjour, lady Gresham. Je suis ravie de vous voir. Permettez-moi de vous présenter mes excuses pour la brièveté de notre réunion de la semaine dernière. Je dois en organiser une autre très prochainement.

Peut-être le ferait-elle plus tard dans la semaine. Ce n'était pas comme si elle était occupée par quoi que ce soit… ou qui que ce soit d'autre.

— Ce serait charmant, répondit lady Gresham en souriant. Je suis tout à fait disposée à poursuivre notre discussion sur une action charitable que nous pourrions soutenir, quelque chose pour aider les femmes dans le besoin. Ma sœur et moi-même sommes très attachées à cette cause.

— J'y ai réfléchi et je me demande si nous ne devrions pas trouver un hôpital ou un hospice que nous pourrions aider, un endroit réservé aux femmes ?

— Il existe un hôpital à Whitechapel qui s'occupe de la réhabilitation d'anciennes prostituées. Peut-être pourrions-nous aider d'une manière ou d'une autre ?

Des prostituées ? Jane ne savait pas vraiment ce qu'elle en pensait, mais si une femme souhaitait changer son destin, elle pouvait soutenir cette décision.

— Je vais y réfléchir, merci.

L'attention de Jane fut attirée par la vitrine à travers laquelle elle aperçut une femme marchant à l'extérieur du magasin. Ce n'était pas n'importe quelle femme : c'était lady Satterfield.

Jane résista à l'envie de se précipiter dehors et de lui parler de la rumeur. Mais, et si elle n'avait pas d'autre occasion ? Phoebe donnait un dîner, mais lady Satterfield y participerait-elle ? Jane n'aurait pas l'occasion de la rencontrer à un autre événement, car elle n'était pas invitée.

Un froid glacial s'insinua en elle, tel un glacier se déplaçant sur la terre, refroidissant tout ce qui se trouvait sur son passage. Avait-elle commis une terrible erreur en déménageant à Cavendish Square ? Elle avait ruiné toutes ses chances de trouver un partenaire au sein de la bonne société.

De toute manière, tu n'avais pas beaucoup d'espoir, avant même le début de cette rumeur.

Oui, mais si elle réussissait à réparer les dégâts maintenant, à convaincre les gens qu'elle ne s'était jamais comportée de manière inappropriée, elle pourrait peut-être sauver sa réputation au point de pouvoir espérer une rencontre. Mais ce n'était pas possible maintenant.

En avait-elle au moins envie ? Sur le marché du mariage, elle avait trouvé la plupart des hommes ennuyeux ou dégoûtants. Aucun n'avait éveillé son intérêt, son affection, ou son désir.

Enfin, il y en avait eu un...

— Mademoiselle Pemberton ?

Jane sortit de sa rêverie.

— Mes excuses, lady Gresham, je crains d'avoir été distraite.

— J'ai remarqué, répondit lady Gresham, dont le front se plissa d'inquiétude. Puis-je vous aider d'une quelconque manière ?

— Non, c'est un vieux problème, une chose qui ne vaut pas la peine qu'on s'en inquiète.

Jane répétait ce qu'Anthony avait dit. Avait-il raison ? Devrait-elle simplement oublier cette rumeur ? Elle se rendait compte qu'il était trop tard pour changer quoi que ce soit.

— Je trouve que les vieux problèmes ont parfois tendance à refaire surface quand on le souhaite le moins, constata lady Gresham avec douceur. Le mieux, c'est de les éliminer complètement. Si vous le pouvez.

— C'est un excellent conseil.

Jane ignorait si elle pouvait éliminer le problème, mais elle pouvait certainement chercher à obtenir justice et à réparer le tort qui lui avait été fait, dans la mesure où elle pourrait trouver la personne qui avait lancé la rumeur et exiger des excuses, de préférence publiques.

— Merci, lady Gresham.

— Le plaisir est pour moi, mademoiselle Pemberton. Mon offre de vous aider tient toujours.

— Et j'en suis touchée. Maintenant, discutons de la date de notre prochaine réunion.

La journée de Jane avait peut-être mal commencé, mais ce nouvel objectif lui redonnait de l'espoir.

CHAPITRE 8

Deux soirs plus tard, la salle des abonnés du Brooks était animée, tandis qu'Anthony, assis dans un coin, buvait un cognac. Les deux derniers jours s'étaient écoulés au milieu d'un flou confortable blotti dans l'étreinte de son meilleur ami : l'alcool.

Enfin, peut-être pas confortable. Le terme « tolérable » était plus approprié. Et cela ferait l'affaire.

Il le fallait, car la seule autre solution était de rester sobre ; il s'était accidentellement réveillé ainsi ce matin-là. Pendant une heure, il avait été assailli de pensées concernant la lettre d'extorsion qu'il avait reçue et le fait qu'il avait perdu deux cents livres. Et, bien sûr, par des images et des souvenirs de Jane. C'était de loin le pire.

Et ce n'était pas comme s'il ne songeait pas à ces choses quand il était ivre ; seulement, elles le tourmentaient moins. Il pouvait imaginer Jane et son doux parfum, ses caresses audacieuses, sa bouche délicieuse, sans tomber dans un gouffre de désespoir.

— Anthony !

Il n'avait pas entendu cette voix depuis des semaines. Il se redressa quand Marcus s'approcha de la table. Grand et musclé, avec des cheveux noirs et des yeux bleu foncé, le marquis était un séduisant filou. Et c'était aussi un bon ami, en dépit de sa réputation scandaleuse. La plupart du temps.

— Ripley, le salua Anthony en levant son verre. Joins-toi à moi.

Ce que fit Marcus, qui prit la chaise à sa gauche, de façon qu'ils se retrouvent tous deux face à la salle, dos au mur.

— Cognac ? demanda-t-il en jetant un coup d'œil à la boisson qu'Anthony reposait sur la table.

Celui-ci hocha la tête.

— Pour ton œil ? Non, on dirait une vieille blessure. Quand t'es-tu battu, cette fois ?

— La semaine dernière. Avec une chèvre agressive.

Anthony sourit. Ce mensonge ne cessait de l'amuser, car il lui rappelait toujours Jane. Et le temps qu'ils avaient passé ensemble.

Marcus ricana.

— *Foutaises* ! Que s'est-il vraiment passé ?

Il inclina la tête vers un valet de pied qui passait.

— N'insiste pas, le prévint Anthony, songeant à leur dernière entrevue lors du petit déjeuner de mariage de Marcus.

Son ami haussa un sourcil sombre en le regardant.

— Et moi qui pensais que tu t'excuserais d'avoir quitté ma réception de mariage.

— Je le ferai quand tu t'excuseras de te mêler de mes affaires… et que tu cesseras de le faire.

— Je ne me mêle pas de tes affaires, répondit-il tranquillement. Tu es mon ami, et je ne veux pas que tu te laisses aller à des abus ou que tu te retrouves dans une situation dont tu ne pourrais pas te remettre.

Il était bien trop tard pour cela.

— Quoi qu'il en soit, poursuivit Marcus d'un ton enjoué, parlons de choses agréables.

— Le mariage t'a détruit.

Marcus laissa échapper un rire, au moment même où le valet de pied lui apportait son cognac.

— Pas du tout, mais je comprends pourquoi tu le penses. Je suis si heureux que c'en est dégoûtant, je m'en rends compte. Le mariage n'est pas du tout ce à quoi je m'attendais.

— Tu as eu la chance de rencontrer Phoebe.

— C'est vrai, et je serai éternellement reconnaissant de l'avoir rencontrée, chaque instant, chaque jour de ma vie.

Il fit tinter son verre contre celui de son ami et but.

Anthony, bien sûr, n'avait pas besoin de cette excuse pour boire lui aussi.

— Ta sœur a-t-elle accouché ? lui demanda Marcus.

— Oui, la semaine dernière. Une fille.

Anthony lui avait écrit pour la féliciter, mais n'avait pas demandé à lui rendre visite. Il n'était pas certain d'être prêt à rencontrer sa nièce, qui portait le prénom de sa mère. Son ventre se noua. *Sa mère décédée.*

— C'est une merveilleuse nouvelle. Je le dirai à Phoebe. Elle sera ravie, répondit Marcus avant de boire une gorgée de son cognac. Pouvons-nous espérer t'avoir à dîner demain soir ? Tu n'as pas envoyé de réponse. Si je ne t'avais pas vu ici ce soir, je t'aurais traqué.

Anthony n'avait pas répondu, parce qu'il n'avait pas pris de décision. Il se demandait si Jane avait été conviée, mais il ne pouvait pas poser la question. Marcus voudrait savoir pourquoi, et il n'existait pas d'explication qui ne soit pas entachée de scandale. Qui plus est, il avait demandé à Jane de ne pas dévoiler sa visite à son amie, il ne pouvait donc pas vraiment en parler au sien. En outre, Marcus, dans son état de bonheur exalté, ne manquerait pas de le répéter à sa femme, ce qui pourrait provoquer des dissensions entre Jane et elle. Anthony avait déjà commis suffisamment de méfaits pour ne pas avoir à ajouter « tueur d'amitié » à sa liste.

Tueur.

Le mot martelait son esprit. Il termina son cognac et se leva brusquement. Soudain, la compagnie de son ami lui parut insupportable. Pas vraiment sa compagnie, mais son bonheur.

— Où vas-tu ? s'enquit Marcus. Je viens d'arriver.

— Désolé, je dois aller quelque part.

— Chez Mme Alban ? demanda Marcus avec un regard entendu.

C'était le bordel préféré de Marcus, et Mme Alban était son amie proche, ou du moins, elle l'avait été avant qu'il n'épouse Phoebe. Ils n'avaient pas été amants, mais elle avait toujours veillé à ce qu'il soit toujours bien soigné par ses employées. En tant que son ami, Anthony avait bénéficié de la même attention.

Mais ce dernier n'y était pas retourné depuis avant sa bagarre. Peut-être devrait-il s'y rendre. Il se sentirait sans doute beaucoup mieux s'il le faisait.

— Oui. Je te demanderais bien de te joindre à moi, mais je pense que tes jours là-bas sont révolus.

— Absolument, confirma Marcus avant de secouer la tête. C'est un sacré retournement de situation, n'est-ce pas ? Si quelqu'un avait parié là-dessus, je lui aurais dit qu'il était sur le point de perdre sa fortune.

Anthony serra l'épaule de son ami.

— Tu le mérites amplement.

Plus que lui-même ne le mériterait jamais.

— Tu viens demain soir, alors ? insista Marcus, observant son ami en plissant les yeux. Je n'accepterai pas de réponse négative. Tu dois à Phoebe de venir t'excuser d'avoir quitté si tôt son petit déjeuner de mariage.

Bon sang ! L'avait-il blessée ?

— J'espère ne pas l'avoir contrariée. Cela n'a jamais été mon intention.

— Bien sûr que non. Mais elle tient à toi aussi. Viens, s'il te plaît. Je te promets que ce sera divertissant, et que je ne te harcèlerai pas au sujet de ce que tu bois, d'accord ?

— Mais y aura-t-il quelqu'un avec qui je pourrai me battre ? l'interrogea Anthony en souriant.

Marcus pencha la tête sur le côté.

— Je crains que non, mais j'ai le temps d'aller chercher une ou deux chèvres agressives. Cela suffira-t-il ?

— Fantastique ! Je serai là.

Anthony quitta le club et héla un fiacre. Mais il ne se rendit pas chez Mme Alban. Il se retrouva à Cavendish Square, à regarder la maison de Jane.

Le mystère entourant la manière dont il s'était retrouvé chez Jane le tracassait encore, mais seulement parce qu'il voulait être reconnaissant envers ce qui, ou envers qui l'avait conduit là. Et si cela n'avait été que lui ? Il avait pu se retrouver à proximité et, pour une raison ou une autre, il y était allé, se rappelant peut-être que c'était la maison de Mlle Lennox. Il n'était pas certain de croire qu'il aurait pu délibérément faire quelque chose qui se soit révélé si utile. Il avait l'habitude de prendre des décisions incroyablement mauvaises et d'obtenir des résultats encore pires.

S'il n'avait pas laissé ses pertes de jeu le dépasser. S'il n'avait pas emprunté de l'argent au Vicaire. S'il était allé à Oaklands au lieu d'aller chez ses parents.

Il serait alors mort à leur place.

Il ne méritait rien de moins. Et tandis qu'il regardait l'autre côté de la place, là où Jane était probablement blottie dans son lit, il savait qu'elle méritait bien mieux.

Anthony se retourna et partit dans la nuit.

*J*ane fut prise d'angoisse en entrant dans le salon de Brixton Park. Elle passa sa main droite sur son avant-bras gauche, ajustant son gant tout en observant la pièce. Phoebe lui avait dit qu'il y aurait seize participants au dîner et que la plupart d'entre eux prévoyaient de passer la nuit sur place. Elle avait eu envie de demander la liste des invités, mais elle s'était abstenue.

Anthony n'était pas là.

Elle soupira, déçue, mais elle devait bien admettre qu'elle n'était pas très surprise. Peut-être qu'il savait qu'elle serait là, et qu'il voulait continuer à l'éviter. Elle lui avait envoyé un mot ce matin-là pour lui demander comment il allait. Cela semblait être la meilleure chose à faire puisqu'elle avait surveillé au moins le début de sa guérison. Et elle était aussi curieuse, tout simplement. Parce qu'elle tenait à lui.

Toutefois, il semblait que ce n'était pas réciproque.

Jane le chassa de son esprit. De toute façon, ce n'était pas à cause de lui que ce dîner était important. C'était à cause de lady Satterfield, et *elle* était là. Jane sourit, impatiente.

Phoebe la rejoignit.

— Tu es ravissante, Jane ! Est-ce une nouvelle robe ?

— Oui, confirma-t-elle en baissant les yeux sur la tenue rose et son voile transparent qui scintillait à la lueur des bougies. Merci de m'accorder une petite rente, ajouta-t-elle à voix basse.

— Merci *à toi* de m'avoir laissée faire. Je sais que tes parents ne te donneront pas un sou.

C'était vrai. Jane toucha brièvement la main de Phoebe.

— Je te suis très reconnaissante pour ta générosité. Et pour ton amitié.

— Comme je le suis pour la tienne, répondit Phoebe, une étincelle chaleureuse dans le regard. Maintenant, venons-en au sujet qui nous occupe. Veux-tu que nous allions parler à lady Satterfield ?

— Oui, s'il te plaît.

Alors qu'elles traversaient le salon, Jane remarqua quelques autres personnes présentes, dont les parents de Phoebe, le duc et la duchesse de Clare, ainsi que le comte et la comtesse de Sutton. La sœur de la duchesse de Clare, la comtesse de Saint-Ives, ou Fanny comme Jane l'appelait, était une bonne amie.

Elle se fit la réflexion que le duc de Clare avait autrefois été surnommé le duc des Désirs, tandis que le comte de Sutton était connu sous le nom de duc Malhonnête. Jane se rendit compte qu'en tant que marginale, elle ne pouvait que se sentir chez elle au sein de ce groupe, et ce constat la fit sourire.

— Qu'y a-t-il ? s'enquit Phoebe alors qu'elles s'approchaient de lady Satterfield.

— J'étais simplement en train de me dire que cette fête est remplie de gens comme nous, ceux qui ne correspondent pas nécessairement aux attentes de la société.

— Tu as raison. Il faut bien que nous nous regroupions.

Phoebe passa son bras sous celui de Jane avec un sourire.

Elles rejoignirent lady Satterfield, dont le mari venait de partir discuter avec d'autres invités.

— Lady Satterfield, vous connaissez Mlle Jane Pemberton ? la salua Phoebe en retirant son bras de celui de son amie.

La comtesse de Satterfield était une grande femme proche des soixante ans. Ses cheveux sombres étaient généreusement striés de gris et elle était habillée dans un style royal qui correspondait parfaitement à son allure. Elle regarda Jane avec ses yeux gris, chaleureux et accueillants.

— Bien sûr ! C'est un plaisir de vous voir, mademoiselle Pemberton.

Jane lui fit la révérence.

— Bonsoir, my lady.

Le regard de lady Satterfield oscilla entre Jane et Phoebe.

— Comment se porte votre Société des Femmes de tête ? Vous avez perdu un membre avec la duchesse de Halstead, qui n'est plus en ville.

Elle parlait d'Arabella, qui se trouvait dans la résidence de campagne de son mari et qui y resterait pour le reste de la saison. Ils avaient beaucoup à faire là-bas.

— Nous sommes en train d'ajouter des membres, déclara Jane. Et nous concentrons nos efforts sur le soutien que nous pourrions apporter à une organisation caritative telle qu'un hôpital ou un hospice.

Elle jeta un regard à Phoebe.

— J'ai vu lady Gresham hier sur Bond Street et elle m'a parlé d'un hôpital qui, euh… aide des femmes à Whitechapel.

Lady Satterfield croisa les mains et sourit.

— Eh bien, voilà qui me semble merveilleux. C'est dommage que je ne puisse pas être une femme de tête moi aussi, car j'adorerais participer au soutien d'une telle cause.

Y avait-il une raison pour qu'elle ne le puisse pas ? Jane posa un regard interrogateur sur Phoebe. Celle-ci devait s'être fait la même réflexion, car elle haussa une épaule et acquiesça.

Jane reporta alors son attention sur la comtesse.

— Alors, vous devez vous joindre à nous. Rien ne dit que la Société des Femmes de tête ne peut pas inclure des femmes indépendamment de leur situation matrimoniale, de leur âge ou de quoi que ce soit d'autre.

— Merveilleux ! s'exclama lady Satterfield en riant. Cela fait bien longtemps que lord Satterfield dit que je suis une femme de tête, et maintenant c'est officiel.

Elle tourna le regard vers la comtesse de Sutton.

— Vous devez également inviter lady Sutton. Elle s'est

révélée extraordinaire à l'hôpital Bethléem. Et Ivy... lady Clare, aussi. Depuis longtemps, elle défend activement la cause des femmes, en particulier celles qui vivent dans des hospices. En fait, avant son mariage, sa sœur, lady Saint-Ives, cherchait un endroit où fonder un hospice réservé uniquement aux femmes. Je me demande où en est son projet ?

Lady Satterfield inclina la tête sur le côté, l'air pensif. Jane se souvenait vaguement de ce projet.

— Je l'avais oublié. J'écrirai demain à lady Saint-Ives pour me renseigner. Ce serait formidable si nous pouvions toutes unir nos forces et travailler ensemble. Je pense que ce serait un excellent but pour la Société des Femmes de tête, n'est-ce pas, Phoebe ?

Cette dernière acquiesça.

— Je suis d'accord.

Il était maintenant temps pour Jane d'orienter la conversation dans le sens qu'elle souhaitait. Elle se tourna vers la comtesse.

— En parlant de se souvenir de certaines choses..., commença-t-elle.

Ce n'était pas la meilleure des transitions, mais Jane ne trouva rien de mieux.

— Je me demande si vous vous souvenez de quelque chose de plutôt... délicat.

Lady Satterfield fronça les sourcils, et elle se rapprocha d'elle.

Phoebe fit de même, et Jane baissa légèrement la voix.

— J'ai récemment appris qu'il y avait eu une rumeur à mon sujet au cours de ma première saison. Apparemment, elle n'a circulé que parmi les jeunes hommes, de sorte que vous n'en avez peut-être pas entendu parler, mais compte tenu de votre rang dans la société et de l'estime que tout le monde vous porte, je me suis dit qu'il était possible que vous en ayez eu vent.

— Oh ! Dites-moi, puis-je supposer que cette rumeur n'était pas flatteuse ?

La mâchoire de Jane se crispa brièvement.

— C'est exact. Quelqu'un a répandu l'idée que j'étais facile. Cela explique pourquoi aucun de mes prétendants ne m'a fait de demande et pourquoi, à la fin de cette saison, j'ai eu l'impression d'être rapidement mise à l'écart.

Elle se souvenait parfaitement de la colère et de la déception de sa mère et du rythme qu'elle avait imposé à Jane avant la saison suivante : peinture, danse, pratique du piano, équitation jusqu'à ce qu'elle soit sans doute en mesure de battre n'importe quel gentleman dans une course le long de Rotten Row, au petit matin. Au bout du compte, rien de tout cela n'avait fait de différence. L'échec de sa deuxième saison avait été aussi cuisant que celui de la première.

— Nous aimerions savoir qui a lancé cette rumeur, et, si possible, pourquoi, intervint Phoebe.

Le cœur de Jane se gonfla quand elle entendit le « nous ». Elle adressa un sourire reconnaissant à son amie.

— Je ne me souviens pas de cette rumeur, affirma lady Satterfield. Mais si c'était vraiment entre les jeunes hommes, ce n'est pas anormal.

Elle tapota son menton du bout des doigts.

— C'était en 1814. Laissez-moi me rappeler ce qui se passait à cette époque. Mon deuxième petit-enfant, Christopher, est né cette année-là, expliqua-t-elle en souriant. C'était un bébé si adorable !

Elle plissa le front, perdue une nouvelle fois dans ses réflexions. Puis elle balaya le salon du regard.

— Clare et Sutton étaient des hommes célibataires à l'époque. Peut-être ont-ils entendu quelque chose.

Jane n'était pas certaine de pouvoir leur demander. Non seulement elle ne les connaissait pas assez, mais comment pouvait-elle aborder un tel sujet avec un duc et un comte ? Elle avait déjà eu suffisamment de mal avec lady Satterfield.

Celle-ci parut comprendre son inquiétude. Elle tendit la main pour tapoter le bras de Jane.

— Je vais leur parler et voir ce que je peux apprendre. Cela vous aiderait-il ?

La jeune femme souffla et sourit, soulagée.

— Merci, oui.

— J'en serais ravie, la rassura lady Satterfield, qui fronça encore les sourcils. Que comptez-vous faire de ces informations, ma chère ? Cela ne peut plus vous être d'aucune utilité, maintenant. Malheureusement, le mal est fait depuis longtemps. Peut-être devrions-nous concentrer nos efforts au rétablissement de votre réputation, comme j'ai pu le faire pour ma belle-fille lorsque je l'ai prise comme dame de compagnie.

Elle faisait référence à Eleanor Saint-John, qui avait été compromise lors de sa première saison. Par la suite, elle s'était réfugiée à la campagne pendant très longtemps, presque dix ans, si Jane se souvenait bien de l'histoire, et elle n'était revenue à Londres que lorsqu'elle avait eu besoin d'un emploi. Elle avait accepté de devenir la dame de compagnie de lady Satterfield, qui s'était prise d'affection pour elle. Elle était à présent la duchesse de Kendal, et, bien sûr, la belle-fille de lady Satterfield.

Certes, Jane n'espérait pas faire une telle rencontre, ou devenir la dame de compagnie de lady Satterfield. Elle n'avait besoin d'aucune de ces deux choses, rien que d'une meilleure réputation pour aller de l'avant. C'était tout ce qu'elle voulait, et c'était ce qu'elle méritait.

— Comment feriez-vous une telle chose ? s'enquit Jane. Rétablir ma réputation ?

— Eh bien, cette rumeur s'est répandue il y a longtemps, et ce n'était qu'une rumeur, contrairement à ce qui s'est produit avec ma belle-fille. Lord Haywood l'avait contrainte à une étreinte, et quelqu'un en a été témoin.

Jane jeta un regard à Phoebe. Celle-ci avait été fiancée au cousin de Haywood, et elle avait refusé de l'épouser après qu'il s'était comporté encore plus mal avec elle.

— Pourquoi les hommes ne doivent-ils jamais payer pour leurs erreurs, du moins pas aussi lourdement que les femmes ?

— Et certaines de nos « erreurs » n'en sont même pas ! ajouta Phoebe avec un air franchement dégoûté. Elles sont indépendantes de notre volonté, comme dans ton cas.

— C'est assurément injuste, convint lady Satterfield, pinçant les lèvres. Cependant, et je déteste devoir dire cela, mademoiselle Pemberton, mais quitter la maison de vos parents et vous installer seule n'a rien à voir avec le passé, et cela ne vous aidera pas dans le présent.

— Cela a tout à voir avec le passé, protesta Jane, tâchant de contenir son indignation.

Sa colère n'était pas dirigée contre lady Satterfield. Ce qu'elle disait était vrai. Mais ce n'était pas juste.

— S'il n'y avait eu cette rumeur qui m'a menée droit à l'échec, je serais peut-être mariée aujourd'hui. Installée dans une vie heureuse que la société approuve. On me l'a volée, et j'ai fait de mon mieux.

La comtesse grimaça.

— Je comprends. Vous n'aviez aucune perspective de mariage ?

Jane songea au voisin de ses parents, M. Brinkley.

— Si, mais pas avec un homme que j'avais envie d'épouser. Ne devrions-nous pas pouvoir nous marier avec la personne de notre choix ?

— Bien sûr que si. Mais vous devez bien être consciente que, même sans cette rumeur, vous pourriez toujours être célibataire. Et si l'homme que vous deviez épouser ne s'était tout simplement pas encore présenté ?

L'image d'Anthony surgit dans son esprit, et elle faillit rire. Il n'était *pas* un candidat au mariage.

Jane se redressa en se tournant vers lady Satterfield.

— Assurément, il ne s'est pas présenté.

— Dans ce cas, nous allons faire en sorte de vous remettre en position de le retrouver, d'accord ? proposa-t-elle, avant d'inspirer et d'adopter un ton pragmatique. Pourriez-vous retourner chez vos parents ?

Ce n'était pas ce que Jane s'attendait à ce qu'elle dise. Elle cligna des yeux, cherchant une réponse appropriée, car « bon sang, non ! » n'était pas acceptable.

— Je ne crois pas qu'ils le permettraient.

Lady Satterfield fronça les sourcils.

— Et si je parlais à votre mère ?

Une nouvelle fois, Jane s'empêcha de répondre.

— Je ne pense pas que ce serait judicieux. Ma sœur se marie bientôt et ils se concentrent sur cet heureux événement, comme il se doit. Peut-être que, par la suite, je leur rendrai visite.

Elle adressa un sourire à lady Satterfield, prise dans un tourbillon d'émotions. Soudain, elle n'était plus du tout sûre d'être sur la bonne voie.

Anthony avait peut-être raison : le passé n'avait pas d'importance. Comme l'avait souligné la comtesse, ce n'était pas comme si Jane avait rencontré un homme et n'avait pas pu l'épouser à cause de la rumeur. Bien qu'il soit possible que le fait qu'elle n'ait pas rencontré d'homme soit dû à cette rumeur, elle ne pouvait pas en être certaine. Et pourquoi se torturer avec une telle éventualité ? Ne valait-il pas mieux se tourner vers l'avenir, vers le bonheur qu'elle pourrait trouver ?

De plus, Jane n'avait aucune envie de retourner chez ses

parents. Ils ne l'avaient pas soutenue lorsqu'elle avait « échoué », et ils la poussaient à épouser un homme dont elle ne voulait pas. Elle était bien plus heureuse à Cavendish Square avec ses chatons.

Surtout quand tu reçois un bel invité séducteur.

Comme attirée par cette pensée, Jane se tourna vers l'entrée principale du salon au moment même où Anthony y pénétrait. Sa respiration se bloqua dans ses poumons lorsqu'elle découvrit son apparence presque parfaite. Ses cheveux bruns légèrement bouclés étaient coiffés en arrière, au-dessus de son front haut, dans un style impeccable. Ses traits étaient redevenus normaux, à l'exception d'une légère ecchymose autour de l'œil droit. Il était vêtu d'un costume noir sobre et d'un gilet bleu cobalt qui faisait briller ses yeux comme des joyaux. Jane ressentit un besoin presque viscéral d'aller vers lui, de le toucher, de le revendiquer.

Et surtout, de lui donner à son tour un coup de poing dans l'œil.

CHAPITRE 9

*U*n rapide tour d'horizon de la pièce révéla à Anthony ce qu'il souhaitait le plus savoir : Jane était présente, et elle était magnifique. Sa silhouette plantureuse était drapée dans une robe rose vaporeuse qui la faisait ressembler à quelque chose qu'il avait envie de manger. Ses boucles blondes étaient rassemblées en une coiffure séduisante, avec des pierres qui scintillaient lorsqu'elle bougeait la tête. Elle portait un simple ruban autour du cou avec un bijou qui frôlait le creux de sa gorge. Il avait envie d'y poser ses lèvres et de dépouiller son corps de tout le reste pour qu'elle ne porte plus que cela et rien d'autre.

Bon sang, il ne pouvait pas se promener dans ce maudit salon avec une érection féroce ! Il se détourna d'elle et se dirigea vers un valet de pied pour prendre un verre de ce qui se trouvait sur son plateau.

— Tu es venu ! constata Marcus en arrivant derrière lui. Et tu es directement allé prendre un cognac.

Anthony sourit, essayant de ne pas regarder Jane.

— Évidemment.

— Eh bien, je suis ravi que tu sois là. Si cela ne te dérange pas, essaie de ne pas trop boire.

— Je me suis amélioré dans ce domaine.

Ce n'était pas vraiment le cas, du moins pas depuis qu'il était parti de chez Jane. Mais tant qu'il y était resté, elle l'avait maintenu sobre. Parce qu'elle avait insisté. Avec le recul, cependant, il était heureux de s'être abstenu. Il n'aurait peut-être pas apprécié le temps qu'ils avaient passé ensemble s'il n'avait pas été lucide.

Le maître d'hôtel entra pour annoncer le dîner, et tout le monde se mit par deux pour entrer dans la salle à manger. Par tous les diables ! Jane n'avait personne. Anthony regarda autour de lui : ils semblaient être les deux seuls célibataires ici. *Oh, bon sang !* Il se demanda brièvement si Marcus avait arrangé cela. Jane avait-elle finalement raconté à Phoebe ce qui s'était passé ?

Anthony n'allait pas faire fi des convenances dans ce cas. Il traversa la pièce pour rejoindre Jane et s'inclina.

— Puis-je vous accompagner au dîner, mademoiselle Pemberton ?

Elle lui fit une révérence en guise de réponse.

— Merci, my lord.

Il lui offrit son bras et s'apprêta à recevoir le choc qui ne manquerait pas de se produire lorsqu'elle le toucherait. Elle posa sa main sur sa manche et, bien qu'il s'y soit préparé, il fut tout de même ébranlé par la profondeur du lien qui l'unissait à elle.

Alors qu'ils marchaient en cortège jusqu'à la salle à manger, il sentit la tension de la jeune femme. Ou peut-être était-ce la sienne.

— Tu as l'air en forme, murmura-t-elle. As-tu reçu mon message aujourd'hui ? Peut-être as-tu envoyé une réponse alors que j'étais déjà en route pour venir ici.

Son ton était légèrement accusateur, ce qu'il méritait.

— J'ai bien reçu ton message.

Et il n'avait pas rédigé de réponse parce qu'il était un énorme goujat. Il s'était aussi demandé s'il la verrait ce soir-là.

— J'espérais te voir ici.

C'était un petit mensonge, mais pas complètement.

— Vraiment ? Je ne savais même pas si tu étais invité.

— Alors, tu n'as rien arrangé ?

Jane enfonça les doigts dans la manche d'Anthony.

— Tu penses que j'ai parlé de nous à Phoebe, alors que tu m'as demandé de ne pas le faire ? Tu es un goujat.

Il faillit rire, car elle avait employé le même mot que celui auquel il venait de penser.

— Je sais. Un énorme goujat, en réalité, mais je n'ai jamais essayé de déguiser ma véritable nature.

— Non, sans doute que non, surtout avec la manière dont tu es parti de chez moi.

Son accusation était claire, tout comme le fait qu'elle était blessée.

— C'était pour le mieux, répondit-il, baissant encore la voix.

Ils entrèrent dans la salle à manger et, par chance pour Anthony, ils étaient assis l'un à côté de l'autre, près du bout de la table. Phoebe était à sa droite, au bout, et Jane à sa gauche. Merveilleux.

Il n'aurait pas dû venir. Il avait failli s'en abstenir, mais l'envie de la voir avait été trop forte. Même lui était capable d'admettre que c'était pour cela qu'il se trouvait ici. « Énorme goujat » ne suffisait pas à le décrire. Il n'avait aucune raison d'avoir envie de la voir. N'avait-il pas déjà pris cette décision ?

Anthony lui tira sa chaise, puis s'assit à côté d'elle.

— Et non, je n'ai rien à voir non plus avec le plan de table, lui murmura-t-elle. Ni avec le fait que nous soyons les seuls célibataires ici. Si j'avais su, j'aurais demandé à Phoebe d'en inviter d'autres. Ou peut-être ne serais-je pas venue du tout.

La colère dans la voix de Jane transperça la poitrine d'Anthony. Il se pencha légèrement vers elle.

— Je suis désolé, Jane. Sincèrement. Mais je devais partir. Tu dois bien en convenir.

Elle tourna la tête vers lui, et il vit la chaleur qui brûlait dans ses yeux fauves, comme du cognac devant un feu.

— Oui, cela aurait été tout simplement horrible si tu étais resté. C'était la pire semaine de ma vie.

Anthony sourit malgré lui.

— Vos sarcasmes auront raison de moi, mademoiselle Pemberton.

— Bien. Je ferai de mon mieux pour vous éviscérer avec au cours du dîner.

— S'il te plaît, fais-le, murmura-t-il alors que l'on versait le vin et que le premier plat était servi.

Quelques minutes plus tard, après avoir goûté la soupe, Jane lui demanda :

— Aimes-tu la soupe de tortue ? C'était mon cas, au début, mais parfois, ce n'est pas tout à fait ce à quoi je m'attendais. Je trouve cela... décevant.

— Je vois ce que tu veux dire, acquiesça Anthony. Mais j'aime bien celle-ci. Et toi ?

Elle le regarda droit dans les yeux.

— Je croyais que c'était le cas, mais je n'arrive pas à me décider. Repose-moi la question plus tard.

Elle prit son verre de vin, dont elle but une gorgée. La soupe fut retirée peu après, et remplacée par le plat suivant. Anthony goûta au turbot et à la truite, ainsi qu'à la tourte à la viande.

— Je viens de me rendre compte que la plupart des plats que je mange commencent par la lettre T.

— Mmmh, répondit Jane, avalant une bouchée de truite.

T, comme *terrible*. Et comme *très indélicat*. Ou comme *totale confiance*, ce que j'aime plus que tout.

Anthony baissa la voix pour murmurer à son oreille.

— Ou comme *tentation*, un mot que j'affectionne particulièrement.

Elle plissa les yeux vers lui, la mâchoire crispée.

— Serais-tu en train de badiner avec moi ?

Oh que oui, il badinait avec elle ! Et il ne devrait pas.

— Mes excuses. J'ai bien peur que ce soit ma façon naturelle d'agir avec toi, et nous voilà coincés l'un à côté de l'autre pour un long moment.

— Malheureusement, marmonna-t-elle. T, comme *très grand*.

Oh ! *Oh* ! Il comprit tout à coup. Oui, c'était bien cela.

Elle faisait ce qu'il l'avait invitée à faire : elle se montrait sarcastique. Un art qu'elle maîtrisait, apparemment.

— T comme *talentueuse* et *très excitante*, renchérit-il avec un petit sourire.

Elle l'ignora et se concentra sur son assiette, puis elle se mit à discuter avec l'homme qui se trouvait à sa gauche.

— Je suis contente que tu sois venu ce soir, Anthony, dit Phoebe, à sa droite.

Il se tourna vers elle.

— Je te remercie de m'avoir invité. Je te dois des excuses pour avoir quitté votre petit déjeuner de mariage.

Elle haussa un sourcil sombre en le regardant.

— Marcus t'a-t-il demandé de dire cela ?

— Devrais-je mentir ?

Phoebe éclata de rire.

— Cela ne m'a pas dérangée que tu partes, tant que tu vas bien, et que tout va bien entre Marcus et toi. J'ai l'impression que c'est le cas ?

Il acquiesça avant de boire une gorgée de vin.

— Absolument.

Une idée lui vient à l'esprit. Jane et lui avaient-ils été invités simplement parce qu'ils étaient les amis proches de Marcus et Phoebe, ou y avait-il plus que cela ?

— Ja... Mlle Pemberton et moi n'avons pas pu nous empêcher de remarquer qu'elle et moi étions les seuls invités célibataires. Est-ce que Marcus et toi essayez de jouer les entremetteurs ?

Phoebe se pencha vers lui, les yeux pétillants et les lèvres courbées en un sourire plein d'anticipation.

— Devrions-nous ?

Bon sang ! Il était pris à son propre piège.

— Pas du tout, répondit-il, reportant son attention sur son assiette.

Bientôt, le service suivant arriva. Celui-ci comprenait de la dinde, des asperges, du mouton, et plusieurs autres viandes et légumes. Anthony se tourna vers Jane, mais ce fut elle qui parla en premier.

— Vas-tu faire un commentaire sur ma dinde ? s'enquit-elle en le regardant droit dans les yeux.

Il rit.

— Non. Vas-tu trouver un moyen de me comparer au mouton ?

— Que puis-je dire, sinon que tu es assez âgé pour te comporter mieux que tu ne l'as fait.

Parce que le mouton était un animal âgé.

Il posa la main sur sa poitrine.

— Un coup direct.

Elle baissa les yeux sur son assiette, mais il eut le temps d'apercevoir l'esquisse d'un sourire.

— Allez-vous participer à la partie de cache-cache après le dîner ? demanda M. Lennox à Jane.

— Je crois que oui, répondit-elle. Le labyrinthe est magnifique. L'avez-vous vu ?

— Pas encore. Mais je suis impatient.

Anthony s'imagina retrouver Jane dans un recoin sombre du labyrinthe. Puis il se vit la prendre dans ses bras et l'embrasser. Peut-être relèverait-il ses jupes et plongerait-il ses doigts dans sa douce chaleur, la poussant au bord de l'extase avant d'avaler ses cris avec sa bouche. Il termina son vin, espérant que son érection allait diminuer.

Le valet de pied remplit à nouveau son verre, et il vit que Jane l'avait remarqué. Il aperçut aussi le léger plissement de son front et l'inclinaison boudeuse de sa bouche. Il leva le verre et en but une longue gorgée.

Anthony passa le reste du dîner à manger et à boire, tout en essayant de toutes ses forces de ne pas regarder Jane. Quand il avait dit d'elle qu'elle incarnait la tentation, c'était un euphémisme. Il la désirait plus que tout. Plus que ce satané vin qu'il buvait en trop grande quantité.

Trop ? Le croyait-il vraiment ? Oui, probablement.

Puis il arrêta de boire, ce qui le mit hors de lui.

Après le dessert, il se leva avec les autres gentlemen, tandis que les femmes quittaient la pièce. Jane le regarda avant de sortir. Il déglutit. Il détestait la décevoir, sachant que, quoi qu'il fasse, il la décevrait toujours. Mieux valait le faire exprès maintenant.

Le valet de pied apporta du porto, et plusieurs hommes se mirent à fumer. Anthony but une gorgée de son vin, mais ne le termina pas.

Au bout d'un moment, Marcus vint s'installer sur la chaise vacante de Phoebe. Il la rapprocha d'Anthony, et lui parla à voix basse.

— Je me trompe ou il y a quelque chose entre Jane Pemberton et toi ?

— Pourquoi penses-tu cela ? s'enquit Anthony, qui décida de boire encore un peu de porto.

— Vous n'avez cessé de vous parler, et votre échange semblait plutôt intense. Ai-je tort ?

— Nous avions un désaccord au sujet de la soupe de tortue.

Marcus plissa les yeux, mais ne dit rien.

— Allons-nous rejoindre les dames ? demanda Clare en se levant.

Anthony se tourna vers le duc, un vieil ami de Marcus. À une époque, ils avaient été frères de débauche.

— Oui, répondit-il en se levant à son tour.

— Impatient de voir Mlle Pemberton ? murmura Marcus.

— Je vais dans la salle de billard.

Anthony quitta la salle à manger et fit exactement ce qu'il avait dit : il se rendit de l'autre côté de la maison, dans la salle de billard.

Seules quelques lampes brûlaient dans la pièce, et la table n'était pas éclairée. Il plaça tout de même les trois boules et s'entraîna. Il lui fallut un certain temps avant de se rendre compte qu'il ne s'était pas servi de verre. Il balaya la pièce du regard en quête d'un buffet. Il y avait forcément de l'alcool quelque part ici. Le meuble était là, près de la fenêtre.

Un éclair de rose attira son regard sur l'embrasure de la porte. Jane entra dans la pièce, et l'espace sembla se rétrécir.

Que diable faisait-elle ici ? À présent, il avait vraiment besoin d'un verre. Il s'avança vers le buffet et se versa un cognac. Lorsqu'il se retourna, elle se tenait à quelques dizaines de centimètres de lui, le regard rivé sur le verre dans sa main.

— Quel poison choisis-tu ? lui demanda-t-il, citant la question que lui posait souvent un Américain avec qui il buvait parfois.

— Du poison ? répéta-t-elle en se rapprochant. Si tu penses que c'est nocif, alors pourquoi le boire ?

Il ricana en guise de réponse, puis prit une gorgée de cognac avant de retourner vers le billard. Il posa le verre sur le bord, et prit une masse*.

— Ne devrais-tu pas être dehors, dans le labyrinthe ?

Elle s'approcha du bout de la table.

— Pourquoi n'y es-tu pas ?

— Je préfère jouer au billard.

— Moi aussi, dit-elle en allant prendre une masse sur le support accroché au mur.

— Sais-tu au moins comment jouer ? lui demanda Anthony.

— Pas vraiment.

Il se pencha et envoya la boule blanche dans une boule rouge. Lorsqu'il se redressa, il la fixa d'un regard noir.

— Pourquoi venir jouer au billard toute seule si tu ne sais pas comment faire ?

— Très bien. J'ai appris que tu étais ici, avoua-t-elle.

Elle contourna la table et s'arrêta à une trentaine de centimètres de lui, appuyant sa hanche sur le bord.

— Tu me dois une explication.

— À quel sujet ?

Il passa près d'elle, veillant à ne pas respirer son parfum bien trop familier et bien trop enivrant. Se penchant, il tira à nouveau, envoyant une boule rouge dans une poche de l'autre côté de la table.

Jane lui toucha le bras.

— Ne sois pas comme ça. Je croyais que nous étions… amis. T'ai-je fait fuir ?

Anthony entendit la douleur dans sa question, et son irritation s'évanouit complètement. Posant la masse sur la table, il se tourna vers elle.

— Non. Ne pense jamais une telle chose.

— Comment pourrais-je faire autrement ? Je t'ai demandé

---

* NdT : ancien nom de la queue de billard.

de prendre ma virginité, puis nous… Enfin, nous nous sommes rapprochés, et ensuite tu es parti.

— Je te l'ai déjà dit, Jane, je ne peux pas être cet homme. Je ne le serai pas.

Jane se rapprocha de lui.

— Quel homme ?

Il contracta la mâchoire.

— L'homme qui causera ta ruine.

— Comment pourrais-tu me ruiner alors que je te demande de me prendre, de me montrer ? Je t'en prie, ne me dis pas que tu regrettes ce que nous avons fait.

— Je le devrais.

— S'il te plaît, non. Je ne crois pas que je pourrais le supporter.

Lui ne pouvait supporter d'entendre la voix de Jane se briser. Passant devant elle, il prit son verre et but une nouvelle gorgée, lui tournant le dos.

— Et voilà, tu te réfugies aussitôt dans l'alcool.

Anthony se retourna.

— Oui. C'est là que je vais. Là où je suis le bienvenu.

— Tu étais le bienvenu auprès de moi. Pourquoi t'infliges-tu cela ? Tu refuses la proximité… ce que nous avons partagé était beau, n'est-ce pas ? Et tu te noies dans le vin, le cognac, ou tout ce que tu peux trouver.

Elle croisa les bras et le regarda avec un mélange de colère et d'inquiétude.

— Pourquoi ? insista-t-elle.

— Parce que je préfère être engourdi.

Il n'avait pas eu l'intention de lui répondre. De lui révéler quoi que ce soit.

Elle laissa retomber ses bras le long de ses flancs et s'approcha de lui en balançant les hanches. Lui prenant le verre du bout des doigts, elle le reposa sur le bord de la table. Puis

Jane prit le visage d'Anthony entre ses mains, douces contre sa mâchoire.

— Pourquoi veux-tu être engourdi ?

Il n'avait pas non plus envie de répondre à cette question, mais c'était comme si elle tirait quelque chose de lui. Il essaya de s'accrocher, mais elle était plus forte que lui.

— Je n'aime pas… ressentir.

— Dis-moi pourquoi. Laisse-moi t'aider.

Il la regarda droit dans les yeux, sachant qu'elle n'allait pas le laisser partir. Et il n'en avait pas envie.

— Je ne peux pas.

— Si, tu le peux. Je sais que tu te sens coupable. Je le vois en toi. C'est à propos de tes parents. Raconte-moi.

Ses parents. Il laissa échapper un son qui tenait à la fois du sanglot et du halètement.

— Ils sont morts à cause de moi.

— Ils ont été tués par un bandit de grand chemin. Que veux-tu dire ?

— Je devais aller à Oaklands, répondit-il d'une voix faible, hantée. Mais je n'en avais pas envie. C'est moi qui aurais dû mourir, pas eux.

Il fut surpris par le manque d'émotion dans ses paroles, car l'angoisse menaçait de le déchirer en deux. Jane le serra plus fort, ses pouces appuyant sur son visage.

— L'acte ignoble d'un bandit de grand chemin n'est pas ta faute. Comment aurais-tu pu savoir que cela se produirait ?

— Parce que c'était *censé* être moi. Le Vicaire a envoyé le bandit de grand chemin pour *me* tuer, pas eux.

Les yeux de Jane s'embrumèrent, et elle détacha les mains de son visage.

— Le Vicaire ?

Il s'éloigna d'elle en jurant violemment.

— L'homme à qui j'ai emprunté de l'argent pour payer

mes dettes de jeu après que mon père a refusé de m'accorder plus de fonds.

Anthony se détourna de Jane et posa les mains sur le bord du billard, baissant la tête, tourmenté.

— J'ai tout perdu, et je ne pouvais pas le rembourser. Il m'a dit que je devais trouver un moyen, faute de quoi, il le prendrait de toute façon. Je n'avais pas compris ce que cela signifiait.

S'agrippant à la table jusqu'à ce que ses mains soient douloureuses, il finit par la repousser et se tourner face à elle.

— Ne comprends-tu pas, Jane ? *Je suis* le poison. Je ruine tout, et tout le monde. Comment pourrais-je te souiller avec mon corps, ma présence même ?

— Anthony, dit-elle, la voix brisée tandis qu'elle s'approchait de lui, les bras ouverts.

Il recula.

— Tu devrais t'en aller.

Jane secoua la tête en ramenant ses bras le long de ses flancs, mais elle continua à avancer vers lui jusqu'à ce qu'il se retrouve contre le mur, et qu'il n'ait plus d'autre endroit où aller.

— Je ne veux pas te laisser.

Elle toucha à nouveau son visage ; ses doigts étaient doux et frais contre la chaleur de sa chair. Elle les fit glisser le long de sa mâchoire, juste avant de l'embrasser.

Le baiser fut fugace, une taquinerie qui plongea son corps dans une frénésie de désir. Elle ne recula pas, leva les yeux vers lui, ses lèvres à quelques centimètres des siennes.

— Si tu veux oublier, te perdre, fais-le avec moi.

— Sais-tu ce que tu me demandes, Jane ?

— Oui.

— Jane.

Jamais il ne s'était senti aussi déchiré, aussi irrémédiablement brisé. Pourtant, elle était là, offrant de le réparer, au moins pour un temps.

Finalement, il se retrouva impuissant à lui résister. Laissant échapper un faible gémissement, il la souleva et l'embrassa avec toute la douleur et le désir qu'il gardait refoulés en lui. Oui, il voulait se perdre, mais il craignait d'être déjà perdu.

～

*J*ane enroula ses bras autour du cou d'Anthony, impatiente de le sentir contre elle. Il descendit une main sur ses fesses, l'enveloppant tandis que leurs langues se rencontraient dans un baiser vorace. Elle était venue ici en quête de réponses et de réconciliation, mais honnêtement, elle ne s'attendait pas à cela.

Pourtant, elle l'avait espéré. Avec lui, elle espérerait toujours.

Il s'éloigna du mur et avança, la tenant contre lui. Il inclina la tête et passa sa langue contre la sienne. Elle sentit quelque chose contre l'arrière de ses cuisses, puis il la fit descendre. Elle se rendit compte qu'il s'agissait du billard.

Jane entendit Anthony repousser la masse et l'une des boules avant de l'allonger sur le tapis. Il éloigna sa bouche de la sienne, embrassant sa mâchoire jusqu'à son oreille, où il mordit doucement son lobe. Jane haleta, s'agrippant au cou et aux épaules d'Anthony.

Ses lèvres et sa langue descendirent dans son cou, léchant et suçant sa peau. La jeune femme ferma les yeux, s'abandonnant à la sensation et au désir. Il saisit son sein, le poussant vers le haut, tandis que sa bouche capturait la chair au-dessus de son corsage. Elle aurait voulu ne porter aucun vêtement pour pouvoir le sentir aussi bien que l'autre nuit.

Il éloigna sa bouche d'elle, et elle sentit sa robe remonter le long de ses jambes.

— Lève tes fesses.

Elle se cambra, puis ouvrit les yeux quand il releva ses jupes autour de sa taille. Elle avait envie de lui demander ce qu'il faisait, mais les mots lui semblaient inutiles, voire gênants.

Il saisit ses genoux et écarta davantage ses jambes, l'ouvrant à un degré surprenant. Jane haleta, puis elle le vit la fixer un long moment, alors que ses mains remontaient lentement le long de ses cuisses. À chaque centimètre de chair qu'il touchait, le désir grandissait en elle, déclenchant une palpitation lancinante entre ses jambes, à l'endroit même qu'il avait si complètement mis à nu.

Puis Anthony leva les yeux, les planta dans ceux de Jane, la maintenant captive. Il poursuivit son chemin le long de ses cuisses, jusqu'à poser ses pouces de part et d'autre de son sexe, l'écartant délicatement. Cela la fit frémir. Elle était impatiente qu'il la touche à cet endroit, qu'il lui procure la libération bouleversante qu'il lui avait offerte l'autre nuit.

— Que veux-tu, Jane ? lui demanda-t-il d'une voix rauque et intense, qui ne fit qu'accroître son désir.

— Toi. Je te veux, toi.

Il fit glisser son doigt le long de son sexe.

— As-tu envie de ça ?

Elle était incapable de se détourner du magnétisme érotique qui se dégageait du regard d'Anthony.

— Oui.

Il caressa son clitoris, et le corps de Jane se contracta. Elle aplatit les mains sur le tapis et se poussa contre celle d'Anthony.

— C'est ça, l'encouragea-t-il d'une voix douce. Tu en veux plus ?

Elle acquiesça.

— Dis-moi, Jane.

— J'en veux plus. En moi. S'il te plaît, le supplia-t-elle, les cuisses tremblantes.

Il plongea un doigt en elle et elle cria en fermant les yeux.

— Jane, regarde-moi, lui intima-t-il.

Elle rouvrit les yeux. Il entama alors un lent mouvement de va-et-vient avec son doigt.

— Je vais mettre ma bouche sur toi, maintenant. Essaie de ne pas crier.

Il lui décocha un sourire diabolique avant de rompre finalement le contact visuel et d'abaisser la tête entre les jambes de Jane.

Puis sa langue se posa sur son clitoris, le caressa délicatement. Elle ouvrit la bouche, mais aucun son ne s'échappa. Jane se redressa sur les coudes, impatiente de mettre une image sur ce qu'elle ressentait. Mais elle ne vit que le dessus de la tête d'Anthony qui bougeait en même temps que ses lèvres, et sa langue faisaient des ravages sur son sexe.

Pas des ravages, mais il lui procurait un intense plaisir. Son doigt continuait de bouger en elle alors qu'il suçait sa chair. Les muscles de la jeune femme se contractaient à mesure que sa passion enflait. Elle commença à remuer sous lui ; elle voulait plus de tout. Il remplaça son doigt par sa langue, étalant les mains sur l'intérieur de ses cuisses pendant qu'il la caressait.

Elle cria, se cambra contre sa bouche, de plus en plus proche de l'extase. Anthony remonta les jambes de Jane sur ses épaules et empoigna ses fesses, la maintenant captive de sa bouche. Jamais elle n'aurait pu imaginer la férocité de son premier orgasme avec lui, mais celui-ci était déjà plus dévastateur. Son corps tremblait, ses muscles se tendaient, le plaisir palpitait en elle. Elle était incapable d'arrêter la cascade… même si elle n'en avait pas la moindre envie. Anthony serra plus fort ses fesses tandis que sa langue s'enfonçait profondément en elle, et elle se perdit dans un torrent d'extase.

Lorsqu'il plaqua une main sur sa bouche, elle se rendit compte qu'elle avait crié. Elle laissa échapper un sanglot contre ses doigts, ses jambes frémissant autour de la tête de son amant. Sa bouche ne s'arrêta pas pour autant, et, alors que son orgasme s'apaisait, elle sentit qu'un autre se rapprochait. Elle en voulait plus. Elle avait besoin de plus.

Elle avait besoin *de lui.*

Jane plongea les mains dans les cheveux d'Anthony, l'éloignant d'elle. Il se redressa, le souffle court et rapide, le regard sombre, intense. La jeune femme s'assit sur la table et se rapprocha du bord. Agrippant les revers de la veste d'Anthony, elle la retira de ses épaules.

Il ne l'aida pas, et elle dut tirer le vêtement sur ses bras. Il tomba sur le sol, et elle entreprit de déboutonner son gilet.

Il posa les mains sur celles de Jane.

— Arrête. S'il te plaît.

— Pourquoi ?

Elle avait tellement envie de lui que son corps palpitait, son esprit réclamait à cor et à cri qu'il soit contre elle, à l'intérieur d'elle.

— Parce qu'il le faut.

— Non, il ne faut pas. Je te veux, Anthony, et tu me veux, protesta-t-elle, baissant la main pour caresser son vit rigide à travers ses vêtements. Ne te détourne pas de ça. Ne te détourne pas de moi.

— *Jane.*

Sa voix était dure et brisée, son regard tourmenté.

Jane lui déboutonna son pantalon et glissa la main à l'intérieur pour caresser son sexe.

— Je te veux, Anthony. Ce pourrait-être la seule chance que j'aurai jamais. Que *nous* aurons jamais.

Elle n'était pas certaine de le croire, mais elle était désespérée. Anthony lui caressa doucement le visage, et son expression se fit triste.

— Jane. Il m'est impossible de me refuser à toi, même si je sais qu'il le faut.

— Mais tu ne le feras pas, répondit-elle, assise sur le bord de la table, et elle plaça l'extrémité de son vit contre son sexe. Je ne sais pas quoi faire. Montre-moi, s'il te plaît.

Anthony plaça les jambes de Jane autour de sa taille, puis posa les mains sur les siennes. Il guida son membre en elle, l'étirant, la comblant. Elle ressentit un certain inconfort, mêlé à une urgence de l'amener plus profondément en elle, de bouger, de créer cette délicieuse friction qui les ramènerait tous les deux à la maison.

Elle le relâcha, puis posa la main sur ses fesses pour le plaquer contre elle. Il s'enfonça ; cette nouvelle sensation lui coupa le souffle.

— Jane, respire, murmura Anthony contre son oreille, posant une main sur sa nuque. Est-ce que tu vas bien ?

Elle entendit la souffrance dans sa voix et voulut le rassurer.

— Je vais bien.

L'inconfort commençait déjà à s'estomper. Mais pas son désir.

— Je t'en prie, ne t'arrête pas.

Anthony agrippa le cou de Jane, puis se retira avant de la pénétrer à nouveau. Puis il l'embrassa, plongeant sa langue dans sa bouche en même temps que son vit s'enfonçait dans son corps avec une magnifique précision. Une vague de joie envahit la jeune femme qui se délectait de cette intimité, de cette expérience partagée. Elle lui rendit son baiser avec une ferveur passionnée, glissant les doigts dans ses cheveux.

Il commença à bouger plus rapidement, ses hanches claquant contre celles de Jane. Le second orgasme qu'elle avait perçu se remit à enfler. La montée fut plus rapide, moins abrupte cette fois, et lorsqu'il la serra fort et se frotta contre elle, elle explosa. Son sexe se contracta autour de lui alors que sa libération la faisait frémir.

Puis Anthony se retira soudain. Il émit un son presque inhumain, même s'il était étouffé, et elle sentit sa semence sur sa cuisse.

Le seul bruit persistant dans la pièce était celui de leurs respirations haletantes, et la seule odeur était celle du musc entre eux. Ils restèrent ainsi, front contre front, le temps que leurs esprits et leurs corps reviennent au présent.

Jane prit une grande inspiration.

— Pourquoi es-tu parti ?

— Pour éviter de faire un enfant.

Anthony jura à mi-voix et recula d'un pas, reboutonnant rapidement son pantalon. La robe de Jane retomba sur ses cuisses.

— Oh ! Merci.

Anthony croisa son regard, et Jane fut choquée par la colère ardente qu'elle y vit.

— Pourquoi as-tu fait ça ?

— Fait quoi ?

La jeune femme se laissa glisser du bord de la table, lissant ses jupes. Elle sentit sa semence qui humidifiait sa chemise, et, pour une fois, elle se réjouit de l'excès de sous-vêtements.

— Je t'ai dit que je ne voulais pas te prendre ta virginité ! protesta-t-il tout en reboutonnant son gilet.

Jane inspira brusquement en entendant le dégoût brut dans sa voix. Il la méprisait.

— Je suis désolée. J'avais envie de toi. J'étais sûre que tu avais envie de moi.

— J'ai envie de toi. J'avais envie… Mais cela n'a pas d'importance. Quand je fais ce que je veux, quand je prends ce que je veux, de mauvaises choses se produisent.

Anthony se détourna d'elle, et il récupéra sa veste sur le sol.

— Tu dois rester loin de moi. Bon sang, Jane ! J'ai essayé de nous séparer.

— Je sais que c'est ce que tu as fait, et ce n'est pas ce que je veux ! protesta-t-elle en s'approchant de lui, alors que sa propre colère enflait. Regarde-moi, Anthony. Tu dois arrêter ça… ce dégoût de toi. C'est ce que nous voulions tous les deux ce soir, et il n'y a rien de mal à cela. Je ne me sens pas mal. Pourquoi serait-ce différent pour toi ? En fait, je me sens mieux que jamais.

Si elle ne tenait pas compte de son angoisse. Le désespoir qui habitait Anthony était palpable, et elle aurait fait tout ce qui était en son pouvoir pour le chasser. Elle lui prit la main, la serrant entre les deux siennes.

— Quoi qu'il soit arrivé par le passé, quelles que soient les erreurs que tu penses avoir commises, elles appartiennent au passé. Une personne sage m'a dit que nous devrions laisser le passé à sa place, derrière nous.

Une partie de la tempête s'évanouit des yeux d'Anthony.

— Une personne sage ? répéta-t-il avec un ricanement. J'en doute.

— Eh bien, je commence à penser que c'est le cas. Ce soir, j'ai parlé à lady Satterfield de la rumeur qui a été lancée à mon sujet, et elle m'a conseillé de me concentrer sur ce que je pouvais faire maintenant. Et elle a raison. Si ma réputation est à ce point importante pour moi, je devrais faire quelque chose pour la réparer. Je me rends compte qu'elle n'a d'importance à mes yeux que dans la mesure où je peux faire les choses que je veux.

— Et quelles sont ces choses ?

— Participer à la Société des Femmes de tête et, en ce moment même, être avec toi. Aucune de ces choses ne nécessite l'approbation de quelqu'un d'autre que moi, lui dit-elle avec un doux sourire. Et toi.

— Tu veux que nous ayons une liaison ?

— Pourquoi pas ? Phoebe et Ripley l'ont fait.

Le regard d'Anthony s'assombrit une fois encore.

— Ils ont fini par se marier.

Il retira sa main d'entre celles de Jane et se rapprocha, de sorte qu'elle dut renverser la tête en arrière pour le regarder.

— Cela n'arrivera pas, Jane. Jamais. Comprends-tu ?

Elle acquiesça, déglutissant devant la brutalité de son vœu.

— Dis-moi que tu comprends. Je ne suis pas l'homme que tu crois.

Elle releva le menton en signe de défi.

— Et qui est-ce ?

— Le genre d'homme qui tombera amoureux de toi, t'épousera, et t'offrira toute une vie de bonheur. Je te décevrai. Je l'ai déjà fait, affirma-t-il, avant de se détourner d'elle.

Elle posa les mains sur ses hanches, de plus en plus irritée par sa volonté de se détruire lui-même.

— Veux-tu être cet homme, celui qui me déçoit ?

— Non ! s'exclama-t-il en se retournant brusquement, les yeux fous.

Il se passa la main dans les cheveux, les ébouriffant par endroits.

— Alors, laisse-moi t'aider à ne pas l'être. Laisse-moi t'aider à enterrer le passé, afin que tu puisses être un homme différent, l'homme que tu veux être.

Jane regarda la poitrine d'Anthony se soulever et s'affaisser alors qu'il luttait pour respirer. Elle avait mal au cœur pour lui.

— Je ne sais pas de qui il s'agit.

Elle lui adressa un sourire chaleureux et encourageant.

— Alors, découvrons-le ensemble.

CHAPITRE 10

*A*nthony espérait que ses mains allaient cesser de trembler. Il voulait croire ce qu'elle disait, qu'il pouvait être quelqu'un d'autre. Qu'il pouvait changer.

Il doutait que cela soit possible. Cependant, s'il y avait une chance qu'elle ait raison ?

— Tu vas abandonner le sujet de la rumeur ? s'enquit-il.

— Oui. Tu avais raison. Rien de ce que je ferais ne pourrait rien y changer, alors mieux vaut que je me concentre sur le présent, et sur demain.

Si elle était capable d'enterrer le passé, peut-être le pouvait-il aussi. Le sien était bien pire, puisque tout était sa faute, alors qu'elle n'était responsable de rien. Elle avait été la victime du mauvais comportement de quelqu'un. Anthony était l'auteur des faits et de ses victimes…

Il déglutit. Comment pouvait-il aller de l'avant alors qu'il était embourbé dans sa culpabilité ?

Jane se rapprocha et lui reprit la main.

— Je vais t'aider. Tu n'es pas seul… tu *dois* garder ça en tête. Tu me le promets ?

Non, il n'était pas seul. Elle avait dit qu'ils feraient cela ensemble. Bon sang, ils étaient *ensemble*. Pendant que tous les autres étaient dehors, dans le labyrinthe.

— Jane, n'es-tu pas censée jouer à cache-cache ?

— Je suppose, répondit-elle, sans avoir l'air de s'en inquiéter le moins du monde.

— Ils vont se rendre compte de ton absence. Il n'y a pas beaucoup de monde ici.

— Je dirai simplement que j'ai changé d'avis.

Cela fonctionnerait sans doute, mais mieux valait qu'elle soit vue pour qu'il n'y ait pas de soupçons.

— Je pense que si nous manquons tous les deux l'événement, notre absence commune pourrait être remarquée.

Elle écarquilla brièvement les yeux.

— Oh ! Tu ne crois pas que les gens vont supposer que nous étions ensemble ?

Anthony n'en était pas certain, mais il songea à Marcus qui avait remarqué leur comportement pendant le dîner.

— Il est possible qu'ils le fassent. Je crois que tu devrais aller dans le labyrinthe. Avec un peu de chance, ils n'auront pas fini. Tu pourras prétendre que tu étais très bien cachée. Je vais t'accompagner jusqu'à la porte, proposa-t-il en lui offrant son bras.

Elle enroula sa main autour de sa manche et lui adressa un sourire sensuel.

— Viendras-tu me rejoindre dans le labyrinthe ?

— Je ne crois pas que ce soit judicieux.

Pourtant, son corps réagit, vibrant de désir.

— Alors, tu pourras venir dans ma chambre plus tard. Je loge dans l'aile nord, dans le coin qui donne sur le labyrinthe.

Il rit en l'escortant hors de la salle de billard.

— Tu es incorrigible.

— Le mot insatiable ne serait-il pas plus approprié ?

Il lui souleva la main et embrassa sa paume, la regardant droit dans les yeux.

— Incomparable.

Ils se dirigèrent vers le salon qui s'ouvrait sur les jardins. Heureusement, il n'y avait personne, pas même les domestiques. Il l'accompagna à la porte, et elle retira sa main de son bras.

— Je te verrai plus tard ? s'enquit-elle.

Une lumière vive brillait à gauche de la porte. Anthony entraîna Jane sur la droite, dans l'ombre, puis il baissa la tête et l'embrassa. Le contact fut bref, la jeune femme en fut déçue.

— Ne prenons pas de risques. Et, de toute façon, il te faut du temps pour récupérer.

Elle s'agrippa un instant aux revers de sa veste.

— N'oublie pas, nous faisons cela ensemble, lui rappela-t-elle, plissant les yeux. Je ne te laisserai plus m'ignorer.

Anthony éclata de rire.

— Je n'y songerais même pas, lui répondit-il avec un soupir. Encore un baiser.

Jane se hissa sur la pointe des pieds et posa sa main sur sa mâchoire, ses lèvres glissant sur les siennes. Puis ils se séparèrent, et elle s'éloigna en dansant, souriante, tout en se précipitant vers le labyrinthe.

Anthony la regarda, surpris de constater qu'il était empli d'une chose qu'il n'avait pas ressentie depuis très, très longtemps : de l'espoir.

— Mais que diable crois-tu être en train de faire ?

La voix furieuse de Marcus fendit l'air de la nuit. Anthony se retourna et vit son ami se diriger vers lui à grandes enjambées.

S'arrêtant devant lui, il lui lança un regard noir sous la lumière de la lampe.

— Explique-toi ! gronda Marcus.

— Ce ne sont pas tes affaires.

— Tu as embrassé la meilleure amie de ma femme.

Anthony laissa échapper un rire bref.

— Que toi, tu sois scandalisé par une telle chose, c'est plutôt hypocrite, tu ne trouves pas ?

— Peut-être. Cependant, Jane Pemberton n'est ni une courtisane ni une prostituée, répondit Marcus en grimaçant.

— Et Phoebe n'en était pas une non plus quand tu la troussais !

Marcus jura.

— Est-ce que c'est ce qui se passe ?

— Marcus, ce ne sont pas tes affaires. Jane… Mlle Pemberton… est une femme adulte. Ce n'était qu'un maudit baiser !

Le silence régna un moment pendant lequel Marcus fixait toujours Anthony d'un œil noir. Puis il expira, et son expression se détendit.

— Ne lui fais pas de mal. Cela ferait souffrir Phoebe, et je ne peux pas accepter cela.

— Pour l'amour du ciel, cela n'a rien à voir avec Phoebe ! Cesse de chercher des excuses pour jouer les chevaliers blancs, protesta Anthony, levant les yeux au ciel.

Marcus le transperça d'un regard menaçant.

— Ne lui fais pas de mal.

— Je ne lui en ferai pas.

Il lui avait clairement dit à quoi s'attendre de sa part… ou plutôt, ce qu'elle ne devait pas en attendre. Il ne manquerait pas de le lui rappeler à chaque occasion.

— Tu ne le diras pas à Phoebe, n'est-ce pas ?

Il voulait que cette décision vienne de Jane, pas de Marcus.

— Nous n'avons pas de secrets l'un pour l'autre.

— Je préférerais que tu laisses à Jane l'occasion de se confier à son amie, si elle en a envie. Comme je l'ai dit, ce n'était qu'un baiser.

Marcus lui répondit par un grognement.

— Elle serait bien pour toi. Je l'aime bien.

— Je l'aime bien aussi.

— Je veux dire qu'elle ferait une bonne vicomtesse.

— *Ne fais pas ça,* répondit aussitôt Anthony d'un ton mordant.

— Un jour, tu devras bien sortir de l'abîme. Elle pourrait être celle qui t'aiderait. Si tu la laissais faire.

— Il se trouve que c'est précisément ce que j'essaie de faire.

Elle lui avait offert une lueur au bout d'un tunnel très sombre.

Surpris, Marcus cligna des yeux, puis il serra l'épaule d'Anthony.

— J'en suis heureux. L'amour pourrait changer ta vie... il a changé la mienne. À ce propos, je dois me rendre dans le labyrinthe et retrouver ma femme, annonça-t-il avec un sourire. Et, je suppose, le reste de nos invités.

Il donna une tape à son ami avant de retirer sa main et de s'enfoncer dans la nuit.

L'amour n'était pas ce que recherchait Anthony. S'il pouvait tourner la page du passé et essayer de vivre dans la lumière, ce serait suffisant. Il ne pouvait rien espérer de plus, et c'était bien plus que ce qu'il méritait.

$\backsim$

*B*rixton Park disparut de sa vue quand la calèche prit un virage. Jane s'adossa à la banquette, navrée que la petite fête soit terminée. Non, elle était désolée de quitter Anthony sans avoir eu l'occasion de lui parler ce matin-là. Il n'était pas non plus venu la voir la nuit précédente.

D'un autre côté, il lui avait dit qu'il n'en ferait rien. Pourtant, elle avait espéré.

Ne l'avait-il pas prévenue qu'il la décevrait ?

Ce n'était pas ce qu'il avait voulu dire. Et, de toute façon, elle avait du mal à être trop déçue après la façon dont il l'avait embrassée quand il l'avait raccompagnée dehors. Il lui avait offert un baiser plein de chaleur et de promesses. Elle ne s'y attendait pas, pas après le chaos émotionnel dans la salle de billard.

Elle était restée éveillée un bon moment la nuit précédente, et pas seulement parce qu'elle l'avait attendu. Elle avait revécu la douleur et l'angoisse d'Anthony, et elle espérait lui avoir apporté un peu de soutien. Il devait trouver un moyen de se pardonner ses erreurs.

Elle avait été surprise d'apprendre qu'il avait accumulé des dettes de jeu, que son père avait refusé de payer. Elle n'avait jamais entendu dire qu'il était un enfant mal-aimé, mais ce n'était pas le premier commérage, vrai ou non, qu'elle avait manqué. Elle ne pouvait s'empêcher de songer à cette rumeur qui la concernait et de ressentir l'indignation qui en découlait logiquement. Cependant, elle était un peu moins forte, peut-être parce qu'elle avait décidé de ne plus s'en préoccuper.

Ou peut-être parce qu'elle se délectait encore de la satisfaction d'avoir été dans les bras d'Anthony la nuit précédente. Elle n'éprouvait aucun regret pour ce qu'ils avaient fait dans la salle de billard. Enfin, peut-être un seul. Que cela n'ait pas duré plus longtemps. À chaque instant qu'elle passait avec lui, à chaque fois qu'il lui faisait découvrir de nouvelles sensations, elle en redemandait. Elle se disait que le mot insatiable était parfait pour elle.

Maintenant qu'elle allait l'aider à faire la paix avec son passé, ils auraient davantage de temps. Plus… d'occasions. Allaient-ils vraiment avoir une liaison ? Il lui avait demandé si c'était ce qu'elle désirait, mais il n'avait pas confirmé que c'était ce qu'ils allaient faire. Elle voulait en avoir la confirmation. Elle voulait savoir à quoi s'attendre. Et elle ne voulait vraiment pas être déçue.

La calèche commença à ralentir et à se déplacer sur le côté de la route. Soudain tendue, Jane écarta le rideau et regarda par la vitre. Les bandits de grand chemin ne frappaient pas en plein jour, si ? Sauf qu'elle était presque certaine que c'était ce qui était arrivé aux parents d'Anthony. Son sang se glaça dans ses veines.

Un homme s'avança vers la calèche, et Jane en eut le souffle coupé. Anthony ouvrit la portière et grimpa à l'intérieur.

— Puis-je me joindre à toi ?

Elle éclata de rire, soulagée.

— Mais que fais-tu ?

Il retira son chapeau qu'il jeta sur le siège installé dos à la route.

— Ma calèche est trop lente.

— J'en doute, puisque tu as réussi à me rattraper.

Avec un haussement d'épaules, il s'assit à côté d'elle.

— Alors, je me sentais trop seul dedans.

— Je me sentais seule la nuit dernière, répliqua Jane, s'adossant au siège en croisant les bras.

Le véhicule se remit en mouvement.

— Vraiment ? murmura Anthony, se rapprochant pour que son côté droit touche le flanc gauche de Jane. Mes excuses, mais je t'avais prévenue que je ne viendrais pas dans ta chambre.

— C'est vrai.

Il se tourna vers elle, posa un doigt sous son menton et lui fit tourner la tête.

— Jane, je me montrerai toujours honnête avec toi en ce qui concerne tes attentes. Si je te dis que je ne ferai pas quelque chose, je suis sincère. Si je dis que je le ferai, je le pense aussi. Tu comprends ?

— Oui. Cependant, ce n'est pas ce que tu as fait en quittant brusquement ma maison. C'était *complètement* inattendu.

Il grimaça.

— C'est vrai, et c'est la raison pour laquelle je vais m'efforcer de faire mieux.

Jane hocha la tête une fois.

— Et je te demanderai toujours ce que je veux. Tu sauras toujours à quoi t'en tenir. Est-ce que *toi*, tu comprends ?

Anthony laissa retomber sa main sur ses genoux. Il s'adossa à la banquette à côté d'elle.

— Je comprends. Maintenant, raconte-moi ton plan pour que nous mettions le passé derrière nous.

Jane lissa sa jupe d'une main, brossant une poussière invisible.

— Comme je l'ai dit hier soir, je vais oublier cette rumeur stupide et horrible. Je vais embrasser la vie que j'ai choisie en tant que vieille fille. À cette fin, je vais avoir une liaison, ajouta-t-elle en tournant la tête pour le regarder.

Le regard qu'il lui lança fit jaillir une étincelle de chaleur au creux de son ventre.

— Avec moi.

— Si tu es d'accord. Je ne saurais le dire après hier soir.

— Je suis d'accord. Tant que tu gardes en tête ce que je t'ai dit : je ne me marierai pas, et je ne tomberai pas amoureux de toi.

Jane ne comprenait pas comment il pouvait être à ce point sûr de ne pas tomber amoureux, mais elle n'avait pas l'intention d'en débattre avec lui. Elle voulait une liaison. Tout le reste pourrait venir plus tard. Ou pas, sans doute.

Elle refusait d'y penser. Elle voulait se concentrer sur le présent pendant qu'ils tournaient la page du passé. À cet instant, elle se fichait totalement de l'avenir.

— Ainsi, tu vas avoir une liaison pour surmonter ton

passé, qui implique une rumeur selon laquelle tu aurais peut-être essayé d'avoir une liaison ?

Elle entendit son ton sarcastique et réprima un sourire. Elle lui donna une petite tape sur l'épaule et lui lança un regard faussement furieux.

— Est-ce que c'est ce que j'étais censée essayer de faire, de commencer une liaison avec quelqu'un ?

— Pas tout à fait, répondit-il avec un sourire. De toute façon, cela n'a pas d'importance. C'est du passé, tu te souviens ? Nous n'y prêtons plus attention.

Elle se tourna vers lui, heureuse de l'entendre dire cela.

— Oui ! C'est exactement ça. Que vas-tu faire pour ignorer ton passé ?

— Je suppose qu'il est hors de question de boire pour m'engourdir ?

— Cela ne semble pas avoir fonctionné pour toi jusqu'à présent, répondit-elle d'un ton ironique.

Il lui fit face.

— Que suggères-tu, alors ?

Elle fut surprise de son ouverture d'esprit.

— Je pense que tu dois te pardonner pour ce que tu as fait. Pour les dettes de jeu, et pour n'être pas allé à Oaklands, affirma-t-elle.

Elle le vit se tendre, sa mâchoire se crisper, et ses épaules se raidir.

— Je sais que c'est difficile d'en parler, ajouta-t-elle d'une voix douce. C'est peut-être la première étape, apprendre à en parler sans te sentir accablé.

— Je n'imagine pas une telle chose se produire un jour.

— Je n'aurais jamais pu imaginer éprouver ces sensations que tu as éveillées en moi hier soir, et pourtant… je l'ai fait.

La bouche d'Anthony se courba en un sourire diabolique.

— Je ne crois pas que l'on puisse comparer.

— Pourquoi pas ? J'essaie simplement de montrer que

nous ne sommes jamais sûrs de ce dont nous sommes capables, de ce qui pourrait se produire si nous essayions.

— Je pense à d'autres choses que j'aimerais essayer… pour t'exciter.

— Tu essaies de me distraire, de détourner la conversation, répondit Jane, dont le corps se réchauffa en réaction.

— Oui.

Elle laissa échapper un rire surpris.

— *Effectivement*, tu es honnête.

— J'ai dit que je le serais.

Secouant les épaules, Jane reprit là où il l'avait interrompue.

— Parlons de tes parents. Qu'est-ce qui te manque chez eux ?

Il s'adossa à nouveau à la banquette, le regard tourné vers l'avant.

— Bon sang… tout ! Ils étaient parfois terriblement agaçants, ma mère voulait absolument que je me marie… Mais je donnerais n'importe quoi pour qu'elle me harcèle une fois encore. Et mon père.

Il resta silencieux un moment. Lorsqu'il parla enfin, ce fut d'une voix profonde et douce.

— Il était déçu que je joue, mais il n'en a jamais parlé à ma mère. Et il n'a jamais cessé de croire que je pouvais tourner la page.

Jane posa une main sur la sienne.

— Tu vois ? Même lui voudrait que tu oublies le passé.

— Sans doute que oui.

Elle hésita. Elle voulait dire quelque chose, mais ne savait pas si elle devait le faire. Rassemblant son courage, elle dit :

— N'aimerais-tu pas aller de l'avant d'une manière qui le rendrait… ou plutôt qui *les* rendrait fiers ?

Anthony inspira brusquement.

— Je ne sais pas si c'est possible.

Elle voulait protester, mais elle songea à ses propres parents. Elle ne croyait pas qu'il soit possible de les rendre fiers. Pas à moins de remonter le temps et de faire un mariage réussi.

Dans le cas d'Anthony, c'était encore pire. Ses parents n'étaient plus là pour être fiers. Elle eut soudain l'impression de mener une bataille perdue d'avance. Mais elle refusait d'abandonner.

— Je crois que ça l'est. Tu ne joues plus. C'est déjà quelque chose. Cela n'aurait-il pas réjoui ton père ?

— Si, répondit-il, l'air un peu incertain, et elle lui serra la main. Si, il en aurait été heureux.

Il semblait plus confiant. Il lui jeta un regard.

— Et qu'en est-il de *tes* parents ?

Elle posa sa main sur ses genoux, se demandant s'il voulait vraiment savoir, ou s'il cherchait simplement à cesser de parler de ses propres parents.

— Que veux-tu savoir ?

— Y a-t-il un espoir de réparer ta relation avec eux ? l'interrogea-t-il, l'air très attentionné, et elle se dit qu'il voulait vraiment savoir. Je suis conscient qu'ils ne t'ont pas rendu visite depuis que tu as déménagé à Cavendish Square.

Jane planta son regard dans celui d'Anthony.

— Comment le sais-tu ?

— Culpepper me l'a dit.

Elle ricana.

— Qu'est-ce que mon majordome t'a divulgué d'autre ?

— Qu'il adore ton foyer.

Le cœur de Jane se réchauffa.

— Je l'adore aussi.

C'était pour cela qu'elle ne voulait pas rentrer chez ses parents. Elle ne s'y était jamais sentie aussi à l'aise, comme si elle y avait sa place. C'était tellement étrange d'éprouver enfin ce sentiment dans une maison remplie de domestiques qu'elle ne connaissait que depuis peu !

— Tu ne vas pas me parler de tes parents, n'est-ce pas ? Et après que j'ai supporté que tu me poses des questions sur les miens.

Jane soupira. Elle ne pouvait pas s'attendre à ce qu'il accomplisse tout le travail le plus difficile.

— Tu as raison. Je ne crois pas pouvoir faire quoi que ce soit pour que mes parents soient fiers de moi. Mon échec sur le marché du mariage les a déçus. Et en déménageant à Cavendish Square, je me suis assurée qu'ils ne m'approuveraient jamais.

— Cela signifie-t-il que tu n'auras plus aucune relation avec eux ?

Elle n'y avait pas réfléchi.

— Je ne sais pas. Je n'ai pas vraiment essayé, expliqua Jane.

Parce que penser au fait qu'ils l'avaient rejetée était bien trop douloureux.

— Je n'ai aucune raison de croire qu'ils ont changé d'avis à mon sujet. Ma sœur se marie jeudi, et je ne suis pas invitée.

— C'est criminel, murmura Anthony. La famille, c'est la famille. Rien ne devrait vous séparer... Ils regretteront leur comportement, affirma-t-il avec une grande virulence.

Jane se tourna vers lui et lui toucha le visage. Elle n'aimait pas avoir son gant entre eux, alors elle le retira et le jeta à l'autre bout de la calèche. Ensuite, elle fit de même avec le deuxième. Les mains nues, elle lui caressa la joue en murmurant :

— C'est beaucoup mieux. Merci de ton soutien. Après le mariage, je les inviterai peut-être à me rendre visite.

— Pourquoi pas avant ? Mieux encore, pourquoi n'irais-tu pas au mariage ?

Jane ne l'avait pas envisagé.

— Et risquer de les mettre encore plus en colère contre moi ?

Anthony soutint son regard.

— S'ils te reprochent de désirer voir ta sœur se marier, de vouloir partager sa joie, alors peut-être sont-ils une cause perdue.

Frustré, il pinça les lèvres. Jane se souleva légèrement du siège et l'embrassa, avec l'intention d'effleurer brièvement sa bouche. Mais il l'entoura de ses bras, et il la serra contre lui pour approfondir leur baiser.

Soupirant, elle posa une main sur la nuque d'Anthony, glissant les doigts sous son col pour caresser sa chair chaude. De sa langue, elle caressa celle du jeune homme. Il la fit basculer dans le coin de la calèche, et lui saisit un sein. Puis il la redressa brusquement.

— Tu as eu une bonne idée avec les gants.

Il retira les siens, et reprit leur étreinte. Il la serra en souriant.

— C'est une belle façon de passer le temps du voyage.

Anthony s'empara de la bouche de Jane, et elle s'agrippa à son cou et à son épaule, le désir palpitant au creux de son ventre.

Il lui caressa à nouveau le sein, faisant glisser son doigt sur son mamelon. Elle sentait à peine sa main à travers son corset. Il déposa des baisers sur sa mâchoire et son cou, mordillant sa chair par intervalles, la faisant frissonner.

— Je suppose que ce serait trop que de vouloir être nue, marmonna-t-elle.

— Absolument pas, répondit-il, la bouche contre sa chair. Mais vouloir et faire ne sont pas la même chose, et je crains qu'il ne soit difficile de te déshabiller dans cet espace restreint.

— Si mes souvenirs sont bons, je n'ai pas *besoin* d'être nue…

Elle laissa sa suggestion en suspens entre eux.

Anthony releva la tête et lui adressa un sourire diabolique.

— Tenteriez-vous encore de me séduire, mademoiselle Pemberton ?

— Cela fonctionne-t-il ?

— Toujours. Après tout, nous avons une liaison.

Il souleva ses jupes et repoussa sa jambe pour lui écarter les cuisses, puis il passa la main sur sa chair jusqu'à son sexe.

Jane enfonça ses doigts dans son épaule. Il la taquina un peu, l'embrassa, et caressa ses replis intimes jusqu'à ce qu'elle le supplie de mettre fin à son supplice.

— Est-ce vraiment un supplice ? lui demanda-t-il en souriant.

— Non. Mais c'en sera un si nous ne terminons pas avant d'arriver à Cavendish Square.

— En fait, nous n'avons même pas tout ce temps. Mon cocher a demandé au tien de s'arrêter en dehors de la ville, pour qu'on ne me voie pas descendre de ta calèche.

— Alors, nous ferions mieux de nous dépêcher.

Elle lui tira la tête vers le bas et l'embrassa passionnément. Il plongea son doigt en elle, et elle se cambra quand la sensation explosa au creux de son ventre. Elle arracha ses lèvres aux siennes.

— Je te veux, Anthony.

— Je suis là, ma douce.

Il caressa son clitoris pour le lui faire comprendre.

— Non, toi, *tout entier.*

— Je vois, dit-il, agrippant sa taille. Chevauche-moi.

Il maintint sa robe autour de sa taille pendant qu'elle s'exécutait, passant inélégamment sa jambe par-dessus lui, comment si elle enfourchait un cheval.

— Je n'ai jamais monté à califourchon, expliqua-t-elle.

Elle haleta lorsqu'elle le sentit entre ses jambes, son érection se dressant contre son pantalon. Anthony rit.

— Quelle coquine effrontée tu fais !

Passant la main entre eux, il déboutonna son pantalon. Il l'effleura au passage, suscitant plaisir et désir à la fois.

— Dépêche-toi !

— J'ajouterais impatiente, dit-il. Maintenant, nous devons veiller à ce que tu ne te cognes pas la tête.

Il leva les yeux vers le plafond de la calèche, qui se trouvait à quelques centimètres au-dessus de sa coiffe. Elle détacha le ruban sous son menton et jeta son chapeau sur le côté.

— C'est mieux. Bonté divine ! Les vêtements, et surtout les accessoires, sont largement surfaits.

— Je suis totalement d'accord.

Il sortit son vit de son pantalon et le fit glisser contre le sexe de Jane.

Elle posa les mains sur ses épaules et se frotta contre lui, impatiente qu'il la pénètre. Il guida sa chair dans la sienne, puis lui agrippa les hanches. Anthony fit rouler son bassin contre celui de Jane, imprimant un rythme lent, régulier et extatique.

Il la combla, puis recula avant de l'emplir à nouveau, créant cette délicieuse friction qui la traversa avec un effet dévastateur. Elle ferma les yeux, s'abandonnant à la sensation.

— Jane, je ne vais pas tenir longtemps, gronda-t-il, l'air tendu, comme s'il souffrait.

Elle ouvrit les yeux, déplaça les mains vers son cou, ses pouces se rencontrant à la base de sa gorge.

— Moi non plus.

— Alors, ne te retiens pas.

Anthony passa une main sous sa jupe pour caresser son clitoris. Le plaisir, qui avait grimpé lentement, s'abattit sur elle avec une violence soudaine. Jane se déhancha, se mouvant plus vite sur lui.

Il remonta le bassin, s'enfonça en elle, intensifiant l'orgasme de la jeune femme en atteignant ce point en elle qui lui faisait voir l'obscurité suivie de lumières étourdissantes.

— Jane, je dois…

Il l'arracha à lui et elle sentit sa semence contre elle l'instant suivant. Elle passa à nouveau sa jambe par-dessus lui et reprit place sur la banquette, puis elle se servit du bord de son jupon pour le nettoyer. Il lui adressa un sourire en coin.

— Merci.

— C'est dommage que tu doives finir ainsi. J'ai l'impression que ce serait meilleur si tu restais en moi, lui dit-elle, abaissant ses jupes et les arrangeant autour de ses jambes.

— Est-ce que cela a gâché la fin de ton orgasme ? l'interrogea Anthony, inquiet, tandis qu'il remettait son pantalon et se reboutonnait.

— Non. Mais cela a-t-il ruiné le tien ?

Il haussa les épaules.

— Il y a bien longtemps que je n'ai pas joui en une femme. Quand je le fais maintenant, je porte toujours une redingote anglaise*.

Elle le dévisagea, sidérée.

— *Maintenant ?*

— Pas maintenant *maintenant*. Je voulais dire avant… nous.

Nous. Elle aimait entendre ce mot.

— Je ne sais pas si j'ai envie d'entendre parler de tes exploits avec des redingotes anglaises. Cependant, cela m'intéresse d'essayer, si cela signifie que tu peux terminer en moi.

Anthony lui sourit et l'embrassa sur la joue.

— C'est très gentil de ta part.

---

* NdT : ancêtre du préservatif.

— Ainsi, elles empêchent de concevoir un enfant tout comme elles évitent les maladies ?

— Apparemment oui, mais peut-être ai-je eu de la chance.

Elle pensa aux innombrables femmes avec lesquelles il avait probablement utilisé des redingotes anglaises, et décida qu'elle n'aimait pas cette conversation. Avant qu'elle puisse changer de sujet, il se pencha et l'embrassa passionnément.

— Un de ces jours, je vais te trousser comme il se doit. Dans un lit.

Il s'adossa à la banquette en lui décochant un clin d'œil.

— Je remarque que tu es à nouveau capable de faire un clin d'œil.

— C'est vrai.

— En fait, ton visage a presque retrouvé sa beauté normale.

— Tu me trouves beau ? l'interrogea-t-il en agitant les sourcils, et Jane leva les yeux au ciel.

— Cesse d'aller à la pêche aux compliments. Tu sais que je te trouve parfaitement irrésistible. Ou du moins, tu devrais le savoir. Je croyais que c'était évident. Comment vont tes côtes ?

— Beaucoup mieux, merci, répondit-il avec une légère grimace. Mais je me demande si ces exercices ne sont pas un peu nocifs pour mon rétablissement. Enfin, je ne regrette rien.

Il s'interrompit, puis regarda par la vitre.

— Nous sommes près de la ville.

Il ramassa sa coiffe et la lui tendit, puis posa ses gants sur le siège à côté d'elle. Il récupéra ensuite les siens et les enfila.

— Quand te reverrai-je la prochaine fois ? s'enquit-elle, déjà impatiente.

— Même si tu n'es pas inquiète pour ta réputation, nous devons nous montrer aussi discrets que possible.

— Pourquoi ? T'inquiéterais-tu pour la tienne ? lui demanda-t-elle en le regardant, haussant un sourcil.

Il éclata de rire.

— Pas particulièrement, mais il faut reconnaître que les commères deviendraient folles si elles savaient que nous avions une liaison, affirma-t-il avant de redevenir sérieux et de lui prendre la main. Surtout, je ne veux pas que ceux qui étaient au courant de cette vieille et répugnante rumeur pensent qu'ils avaient raison à ton sujet.

Un sentiment de gratitude et quelque chose de bien plus profond jaillirent dans la poitrine de Jane.

— Merci.

La calèche ralentit, indiquant que leur temps était écoulé.

— Je suis heureuse que tu aies arrêté ma calèche, dit-elle à Anthony. J'espère te voir bientôt.

Il déposa un baiser sur son poignet.

— Tu me verras.

Le véhicule s'arrêta, il prit son chapeau, puis s'en alla.

Jane s'adossa à la banquette et sourit en revivant les instants qu'ils venaient de passer ensemble. Jusqu'à ce qu'elle repense à la conversation concernant leurs parents. Elle avait dit qu'elle réfléchirait à inviter les siens, mais, en réalité, elle commençait à envisager d'assister au mariage d'Anne, comme il l'avait suggéré.

Oserait-elle ?

Les paroles d'Anthony résonnaient dans sa tête : « *La famille, c'est la famille. Rien ne devrait vous séparer.* » Il avait raison, et elle ne voulait pas vivre avec des regrets. C'était pour cela qu'elle avait choisi cette voie, pour vivre la vie qu'elle avait choisie sans avoir à s'en excuser.

Et c'était ce qu'elle avait l'intention de faire.

CHAPITRE 11

$\mathcal{E}$n cette fin mai, alors qu'Anthony se dirigeait vers Cavendish Square, la nuit était chaude et l'air doucement parfumé par les arbres et les fleurs du printemps. Il se faufila par les écuries pour se rendre dans le jardin de Jane. Alors qu'il l'avait vue la veille au matin, lors de leur retour à Londres, il était impatient de la revoir.

Même si elle voulait qu'il se pardonne et qu'il essaie d'oublier le passé.

Ce n'était pas qu'il n'en avait pas envie. D'accord, il n'était peut-être pas prêt à se pardonner, et craignait d'en être toujours incapable. Mais il était conscient des avantages qu'il y avait à ne plus être enchaîné au passé. Pourtant, pourrait-il aller de l'avant et cesser de regarder en arrière ?

Il s'était réveillé ce matin-là en pensant pouvoir le faire, puis il avait reçu une autre lettre de Sarah décrivant en détail la joie et le bonheur que lui apportait sa fille. Quand il pensait à sa sœur et à sa nièce et au fait qu'il avait privé Marianne de ses grands-parents, il était à nouveau submergé par le chagrin et le regret. Toutefois, il s'était gardé de plonger dans une bouteille de gin ou de cognac.

C'était une petite victoire, et il n'était pas certain de devoir la perpétuer. L'engourdissement ne saurait être surestimé.

Cependant, sa lucidité ne faisait que le pousser à réfléchir davantage. Il avait passé la journée à se demander s'il devait révéler à sa sœur la vérité sur la mort de leurs parents. La simple idée de le faire lui donnait la nausée. Et ce n'était pas parce qu'elle aurait moins d'estime pour lui. Elle ne devait déjà plus tellement en avoir. Il ne voulait pas qu'elle ait à partager le fardeau de savoir que leur mort n'était pas due au hasard, qu'elle aurait pu être évitée.

Mais peut-être n'était-ce pas juste de sa part de lui cacher la vérité. Il voulait savoir ce que Jane en pensait. Voilà pourquoi il était là, à se faufiler dans son jardin.

Il connaissait les habitudes de la maison et il avait donc choisi d'arriver après le dîner, lorsqu'elle se trouverait dans la salle jardin. Il arriva devant les portes. Il essaya la poignée, mais c'était verrouillé, alors il frappa doucement sur la vitre.

Un éclair de soie verte attira son regard lorsque Jane vint lui ouvrir. Ses lèvres esquissèrent ce sourire qui déclenchait une envolée de papillons dans son ventre.

— Anthony !

Elle ouvrit grand la porte et lui fit signe d'entrer. Dès qu'il posa le pied dans la salle jardin, deux boules de poils se précipitèrent vers lui.

— Jonquille, Fougère !

Il retira ses gants et les jeta sur la table, puis s'accroupit pour caresser les deux chatons en même temps. Jonquille attaqua sa main, tandis que Fougère se laissait tomber sur le dos, l'invitant à lui caresser le ventre.

— Tu leur as manqué, remarqua Jane.

Étonnamment, elles lui avaient manqué aussi.

— Évidemment que je leur ai manqué ! s'exclama-t-il en se relevant, les yeux rivés sur elle. Et à toi ?

— Je t'ai vu hier.

Anthony retira son chapeau et le posa sur la table près des portes.

— Ma question reste valable.

— Oui, répondit Jane, essayant de ne pas sourire.

Il lui saisit la main et embrassa son poignet, ses lèvres s'attardant sur la douceur de sa peau.

— Bien.

Il respira son délicieux parfum de pomme et d'amande et il eut l'impression d'être… à la maison. Cette pensée l'ébranla, et il la repoussa.

— Est-ce pour cela que tu es venu ? l'interrogea-t-elle à son tour. Parce que je t'ai manqué ?

Anthony alla s'asseoir sur le canapé, posa son bras sur le dossier et croisa les jambes.

— Ai-je dit que tu m'avais manqué ? demanda-t-il, penchant la tête sur le côté, exagérément songeur. Je ne me souviens pas avoir dit cela.

Jane s'assit à l'autre bout du canapé et leva les yeux au ciel.

— Pourquoi es-tu venu, alors ?

— Pour te demander quelque chose.

Maintenant qu'il était là, il n'avait pas envie de parler des projets qu'elle avait pour qu'il oublie le passé ni de lui poser la question au sujet de sa sœur. Il voulait l'emmener à l'étage et la trousser à en perdre la raison.

Jane plissa légèrement les yeux.

— Que veux-tu me demander ?

Il prit une grande inspiration et s'obligea à répondre.

— J'ai réfléchi à la mort de mes parents.

Elle lui adressa un sourire encourageant.

— Je crois que c'est une bonne chose. Même si notre but est de laisser le passé là où il doit être, le deuil t'y aidera.

Le deuil ? Il n'était pas sûr que c'était ce qu'il faisait. Cela déclencherait bien plus d'émotions qu'il ne voulait en ressentir.

— Je n'ai pas bu pendant que je le faisais… pendant que je pensais à eux. C'est bien aussi, non ?

Jane se rapprocha d'Anthony de sorte que leurs cuisses se touchent presque.

— C'est très bien. Je suis vraiment fière de toi.

Elle lui caressa la joue et la mâchoire d'un geste doux et excitant. Anthony essaya de se concentrer sur ce qu'il était venu lui dire.

— Tu es en train de me distraire, Jane.

— Désolée, s'excusa-t-elle, laissant retomber sa main.

— J'ai reçu une lettre de ma sœur aujourd'hui. Au sujet de Marianne.

— J'ai reçu une lettre de Sarah hier ! Elle semble tellement heureuse !

— Oui, et je veux qu'elle le reste. Cependant, je me demande si je dois lui raconter ce qui est arrivé à nos parents, si je dois lui avouer que ce n'était pas l'acte aléatoire d'un bandit de grand chemin.

Les cils de Jane s'agitèrent, et elle tourna un moment les yeux vers l'âtre. Lorsqu'elle reporta son attention sur lui, son regard s'était assombri, il était devenu d'un ambre profond.

— Je pense que tu ne devrais pas.

— Ne mérite-t-elle pas de connaître la vérité ?

— Mérite-t-elle le chagrin qui ira de pair avec le fait de l'apprendre ? répliqua-t-elle en baissant la voix pour adopter un ton doux et encourageant. Parce que je pense que cela lui fera du mal, pas toi ?

Anthony acquiesça. Retirant la main du dossier du canapé, il la passa dans ses cheveux et soutint le côté de sa tête, comme s'il ne pouvait pas supporter le poids de ses pensées sans aide. Il n'y avait pas seulement le fait qu'elle le mépriserait à jamais, et il ne pourrait pas lui en vouloir, mais il lui causerait une douleur supplémentaire. Elle ne méritait pas une telle chose, surtout au moment où elle se réjouissait de la naissance de sa fille. Anthony imaginait sans mal que Felix, mari de sa sœur et son ami le plus proche, le détesterait pour cela, et peut-être même qu'il aurait envie de lui casser la figure.

Et il le méritait amplement.

— Cela soulagerait-il ta culpabilité ? demanda-t-elle doucement.

Il plongea son regard dans le sien et vit à quel point elle se préoccupait de lui. Les poumons d'Anthony se contractèrent. Il lutta pour reprendre son souffle.

— Rien ne pourrait y parvenir.

Jane lui prit son autre main, celle qu'il avait laissé reposer sur sa jambe et entremêla leurs doigts.

— Tu guériras. En temps voulu.

Il ne voyait pas comment. Il sentait que son cœur, comme son âme même, était brisé. Au cours des onze derniers mois, Jane avait été la seule lumière qu'il avait vue. Et même celle-ci ne durait pas. Il y avait encore de nombreux moments où les ténèbres l'envahissaient.

Fougère sauta sur le canapé et se glissa sur les genoux d'Anthony, où elle se roula en boule et s'endormit. Peut-être Jane n'était-elle pas l'unique source de lumière. Et s'il y en avait plus d'une…

La jeune femme sourit brièvement en regardant le chaton, avant de poser à nouveau les yeux sur lui.

— Comme tu l'as dit, tu n'as pas bu aujourd'hui. Tu en avais envie ?

— Oui. C'est bien mieux que l'autre choix.

Jane caressa le dos de sa main avec son pouce.

— C'est-à-dire ?

— Me souvenir. Réfléchir. Ressentir.

— Peut-être as-tu besoin de davantage de souvenirs, de meilleurs souvenirs, pour bloquer les autres, affirma-t-elle, le regard brûlant.

— Tu le crois ?

Elle leva une épaule.

— C'est une théorie plausible. Prends le trajet en calèche d'hier. C'est un très beau souvenir.

Son sexe frémit alors que son sang s'échauffait. Il jeta un coup d'œil vers la porte ouverte donnant sur l'entrée.

— Effectivement. Tu devrais peut-être fermer. Je me lève-rais bien, mais…

Il baissa les yeux sur Fougère endormie. Jane rit, lui lâcha la main et se leva. Après avoir fermé la porte, elle revint.

— Que pourrions-nous faire avec un chaton niché sur tes genoux ?

— C'est une très bonne question, d'autant plus que je préférerais que ce soit toi.

Anthony prit la main de Jane et la fit asseoir à côté de lui. Le mouvement surprit Fougère, qui sauta à terre. Il guida la jeune femme pour qu'elle s'installe à califourchon sur lui, comme elle l'avait fait la veille dans la calèche.

— Je ne suis pas venu ici pour te trousser.

Jane passa le bout de ses doigts le long de la racine de ses cheveux, puis sur le côté de son visage, jusqu'à sa mâchoire.

— Eh bien, voilà qui est décevant. Est-ce que tu vas t'en aller ?

— Je devrais le faire. Sans doute.

— Ce serait dommage de mettre fin à ta visite si tôt, lui dit-elle, avant de se pencher vers lui pour murmurer dans son oreille. Nous ne serons pas dérangés.

Puis elle lui mordit le lobe de l'oreille, et il gémit de désir.

— Vorace, murmura-t-il, avant de saisir l'arrière de sa tête et d'attirer sa bouche contre la sienne, et il la subjugua de sa langue.

Jane appuya ses hanches contre lui et il comprit qu'il ne partirait pas. Anthony se leva du canapé et la fit basculer sur le dos, s'installant entre ses jambes.

— Mmmh, c'est un espace plutôt restreint pour ce que j'ai prévu.

Elle inclina la tête vers le mur du fond, à l'opposé du jardin.

— Il y a une méridienne par ici. Est-ce que ce serait mieux ?

Il jeta un regard par-dessus le bord du canapé et sourit, imaginant la jeune femme, les jambes écartées, et sa robe remontée jusqu'à la taille.

— Parfait.

Se levant du canapé, il la souleva dans ses bras. Elle haleta doucement, puis enroula ses bras autour de son cou tandis qu'il la portait à travers la pièce. Il la déposa délicatement sur la méridienne.

— Cette robe s'ouvre sur le devant, l'informa Jane.

— Comme c'est pratique ! C'est presque comme si tu avais su que je viendrais.

Une étincelle de désir jaillit dans le regard de la jeune femme quand elle leva les yeux vers lui.

— L'espoir fait vivre.

Le fait qu'elle ait envie de lui autant qu'il la désirait était incroyablement excitant et le rendait étonnamment humble. Reconnaissant, il l'embrassa et s'abandonna à la lumière, au moins pour un court instant.

— *M*lle Anne Pemberton, annonça Culpepper lorsque la sœur de Jane entra dans la salle jardin le lundi après-midi.

Anne mesurait quelques centimètres de moins que Jane, elle avait des fossettes sur les joues et des yeux vert-brun qui se plissaient sur les bords à la moindre provocation. Ses cheveux étaient aussi blonds et bouclés, mais elle n'arrivait jamais à les maintenir en place sans une centaine d'épingles et d'autres accessoires de coiffure. Elle portait souvent un bandeau, qui empêchait ses mèches de lui retomber sur le visage.

Elle était suivie par une femme d'une cinquantaine d'années que Jane reconnut comme étant l'amie de leur mère, Grace Hammond. Elle faisait sans doute office de chaperon, puisque leur mère n'était pas là. Lorsqu'elle avait invité sa sœur, Jane s'était demandé si elle viendrait.

— Anne, dit Jane en la saluant chaleureusement, puis elle regarda le chaperon. Madame Hammond, quel plaisir de vous voir ! J'espère que vous ne m'en voudrez pas de vous demander d'attendre dans le salon pour que ma sœur et moi puissions parler en privé.

Mme Hammond pinça brièvement les lèvres, puis sourit gentiment, rivant ses yeux bleus sur Jane.

— Bien sûr que non. Vous avez l'air en forme, mademoiselle Pemberton.

— Je vais bien, merci.

Jane était reconnaissante de voir que cette femme se montrait compréhensive. Une fois qu'elle fut sortie, elle se tourna vers Anne, qui était allée admirer le paysage de Gainsborough, que Phoebe n'avait toujours pas emporté à Hanover Square.

— Est-ce un Gainsborough ? s'enquit sa sœur.

— Oui. Il appartient à Phoebe, bien sûr. Comme tout ce qui se trouve ici.

Jane n'avait pas oublié que, sans la générosité de son amie, elle n'aurait rien, pas même un toit au-dessus de sa tête. Cependant, lorsqu'elle y réfléchissait trop, elle se sentait mal à l'aise. Et si elle s'y attardait trop, elle commençait à se dire qu'elle n'aurait pas dû quitter la maison de ses parents, car Jane n'avait pas la moindre chance de vivre un jour sans dépendre de la gentillesse de Phoebe. À cette fin, elle avait commencé à réfléchir à ce qu'elle pourrait faire pour gagner de l'argent. La sœur d'Anthony, Sarah, possédait une boutique de chapellerie. Cela avait suscité un certain scandale au début, mais elle n'y travaillait pas beaucoup, surtout depuis qu'elle avait quitté la ville pour accoucher. Les chapeaux créés par Sarah étaient désormais très prisés.

— Il est très beau, constata Anne en se détournant du tableau. Tu as l'air de te sentir à l'aise ici.

— Je le suis. Et toi, comment vas-tu ?

Elle fit un geste en direction du canapé et alla s'asseoir dans le fauteuil préféré de Phoebe, près de l'âtre. Anne prit place sur le canapé et posa ses mains gantées sur ses genoux. Elle était l'image même de l'élégance et de la respectabilité.

— Je suis occupée à préparer mon mariage.

Jane remarqua qu'elle ne disait rien de ce qu'elle *ressentait*.

— Je ne peux qu'imaginer, répondit Jane, car elle ne s'était jamais trouvée dans la situation d'Anne et ne le serait sans doute jamais. Je, euh… j'espérais pouvoir y assister.

Sa sœur baissa les yeux et tira une peluche imaginaire sur sa jupe. Levant un regard plein d'excuses vers sa sœur, elle expliqua :

— Papa et maman disent non. Je n'arrête pas de leur demander.

Elle semblait ne pas avoir accepté leur refus. Jane ressentit un soudain élan d'amour pour sa sœur.

— Je m'y attendais. Je suppose que c'est pour cela que je ne les ai pas inclus quand je t'ai invitée à venir.

— Aurais-je dû les emmener ? J'ai pensé que tu ne voudrais pas que je le fasse. En vérité, je croyais que tu étais aussi en colère contre eux qu'ils le sont contre toi.

— En colère ? Non, répondit Jane en secouant tristement la tête.

Jusqu'à cet instant, elle ne s'était pas rendu compte qu'elle avait espéré qu'ils ne seraient plus fâchés contre elle.

— Je suis… blessée. J'ai appris récemment qu'une rumeur avait couru à mon sujet pendant ma première saison, à savoir que je n'étais pas chaste.

Anne écarquilla les yeux, bouche bée.

— C'est pour cela que tu es partie ?

— En fait, non. Je l'ai appris après avoir emménagé ici. Cela explique assurément un grand nombre de choses, ou peut-être seulement une seule chose très importante qui a eu des répercussions depuis lors.

— Quoi donc ?

— Pourquoi ma première saison s'est-elle soldée par un échec. J'avais attiré autant l'intérêt que tu l'as fait cette année.

— Je m'en souviens. Je me souviens aussi de la déception de papa et maman quand tu as échoué à te marier. Ils ont comparé nos premières saisons à de *nombreuses reprises*. Je suis heureuse d'avoir pu les satisfaire.

Jane grimaça intérieurement. Anne avait accompli ce que Jane n'avait pas pu faire.

— Tu es tout le contraire de moi, semble-t-il.

Un sourire ironique se dessina sur les lèvres de Jane.

— Pourquoi fais-tu cela ? s'enquit Anne, fronçant ses sourcils blonds. Tu souris, et tu balaies les mauvaises choses. Pourquoi n'es-tu *pas* en colère ?

— Je l'étais, surtout à propos de la rumeur. Elle a gâché ma vie. Du moins, c'était ce que je pensais.

Vu à quel point elle était heureuse avec Anthony en ce moment, cela ne semblait pas refléter la réalité.

— Je suis surtout contrariée que papa et maman m'aient reproché une chose qui n'était pas de mon fait, rumeur ou non.

— Être contrarié, ce n'est pas la même chose qu'être en colère.

Jane rit doucement.

— Non, c'est vrai. Mais j'ai récemment décidé que la vie était peut-être trop courte pour nourrir de tels sentiments. En plus de te demander d'assister à ton mariage, si je t'ai fait venir ici, c'est pour voir s'il y a un espoir que je puisse réparer ma relation avec papa et maman. Ou bien crois-tu que ce soit une cause perdue ?

Elle espérait que ce n'était pas le cas. Quand elle pensait au chagrin qu'éprouvait Anthony d'avoir perdu ses parents, elle ne pouvait se résoudre à abandonner.

Anne soupira.

— Je ne sais pas. Papa ne voulait pas que je vienne aujourd'hui. Maman non plus au début, mais je lui ai dit que je viendrais, qu'ils le veuillent ou non, alors elle s'est arrangée pour que Mme Hammond m'accompagne.

— Parce qu'elle ne voulait pas venir elle-même.

— Non, confirma Anne avec une petite grimace. Je suis désolée, Jane.

— Tu n'as pas à être désolée. Peut-être finiront-ils par changer d'avis.

Peut-être allait-elle commencer à leur écrire, à les convaincre à force de persuasion. Mais dans quel but ? Ce n'était pas comme si les choses pouvaient redevenir telles qu'elles étaient. Ils devaient apprendre à l'accepter pour qui elle était, et pour ce qu'elle était : une vieille fille.

— Assez parlé de cela ! s'exclama Jane d'un ton joyeux. Parle-moi du mariage et de ton fiancé. Es-tu heureuse ?

Anne acquiesça.

— Gil est attentif et adorable. Et plutôt riche. Maman est absolument folle de joie à ce sujet. Elle dit toujours que c'est mieux qu'un titre.

Jane n'était pas certaine d'y croire, pas après toutes ces années que sa mère avait passées à lui inculquer à quel point il serait merveilleux qu'elle puisse épouser au moins un baronnet. Qui n'était même pas dans la pairie.

— Je suis ravie que tu sois heureuse. C'est tout ce qui compte.

— Heureuse… oui. Il embrasse plutôt bien.

— Anne ! s'exclama Jane en riant. Comment le sais-tu ?

Sa sœur la regarda en cillant.

— Parce que je l'ai embrassé !

— Visiblement. Mais comment pourrais-tu juger de ses compétences sans avoir embrassé quelqu'un d'autre ?

Jetant un regard innocent à Jane, Anne haussa une épaule et tourna la tête vers le jardin.

— N'est-ce pas évident ?

Jane se souvint qu'Anne avait dit être amoureuse de quelqu'un plus tôt dans la saison.

— Tu as embrassé cet autre homme ?

Anne acquiesça.

— Que s'est-il passé avec lui ? s'enquit Jane. Tu disais l'aimer.

Anne se redressa et tourna la tête vers Jane.

— Nous ne pouvions pas être ensemble. Quoi qu'il en soit, tout ira bien avec Gil, et ses baisers.

Soudain, Jane se sentit incroyablement naïve. Elle avait trois ans de plus que sa sœur, et pourtant, cette dernière avait embrassé quelqu'un en premier.

— Je n'ai embrassé personne jusqu'à cette année.

— Vraiment ? lui demanda Anne, l'air surprise.

Jane hocha la tête.

— Quelques gentlemen ont essayé, mais je ne les ai jamais laissés faire. C'est ce qui rend la rumeur à mon sujet aussi risible.

— Je vois. Je ne voulais pas épouser quelqu'un sans l'avoir au moins embrassé avant. Pas après…, dit Anne, puis elle secoua la tête. Peu importe.

Pas après quoi ? L'autre homme, sûrement. Que s'était-il passé entre eux ? Juste ciel ! Anne était bien plus instruite sur ces questions que Jane à son âge !

— J'ai l'impression que tu as plus d'expérience en matière de baisers et d'autres choses que je n'aurais pu l'imaginer.

Jane songea à sa propre expérience avec Anthony, ce qui la fit rougir.

— Est-ce que je te mets mal à l'aise ? s'enquit Anne.

— Pas du tout, répondit Jane en agitant la main.

— Cela te dérange-t-il que je me marie avant toi ? Qu'il soit possible que tu ne te maries pas du tout ?

Anne détourna le regard, et Jane comprit qu'elle regrettait d'avoir posé la question.

— Absolument pas, la rassura sa sœur. Je veux que tu sois heureuse, et je suis désolée que tes débuts aient été retardés parce que je ne me suis pas mariée.

— Ne t'excuse pas. Je ne voulais pas faire mon entrée dans le monde avant que tu le sois. Tu le sais. Mais papa et maman ont insisté pour que ce soit cette saison.

Une certaine résignation s'entendait dans sa voix. Elle haussa à nouveau les épaules.

— Alors, j'en suis là.

Quelque chose dans sa façon de le dire fit réfléchir Jane. Son ton semblait presque… vide. Anne détourna encore le regard, comme si elle était mal à l'aise.

— Es-tu vraiment heureuse ? insista Jane, inquiète à l'idée que ce ne soit pas le cas.

Elle n'aimerait pas penser qu'Anne avait été contrainte de faire une saison et de se marier.

— Je crains que ce ne soit plus facile que le chemin que tu choisis d'emprunter.

Le ventre de Jane se glaça. Avait-elle conduit sa sœur à faire quelque chose qu'elle ne voulait pas vraiment, mais qu'elle se sentait obligée d'accepter ?

— Promets-moi que tu ne feras rien que tu regretteras. Que ton mariage sera long et indestructible.

— C'est le cas, et, de toute manière, maman a consulté Madame Sybila. Les cartes lui ont dit qu'il s'agissait d'une excellente union.

— Madame Sybila ?

C'était une diseuse de bonne aventure qui avait récemment acquis une certaine notoriété en lisant les cartes et les lignes de la main. Jane était surprise que leur mère soit allée la voir.

— Oui. C'est un peu étrange de la part de maman de faire une telle chose, n'est-ce pas ? demanda Anne, dont les yeux pétillaient. J'étais déçue qu'elle ne m'ait pas emmenée.

Elle se leva.

— Je devrais sans doute y aller.

Jane se leva à son tour et s'approcha de sa sœur.

— Peut-être pourrais-je me glisser à l'arrière de l'église jeudi, si je me déguise.

Anne sourit.

— Je chercherai une vieille femme au dos voûté.

— Oui !

Jane y avait vraiment songé, et elle ne manquerait pas de remercier Anthony pour sa suggestion. Le sourire d'Anne s'estompa.

— Tu ne peux pas faire ça. Je ne voudrais pas que papa ou maman te voie. Le mariage est très important pour eux.

Pour *eux*. Anne n'avait pas dit que c'était important pour elle.

— Je comprends.

Jane serra sa sœur dans ses bras. Ce fut une étreinte brève, mais chaleureuse. Elles se dirent au revoir et, après le départ d'Anne et de Mme Hammond, Jane se rendit dans le salon avant pour regarder la calèche s'éloigner sur la place.

Elle ne pouvait se défaire du sentiment qu'Anne cachait quelque chose. Que, peut-être, elle n'était pas heureuse du tout. L'échec de Jane avait imposé à sa sœur un fardeau incroyable : réussir là où elle n'avait pas réussi. Et si elle avait condamné sa sœur à un mariage dont elle ne voulait pas ?

CHAPITRE 12

$\mathcal{A}$nthony entra dans son bureau, où se trouvait la correspondance du lundi. Il la parcourut, en quête de quelque chose d'intéressant, lorsque sa peau se glaça. L'écriture de la dernière lui était familière, épaisse et austère.

Il l'ouvrit et son cœur s'emballa.

> *Colton,*
> *J'exige un second paiement pour mon silence à propos de vos dettes de jeu et de la mort consécutive de vos parents. Même lieu, mercredi 26 mai, avant l'heure du dîner. Trois cents livres.*

— Bon sang !

Anthony froissa le parchemin dans son poing et le laissa tomber sur le bureau.

Cela ferait un total de cinq cents livres. Il avait de l'argent, son père lui avait laissé une belle fortune ; mais il ne continuerait pas à payer ce brigand.

Anthony se dirigea vers le buffet. Il chercha le cognac, espérant ramener un peu de calme dans son esprit déchaîné. Il tourna les talons et repartit de l'autre côté de la pièce.

Qui diable était-ce ? Le tenancier du bar avait dit qu'il savait seulement que quelqu'un prendrait le paquet d'Anthony et le livrerait ailleurs. Et que s'il restait pour voir qui viendrait, la livraison n'aurait pas lieu.

Ses mains se mirent à trembler, et il retourna vers le buffet. Cette fois, il prit le cognac et s'en servit un verre. Après avoir reposé la carafe, il souleva sa boisson. Juste avant qu'il ne la porte à sa bouche, Purcell franchit la porte qu'Anthony avait laissée entrouverte.

— Je vous prie de m'excuser, my lord, mais Mlle Pemberton est ici pour vous voir.

Jane ? Il n'avait pas envie de la voir maintenant. Pas comme ça.

— Dites-lui que je suis occupé.

— J'entends bien que tu ne l'es pas, dit-elle en se glissant dans le bureau derrière Purcell.

Elle passa à côté du majordome et alla se placer devant l'âtre. Son regard se posa sur le verre dans la main d'Anthony, puis sur son visage, qui reflétait sûrement le bouleversement qu'il ressentait.

Purcell plissa légèrement les yeux en regardant Jane.

— Mademoiselle Pemberton, je crains de devoir vous demander…

— Tout va bien, Purcell, répondit Anthony.

Il adressa un signe de tête au domestique, qui haussa brièvement les sourcils avant de s'incliner et de quitter la pièce.

— Je suis désolée d'avoir suivi ton majordome jusque dans ton bureau, mais j'avais besoin de te voir. Je n'imaginais pas que tu me renverrais, expliqua-t-elle en fronçant les sourcils.

— Que veux-tu, Jane ? demanda-t-il, puis il porta le verre à ses lèvres.

Elle s'avança dans la pièce et se rapprocha de lui.

— Pourquoi bois-tu ?

Il abaissa légèrement le bras.

— C'est la fin de l'après-midi. Pourquoi est-ce important ? Comme tu le sais, je bois souvent.

Un sentiment d'agacement l'envahit. Il ne voulait pas d'elle ici. Il voulait être seul avec sa colère.

— Certes, mais à en juger par ton regard, il y a une raison, insista-t-elle, s'arrêtant juste devant lui. Raconte-moi.

— Ce n'est rien.

Il s'efforça d'arborer une expression insouciante, mais il craignait que ce soit impossible. Il était trop enragé. Elle lui prit le verre et tourna les talons, retournant de l'autre côté de son bureau.

— Il est évident que ce n'est pas rien, affirma-t-elle, puis elle but une gorgée de cognac.

— C'est toi qui vas le boire ?

— Je te le rendrai quand tu m'auras dit pourquoi tu es bouleversé. Ne me mens pas, Anthony. Je te connais suffisamment bien pour savoir quand tu es en colère. Ou blessé.

Elle s'interrompit puis reprit, baissant la voix, le regard caressant.

— Alors, es-tu en colère ou blessé ?

Anthony ne voulait pas lui parler de l'extorsion. Ce qu'il avait fait était déjà assez terrible, mais voilà que cette histoire faisait tout resurgir et ramenait le passé au présent. Et comment diable était-il censé oublier tout cela ?

Jane baissa les yeux sur son bureau, et son regard se posa sur le parchemin froissé.

— Qu'est-ce que c'est ?

Bon sang ! Il s'avança à grands pas vers le bureau, et, voyant l'étincelle dans les yeux de Jane, il se rendit compte qu'il avait juré à voix haute. Il ramassa la lettre et la plia.

— Rien.

Elle posa le verre.

— Alors, je vais te laisser à ton cognac. Je suis désolée de t'avoir dérangé.

Tournant les talons, elle fit un pas vers la porte. Anthony tendit la main vers elle pour lui attraper l'avant-bras.

— Ne t'en va pas. Pourquoi es-tu venue ? Pourquoi as-tu besoin de me voir ?

Elle se tourna à nouveau, arborant une expression faite de douleur et de déception qui faillit le briser. Il ne pouvait pas lui faire cela alors qu'il le faisait à tous les autres.

Il relâcha son bras.

— C'est une lettre d'extorsion, expliqua-t-il, lui tendant le papier pour qu'elle le lise.

Elle le déplia et leva sur lui un regard interrogateur. Il hocha très légèrement la tête, puis l'observa tandis qu'elle parcourait le courrier, les yeux écarquillés, les lèvres entrouvertes. Il sut exactement à quel moment elle arriva à la fin : elle jura.

— Bon sang, Anthony ! Qu'est-ce que c'est ? l'interrogea-t-elle en agitant le papier. Oublie cela, je sais ce que c'est. De *qui* s'agit-il ?

— Je ne sais pas.

Ou bien, peut-être le savait-il. Il avait besoin de réfléchir.

— As-tu déjà payé ?

— Le jour où je suis rentré de chez toi. Deux cents livres.

Les mots jaillissaient sans qu'il y pense. Cela lui faisait du bien de les libérer.

— C'est la deuxième demande.

— Oh, Anthony !

Jane s'approcha de lui et posa les mains sur sa poitrine.

— Je manquais de temps. La lettre était là depuis je ne sais combien de jours, elle est arrivée pendant que j'étais chez toi. Je devais effectuer le paiement le soir même, sinon, il allait révéler mes horribles secrets.

Tous.

— Comment pourrait-il faire cela ? Ou elle, puisque tu ignores qui est derrière tout cela.

Anthony n'arrivait pas à imaginer qu'il puisse s'agir d'une femme. Et le seul homme auquel il pensait était le Vicaire.

Comment révélerait-il ses secrets ? De fait, Anthony n'avait pas encore réfléchi aux détails. Il avait eu trop peur de ne pas arriver à temps au Stinking Sheep.

— Je ne sais pas. Mais la première lettre disait que tout le monde à Londres serait au courant. Peut-être avait-il l'intention de le publier dans un journal, suggéra Anthony, pris de nausée.

Jane appuya ses mains contre lui, puis saisit ses revers, attirant son attention sur elle plutôt que sur la nausée qui bouillonnait dans son ventre.

— Tu ne peux pas continuer à payer cette personne. Peux-tu aller à Bow Street ?

Il n'y avait pas songé. Et il aurait dû le faire. L'un des bons amis de Marcus était un *coureur*. Il pourrait sans doute aider Anthony.

— Tu n'aurais pas à leur révéler le moindre secret, affirma Jane d'un ton apaisant.

Non, c'était vrai.

— Mais, dès le moment où j'impliquerai Bow Street, l'extorqueur pourra me dénoncer.

— Comment le saurait-il ?

S'il s'agissait du Vicaire, il le saurait. Et, pour l'instant, Anthony n'avait pas d'autre choix que de le penser.

— Tu *sais* de qui il s'agit, insista Jane, plaquant ses mains contre son torse. Tu dissimules son identité.

Anthony posa les mains sur celles de la jeune femme et la regarda droit dans les yeux.

— Non. Je n'ai aucune certitude sur son identité, mais la seule personne à laquelle je pense est l'homme à qui j'ai emprunté pour payer mes dettes.

— Le Vicaire ?

Elle se rappelait le nom.

Anthony acquiesça, pris d'angoisse en songeant à l'ampleur des dégâts causés par cet homme. Et, à cause de la première lettre, il lui avait donné plus d'argent qu'il ne lui en devait et envisageait de lui en donner davantage.

— Tu dois aller à Bow Street, affirma-t-elle. Tu ne peux pas permettre à ce criminel, à ce meurtrier, de t'extorquer de l'argent. Pourquoi n'es-tu pas allé les voir après qu'il a tué tes parents ?

Anthony repoussa les mains de Jane de sa poitrine et il s'éloigna d'elle, empli de dégoût envers lui-même.

— Je voulais le faire, mais l'homme qui l'a fait a menacé ma sœur. Il a ensuite été arrêté et pendu. Ce n'est pas la justice que je voulais, mais, au moins, celui qui a perpétré ce crime a été puni.

— Quelle justice veux-tu ?

Il la regarda fixement, se rendant compte qu'il ne savait pas. Voulait-il que le Vicaire soit pendu ? Oui. Mais ce ne serait toujours pas la justice.

— Je devrais être puni.

Jane entrouvrit les lèvres et porta la main à sa bouche. Les larmes qu'il vit dans ses yeux lui fendirent le cœur. Il se détourna, incapable de supporter sa douleur en plus de la sienne. Il n'était qu'un lâche.

Et puis elle se retrouva devant lui, relevant le menton, une étincelle dans les yeux.

— Arrête ça. Tu n'as pas besoin qu'on te punisse. Tu l'as déjà assez fait. Demain, tu iras à Bow Street, et tu les laisseras s'occuper de cette affaire.

— Et s'ils ne peuvent rien faire ? murmura-t-il, la voix éraillée. Et si tout le monde découvre ce que j'ai fait ?

— Les gens ne le sauront pas, insista-t-elle, posant les mains sur ses joues. Cela n'arrivera pas. Je t'ai dit que nous allions traverser cela ensemble, que nous irions de l'avant *ensemble*.

Elle se hissa sur la pointe des pieds et l'embrassa ; ses lèvres étaient douces et pressantes contre les siennes. Il l'entoura de ses bras et la plaqua contre son torse, avide du réconfort de son étreinte. Jane caressa le visage d'Anthony et glissa ses mains dans ses cheveux.

Ses gants étaient doux contre lui, mais c'était sa chair qu'il voulait. Il voulait tout d'elle.

Levant la tête, il lui jeta un regard empli d'un désir intense.

— Je veux t'emmener à l'étage. Dans mon lit.

— Tu vas enfin me trousser comme il se doit ?

L'humour dans son ton soulagea la sensation d'oppression dans sa poitrine. Il n'avait jamais éprouvé autant de reconnaissance envers un autre être humain. Lui saisissant la main, il la conduisit hors du bureau et franchit une porte qui menait à l'étroit escalier des domestiques. Il se hâta de monter les deux étages, et ils furent tous deux essoufflés en arrivant sur le palier. Il la guida le long du couloir et s'arrêta au bout, devant une porte.

Il l'ouvrit, puis la fit promptement entrer dans sa penderie, puis dans sa chambre.

— Oh, c'était un joli tour ! remarqua-t-elle en regardant autour d'elle tout en retirant ses gants.

Pressé de l'avoir nue sous lui, il entoura son visage de ses mains et l'embrassa, puis il les descendit pour détacher sa coiffe qu'il envoya valser à l'autre bout de la pièce.

Il retira sa veste et la lança vers une chaise, la manquant très largement, puis il se consacra au déshabillage de la jeune femme. Il la fit tourner et dénoua les lacets de sa robe, tirant peut-être un peu trop sauvagement sur les attaches dans son impatience.

Une fois la robe retirée, il s'en occupa avec plus de soin

que de sa veste, la posant délicatement sur la chaise. Quand il se retourna, il vit qu'elle avait déjà ôté son jupon et l'avait drapé sur une autre chaise. Puis elle s'assit et délaça ses bottes, son regard rencontrant le sien par intermittence pendant qu'elle s'activait.

Anthony enleva ses souliers à son tour et déboutonna son gilet. Son corps vibrait de désir et d'impatience. Ce n'était pas leur première fois ensemble, et pourtant, quelque chose semblait différent. Peut-être était-ce parce qu'ils étaient, enfin, en présence d'un lit.

Elle entreprit de retirer ses bas, mais il se précipita, s'agenouilla devant elle, et s'en chargea à sa place. Il détacha ses jarretières, puis retira chacun des bas de ses jambes, ses doigts caressant chaque nouveau centimètre de chair qu'il exposait. Quand il eut terminé, il posa les mains sur les genoux de Jane, puis effleura ses cuisses et passa sous sa tunique.

Baissant la tête, elle embrassa Anthony tout en dénouant sa cravate. Puis elle posa les mains sur son cou et enfonça sa langue dans sa bouche. Agrippant ses hanches, il se plaça entre ses jambes.

Puis il passa une main derrière et délaça son corset. Une fois qu'il fut desserré, il le poussa vers le bas et se leva de sa chaise pour pouvoir le lui retirer. Elle ne portait plus que sa tunique. Les courbes de ses seins étaient clairement visibles à travers la fine batiste blanche, tout comme le rose foncé de ses mamelons. Anthony se pencha en avant et la caressa avec sa langue par-dessus le tissu, lui arrachant un cri.

Jane s'accrocha à sa tête et murmura son nom. Submergé, il posa son front contre elle et inspira, tremblant.

Elle le fit se lever et fit de même. Puis elle lui prit la main et le conduisit jusqu'au lit, où elle passa sa tunique par-dessus sa tête, la laissant tomber sur le sol. Elle se tenait nue devant lui. Il resta sans voix en découvrant ses formes, depuis la courbe d'albâtre de son cou et de ses épaules jusqu'aux pics rosés de ses seins, en passant par la cambrure de ses hanches élancées et la profusion de boucles dorées au sommet de ses cuisses.

Jamais Anthony ne croirait mériter cela, la mériter, *elle*, mais il serait toujours reconnaissant.

— Tu es magnifique, souffla-t-il.

— J'ai l'impression de l'être quand je suis avec toi, répondit-elle en tirant la chemise de la ceinture de son pantalon.

Il retira son gilet et se débarrassa rapidement du reste de ses vêtements. Elle passa les doigts sur son torse, puis aplatit ses paumes contre lui.

— Tu es magnifique, toi aussi.

— Il n'y a pas de comparaison possible.

Anthony passa la main derrière Jane et tira la couverture, puis il souleva la jeune femme dans ses bras et l'étendit sur les draps.

Il grimpa sur le lit à côté d'elle et l'attira dans ses bras, heureux de l'étreindre, peau contre peau, son cœur battant contre le sien. Il embrassa sa tempe, sa joue, sa mâchoire.

Elle enfouit son nez dans son cou, l'effleurant de ses lèvres, et sa langue lécha sa chair. Il frissonna, émerveillé par ce pouvoir qu'elle avait sur lui. Il était totalement à sa merci, et il n'aurait voulu être nulle part ailleurs.

Faisant rouler Jane sur le dos, il se redressa sur un coude et l'embrassa encore. Il fit glisser sa main sur son épaule, puis vers son sein qu'il saisit et dont il taquina le mamelon jusqu'à ce qu'elle se cambre sur le lit et gémisse dans sa bouche. Descendant plus bas, il lui caressa le ventre, puis la hanche. Elle tressaillit et ouvrit les jambes quand il effleura sa cuisse et trouva son sexe.

Elle était déjà mouillée pour lui, son corps l'accueillant alors qu'il plongeait un doigt en elle et en posait un autre sur son clitoris. Son vit, qui pesait lourd contre la jambe de Jane, palpitait de désir.

Elle l'entoura de sa main, le caressant de la racine à l'extrémité. Il gémit et se plaça au-dessus d'elle, se glissant entre ses jambes.

Jane agrippa le cou d'Anthony, qui se recula pour pouvoir la regarder. Sentant peut-être qu'il l'observait, elle ouvrit les yeux. L'émotion qu'il lut dans son regard lui coupa le souffle.

Avec son aide, il guida son sexe jusqu'à l'intimité de la jeune femme. Il hésita à peine avant de se glisser en elle. Sa chaleur l'enveloppa, le faisant haleter.

Jane s'accrocha à sa hanche et écarta davantage les jambes pour qu'il s'enfonce complètement. De sa main, Anthony lui effleura la tempe, soutenant son regard tandis qu'il se retirait et la pénétrait à nouveau. Il bougeait lentement, avec précision, savourant chaque mouvement, chaque souffle.

Le corps de la jeune femme se mouvait, se cambrant, s'inclinant de concert avec le sien. Il n'arrivait plus à réfléchir. Il se contentait de ressentir. Des vagues de désir, de plaisir, et de la passion la plus douce qu'il ait jamais connue circulaient entre eux. Il avait la sensation que les morceaux brisés à l'intérieur de lui pourraient se recoller. Comme si la réparation, la rédemption était peut-être à portée de main.

Jane remonta les jambes et les enroula autour de la taille d'Anthony, l'attirant plus profondément en elle. Elle écarquilla les yeux et cria.

— Oh, *oui* !

Puis elle ferma les yeux, rompant la connexion qu'ils avaient partagée. Mais une nouvelle se mit en place quand elle commença à bouger plus vite sous lui.

Le corps d'Anthony réagit, la pénétrant plus profondément, plus rapidement. Elle haleta, encore et encore, et ses muscles se resserrèrent autour de lui.

— Je t'en prie, Anthony. *Oui !*

Elle lui parlait, le poussait avec ses mots, avec son corps aussi ; ses mains s'agrippaient à lui, ses talons s'enfonçaient dans son dos.

Puis les spasmes commencèrent, l'enserrant, et le corps de Jane frémit quand elle jouit. Il n'avait jamais rien ressenti d'aussi puissant, d'aussi magnifique. Son propre orgasme le submergea, et il sentit des larmes rouler sur ses joues tandis qu'il criait son nom.

Ils traversèrent la tempête ensemble, leurs corps enlacés. Il s'effondra contre elle, la respiration laborieuse et rapide. Jane embrassa sa mâchoire, sa joue, murmurant des paroles absurdes, des mots qu'il ne pouvait pas comprendre dans son état actuel.

Il se rendit compte, bien trop tard, de ce qu'il avait fait. Il grommela un juron et roula sur le côté, abandonnant son corps.

— Cette réaction n'était pas celle à laquelle je m'attendais, murmura-t-elle. J'ai trouvé cela plutôt spectaculaire.

Il se passa une main sur le visage, la félicité et la satisfaction qu'il avait éprouvées disparaissant sous le poids de sa bévue.

— J'ai joui en toi.

— Oh ! Oui, sans doute, répondit-elle, roulant sur le côté pour lui faire face. Eh bien, ce qui est fait est fait.

— Je t'en prie, ne me dis pas que nous devons oublier cela en même temps que tout ce qui nous déplaît et qui s'est produit dans notre passé ?

À sa grande surprise, elle éclata de rire.

— Juste ciel, non ! Je me souviendrai de ce jour pour le reste de ma vie. Et, quoi qu'il arrive, je n'en regretterai jamais un seul instant, affirma Jane.

Elle tendit le bras et posa la main sur sa joue, tournant son visage pour qu'il la regarde.

— Pas un instant.

Il espérait que ce serait toujours le cas, et il prierait pour qu'il n'y ait pas d'enfant. Les émotions de la journée l'avaient épuisé. Ou peut-être était-ce parce qu'il venait de vivre la meilleure expérience sexuelle de toute sa vie. Quelle qu'en soit la raison, il ne voulait pas s'attarder sur les aspects négatifs.

Anthony repoussa une boucle blonde rebelle derrière son oreille.

— Tu ne m'as pas dit pourquoi tu avais besoin de me voir.

Effleurant sa mâchoire, elle descendit sa main jusqu'à sa clavicule.

— C'est vrai que je ne t'ai rien dit. Nous avons été distraits. Ma sœur est venue me rendre visite aujourd'hui… je l'avais invitée.

— Tes parents ne l'ont pas accompagnée ?

Jane secoua la tête.

— Ma mère a demandé à l'une de ses amies de jouer le rôle de chaperon.

Anthony avait envie de hurler sur la mère de la jeune femme. Elle avait une fille adorable en la personne de Jane, et, un jour, elle regretterait la façon dont elle la traitait.

— Je suis désolé.

— Ce n'est rien, répondit-elle, traçant des cercles sur son épaule du bout des doigts. Je ne m'attendais pas à ce qu'ils viennent.

Anthony remonta les draps sur eux.

— Tu n'étais pas contrariée ?

C'était l'impression qu'il avait eue en la voyant arriver, quand elle avait suivi Purcell dans son bureau. La main de Jane s'immobilisa.

— Pas à ce propos. Après avoir discuté avec Anne, je crois… je crois qu'elle se sent obligée de se marier. À cause de moi.

— Que veux-tu dire ?

— Ses débuts dans la société ont eu lieu tardivement parce que je n'étais pas mariée. Ensuite, cette année, mes parents ont décidé qu'il était temps pour Anne de faire sa première saison... plus que temps, même. Ils n'ont pas cessé de la comparer à ma première saison, qui s'est soldée par un désastre. J'imagine sans mal la pression qu'ils ont exercée sur Anne pour qu'elle fasse ce que je n'ai pas pu accomplir.

— Et qu'est-ce donc ?

— Réussir.

La douleur dans la voix de Jane transperça le cœur d'Anthony. Il l'entoura de ses bras et l'attira près de lui, embrassant sa tempe. Elle expira contre son cou.

— C'est ma faute si elle se sent obligée de se marier, et je ne suis pas tout à fait convaincue qu'elle soit heureuse.

— Jane, tu ne dois pas te sentir coupable.

Elle bascula la tête en arrière pour le regarder.

— C'est un peu fort de ta part, dit-elle d'un ton malicieux.

— Tu as raison. Tu peux te sentir coupable si tu le souhaites, mais pas trop longtemps. Cela te ravagerait de l'intérieur.

La poitrine d'Anthony se contracta à nouveau, et les morceaux brisés de lui s'agitèrent. Il se rendait compte que la guérison prendrait du temps. Il espérait seulement pouvoir y arriver, un jour.

Jane posa la main contre sa joue.

— Oui, c'est vrai. Je vais trouver un moyen d'aller de l'avant, et toi aussi. Et, pour commencer, il faut te rendre à Bow Street demain. Iras-tu ?

— J'irai.

Mais il prévoyait de rendre d'abord visite au Vicaire. Jane avait raison sur un point : il était grand temps d'enterrer tout cela, et il ne pouvait pas le faire tant que ce brigand ne cesserait de remuer le passé.

Anthony allait l'arrêter... une bonne fois pour toutes.

CHAPITRE 13

— *L*ady Ripley, annonça Culpepper alors que Phoebe entrait dans la salle jardin.

C'était étrange de la voir ici en tant qu'invitée, et Jane se demandait si elle s'y ferait un jour.

— Phoebe, pardonne-moi si je ne me lève pas. Je ne t'attendais pas si tôt.

Jane montra d'un geste les deux chatons endormis sur ses genoux. Phoebe sourit en retirant ses gants et son chapeau qu'elle tendit à Culpepper.

— Merci, dit-elle en lui jetant un coup d'œil avant de rejoindre Jane.

Elle caressa la tête de Jonquille, réveillant le chaton qui lui répondit par un énorme bâillement.

— Ces petites sont *tellement* mignonnes !

Jonquille se mit à ronronner bruyamment, et Fougère s'agita. S'étirant, elle poussa sa tête contre la main de Phoebe ; elle voulait attirer son attention aussi.

— Oh ! s'exclama Phoebe en prenant Fougère dans sa main, l'embrassant sur la tête. Il se pourrait que j'aie besoin

d'un chaton. Je me demande si Marcus y verrait un incon-
vénient.

— Comme s'il était capable de te refuser quoi que ce soit !

— Je m'excuse d'être arrivée en avance, dit Phoebe, qui
prit l'autre chaise et installa Fougère sur ses genoux.

Elle caressa la tête et les oreilles du chaton.

— J'espère que cela ne te dérange pas.

— Pas du tout. Je suis heureuse d'avoir l'occasion de
pouvoir rattraper le temps perdu avant l'arrivée des autres.

Le groupe serait plus nombreux, car lady Satterfield se
joignait également à elles, et elle amenait sa belle-fille, la
duchesse de Kendal.

Jane était très touchée qu'elles lui rendent visite. Elle se
demandait si cela pourrait contribuer à améliorer sa réputation. Plus exactement, elle se demandait si ses parents en
prendraient note et seraient moins déçus par elle. Bon sang !
Quand allait-elle cesser de chercher leur approbation ?

— Oui, raconte-moi comment tu profites de ton statut de
vieille fille autoproclamée. Est-il à la hauteur de tes espérances ?

Jane n'était pas certaine de ce qu'elle avait espéré. Être
libre, sans doute. Et elle l'était certainement, puisqu'elle
s'était introduite en secret dans la maison d'Anthony la veille.
Sans parler du fait qu'il était resté ici une semaine entière
sans que personne ne le sache. Soudain, elle se sentit très mal
de cacher tout cela à Phoebe.

— Lorsque tu es revenue à Londres et que tu as emménagé dans cette maison, comment voyais-tu ton avenir ? l'interrogea Jane.

Phoebe inspira et s'adossa à sa chaise.

— J'étais heureuse d'être libérée des attentes et des jugements des autres. Après Sainsbury, dit-elle, frissonnant à
l'évocation de son ancien fiancé, j'étais contente d'être seule.

Jane comprenait ce sentiment. Sainsbury l'avait terriblement mal traitée et elle avait évité de justesse de se marier avec lui.

— J'ai cru que je serais heureuse d'être seule aussi, et les attentes et jugements de mes parents ne me manquent absolument pas.

— Je sens qu'il y a plus. Peut-être un « cependant » ?

Phoebe la connaissait tellement bien !

— Je crains de ne pas être très heureuse seule. Je me surprends à songer au mariage, à me dire que je passe à côté d'une union. C'est peut-être parce que je te vois si heureuse. Comme Arabella.

— Et bientôt, Anne sera mariée elle aussi, ajouta Phoebe d'une voix douce.

Elle adressa un regard compatissant à son amie. C'était vrai. Même la sœur de Jane allait se marier.

— Je comprends que tu te sentes seule. Je suis sincèrement désolée, Jane.

— Mais… je ne le suis pas vraiment, murmura cette dernière.

Phoebe écarquilla les yeux.

— Ah, bon !

Jane secoua la tête.

— Je ne peux pas tout te raconter.

Elle ne révélerait pas qu'Anthony s'était battu ou qu'il était resté ici, puisqu'il lui avait demandé de ne pas le faire.

— Mais, Anthony et moi… Eh bien, Anthony et moi.

Elle s'arrêta là. Phoebe se redressa, dérangeant Fougère qui sauta de ses genoux. Jonquille fit de même, sautant des jambes de Jane pour poursuivre sa sœur.

— Tu ne peux pas te contenter de dire ça et rien d'autre ! Anthony et toi, *quoi* ? l'interrogea Phoebe.

Jane laissa échapper un rire qui ressemblait un peu à un gloussement, et Phoebe plissa les yeux en fixant son amie d'un regard insistant.

— Vas-tu me le dire, oui ou non ?

— Oui, répondit Jane, prenant une profonde inspiration. Nous nous sommes rapprochés.

— Quand ? Comment ? s'enquit Phoebe, les yeux brillants de plaisir. Dis-moi *tout*. Attends… tu as dit que tu ne pouvais pas.

Elle soupira, déçue.

— Raconte-moi ce que tu peux, ajouta-t-elle, penchant la tête sur le côté. Et, pendant que tu y es, explique-moi pourquoi tu ne peux pas tout me dire.

— Parce qu'Anthony m'a demandé de ne pas le faire, et je respecterai sa volonté. Nous sommes devenus de bons amis.

C'était vrai pour elle, et elle espérait qu'il voyait les choses de la même façon.

— Je ne peux pas te dire exactement comment, mais nous avons passé beaucoup de temps ensemble.

— À Brixton Park ? voulut savoir Phoebe.

— Oui.

Phoebe fronça les sourcils.

— Mais vous n'êtes que des amis ?

— Des amis avec… quelques petites choses en plus ? répondit Jane, dont la voix s'éleva à la fin.

Phoebe cligna des yeux, réprimant un sourire.

— Oh ! Puis-je espérer que tu aies enfin été embrassée ?

— Euh, oui. Rassure-toi, je suis devenue plutôt, euh… accomplie dans ce domaine.

— Je vois. Et je serais rassurée si tu me dis que tu es prudente. Anthony se comporte un peu comme un séducteur ces derniers temps, affirma-t-elle, ses traits s'assombrissant brièvement. Marcus s'inquiète pour lui.

— Je peux comprendre. Pour être honnête, je m'inquiète aussi pour lui, affirma Jane.

Mais ils avaient partagé un jour comme la veille, et elle voyait qu'il était en train de guérir.

— Cependant, je crois que notre relation l'aide. Enfin.

— Vraiment ? s'exclama Phoebe, dont le visage s'éclaira. Je suis si heureuse ! Pour vous deux. Crois-tu que cela vous mènera à un mariage ?

La promesse qu'Anthony lui avait faite, qu'il ne tomberait pas amoureux d'elle et qu'ils ne se marieraient pas, lui revint à l'esprit. Elle déglutit. Elle n'était pas prête à penser à la fin de ce qu'ils partageaient.

— Je n'ai aucune raison de croire que ce sera le cas, non.

Phoebe s'avança sur sa chaise.

— Jane. Je ne sais pas quoi dire. As-tu envie de l'épouser ?

— Je ne sais pas, répondit-elle honnêtement, car elle ne s'était pas autorisée à y penser. Pour l'instant, je profite de chaque jour. Peut-être que quand il sera complètement guéri...

Si ce jour arrivait. Elle priait pour que ce soit le cas, mais il y avait encore beaucoup de noirceur en lui.

— Il serait complètement idiot de te laisser filer, constata Phoebe avec une pointe de dégoût dans la voix.

— Tu ne dois pas le juger. J'ignore si je veux l'épouser.

Et si l'obscurité ne disparaissait jamais ? Pourrait-elle vivre avec cela ?

— Quoi qu'il en soit, cela n'a pas d'importance pour le moment. Quand tu as commencé à fréquenter Marcus, tu n'imaginais pas que vous vous marieriez.

Phoebe expira.

— C'est vrai. Je ne m'attendais pas ni n'imaginais que les choses tourneraient comme elles l'ont fait. Je suppose que tu n'as plus qu'à attendre de voir ce que l'avenir vous réserve, à Anthony et toi. Tant qu'il ne te fait pas de mal. Je ne pourrais pas le lui pardonner.

— Il ne m'en fera pas, affirma Jane.

Jusqu'à présent, il s'était bien débrouillé pour se maintenir à l'écart, pour ne pas faire de dégâts. Mais que se passerait-il si elle ouvrait trop son cœur ?

Culpepper apparut dans l'embrasure de la porte.

— Lady Satterfield, mademoiselle.

La comtesse entra dans la salle jardin ; elle avait déjà retiré son chapeau et ses gants.

— Bonjour ! J'espère que cela ne vous dérange pas que je sois arrivée en avance, dit-elle, puis son regard se posa sur Phoebe. Oh ! Je vois que je n'étais pas la seule. Toutes mes excuses. J'espère que je ne vous dérange pas.

— Pas du tout, dit Jane en se levant pour accueillir la comtesse. Joignez-vous à nous.

Elle fit un geste vers le canapé, et lady Satterfield vint s'y asseoir. Jane inclina le menton vers Culpepper, qui répondit par un léger hochement de tête. Elle savait qu'il reviendrait sous peu avec des rafraîchissements, car apparemment leur réunion allait devoir commencer plus tôt.

— Bonjour, lady Satterfield, la salua Phoebe d'un ton enjoué.

— Je suis ravie de vous voir, lady Ripley. Je sais que je l'ai déjà dit à Brixton Park, mais cela vaut la peine de me répéter : le mariage vous va vraiment bien ! Tout comme au marquis. Je n'ai jamais vu un homme aussi épris. Bien joué, ajouta-t-elle, une lueur d'approbation dans le regard.

Phoebe rit doucement.

— Merci.

Lady Satterfield reporta son regard vers Jane.

— Je suis venue plus tôt pour vous dire ce que j'ai appris du sujet dont nous avons discuté ; mais nous pouvons en parler une autre fois, proposa-t-elle en jetant un œil vers Phoebe.

— Phoebe est au courant de la rumeur, dit Jane. Si cela ne vous dérange pas de le raconter maintenant, je serais ravie d'entendre ce que vous avez appris.

— Très bien, répondit la comtesse d'un ton chaleureux. J'en ai discuté avec quelques personnes, et si la rumeur était bien connue des jeunes hommes de la bonne société il y a cinq ans, personne d'autre n'était au courant. J'ai parlé à Nora, qui n'en avait jamais entendu parler. Oh ! D'ailleurs, elle ne se joindra pas à nous aujourd'hui. Son petit dernier n'a pas bien dormi la nuit dernière, et elle ne voulait pas le laisser.

— J'espère que tout va bien, dit Phoebe.

— Oh, oui ! Lucas n'est pas un très bon dormeur, remarqua lady Satterfield. Et, moins il dort, plus il veut sa maman. Pour en revenir à la rumeur, si cela peut vous aider, Clare a mentionné quelques gentlemen qui étaient sans aucun doute au courant. Lord Edgecombe, M. Adair et lord Rockbourne.

Tous ces noms étaient familiers à Jane, mais l'un d'entre eux l'était particulièrement.

— Rockbourne était l'un de mes prétendants lors de cette première saison, avant qu'il n'hérite et ne devienne lord Rockbourne. Il ne m'a pas officiellement fait la cour, mais j'avais espéré que cela pourrait se faire. Il a fini par épouser Dorothea Chamberlain à la fin de la saison. Je m'en souviens, parce qu'elle était vraiment très heureuse.

Elles avaient été amies, mais, comme tant de femmes, Dorothea avait abandonné ses amies célibataires la saison suivante.

— Y avait-il une raison pour laquelle il aurait lancé cette rumeur ? s'enquit Phoebe.

Jane secoua la tête.

— Thomas… je veux dire *Rockbourne*, était et est l'un des hommes les plus gentils que j'aie jamais rencontrés. Je ne peux pas l'imaginer lancer une rumeur, encore moins une qui me dépeindrait comme une dévergondée.

— Je suis désolée de ne pas avoir pu vous aider davantage, dit lady Satterfield.

Jane lui adressa un sourire chaleureux et reconnaissant.

— Je vous en prie, ne vous excusez pas. De toute façon, j'ai décidé que vous aviez raison : il ne sert à rien de regarder en arrière. Ce qui est fait est fait, et je préfère vivre dans le présent.

Oui, le présent, sans passé ni avenir. Rien que le moment présent. Avec Anthony.

Lady Satterfield sourit d'un air approbateur.

— Parfait. Je pense que c'est la bonne attitude, ma chère. Vous devez vous concentrer sur cette nouvelle entreprise merveilleuse qu'est la Société des Femmes de tête. Je suis absolument ravie de pouvoir y participer.

— Et je suis ravie de vous y accueillir.

Jane tourna le regard vers la porte au moment où Culpepper apportait un plateau de rafraîchissements. Quelques minutes plus tard, lady Gresham et Mlle Whitford arrivèrent.

Oui, Jane avait un présent merveilleux sur lequel concentrer son attention. Le passé ne valait pas la peine qu'on s'en préoccupe, et le futur… Eh bien, elle éviterait tout simplement d'y penser.

⁓

L'horloge à double cadran qui surplombait la rue accueillit Anthony à son arrivée à St Dunstan-in-the-West. Une vague d'effroi remonta le long de sa colonne vertébrale, en même temps qu'une bouffée d'appréhension. Cela faisait un certain temps qu'il n'était pas venu à l'église, mais ce n'était pas assez long. Il aurait voulu ne jamais revoir cet endroit.

S'enfonçant dans la pénombre du bâtiment, il se glissa

dans une alcôve et attendit. Quelques minutes plus tard, un garçon s'approcha de lui. Il ne lui était pas familier, mais le Vicaire en employait beaucoup.

— Êtes-vous ici pour allumer un cierge ou faire un don ? s'enquit le garçon, qui devait avoir une dizaine d'années.

— Allumer un cierge.

Il s'agissait d'un code pour demander une entrevue avec le Vicaire. Les dons étaient les paiements. Lors de sa dernière visite, Anthony avait fait son dernier don. Du moins, c'était ce qu'il pensait. Si le Vicaire était à l'origine des lettres d'extorsion, alors ce n'était pas le cas. Anthony se demandait toutefois pourquoi l'homme n'avait pas exigé que les paiements de son extorsion soient effectués ici plutôt que dans une taverne de Blackfriars. Peut-être voulait-il que ces « dons » soient séparés. Et le Stinking Sheep était très proche. À tel point qu'Anthony n'avait aucun mal à croire que le Vicaire se servait des deux établissements. Il régnait sur ce quartier ; du moins, c'était ce qu'on avait dit à Anthony.

Le garçon s'en alla, le laissant seul pendant un certain temps. S'appuyant contre le mur, il prit de profondes inspirations et apaisa son cœur qui s'emballait en pensant à Jane. Le temps qu'il avait passé avec elle dans son lit la veille, et pas seulement la partie où ils avaient couché ensemble, restait gravé dans son esprit, lui procurant un sentiment de paix comme il n'en avait pas connu depuis plus d'un an. Il tâcha de s'accrocher à cette sensation.

Enfin, le garçon revint et le conduisit dans une petite pièce en bas, dans les entrailles de l'église. Il frappa deux fois avant d'ouvrir, s'écartant pour permettre à Anthony d'entrer.

La porte se referma derrière lui avec un déclic qui lui donna la sensation d'être prisonnier. La première et unique fois qu'Anthony avait visité cette pièce, son cœur battait si vite qu'il avait cru qu'il allait sortir de sa poitrine. Il avait été choqué de constater qu'un usurier criminel exerçait ses activités dans un petit bureau discret situé sous une église. Mais il aurait dû au moins s'attendre à un tel endroit, étant donné que l'homme se faisait appeler le Vicaire.

Une seule fenêtre proche du plafond, au niveau de la rue, apportait un peu de lumière, mais des appliques brillaient également sur le mur, de part et d'autre de la fenêtre. Un foyer étroit se trouvait sur la gauche, et un bureau simple sur la droite.

Lors de la précédente visite d'Anthony, le Vicaire était assis derrière la table de travail. Cependant, ce jour-là, il était installé dans un fauteuil à haut dossier en velours près de l'âtre. D'apparence étonnamment jeune, avec une carrure athlétique et des cheveux blond brillant, le Vicaire n'aurait pas eu l'air d'un criminel s'il n'y avait pas eu la vilaine cicatrice qui lui traversait le menton et lui entaillait la lèvre inférieure.

Il scruta Anthony avec des yeux bleus perçants, dont l'un était marqué d'une étrange tache orange, et qui semblaient voir jusqu'au plus profond de l'âme des gens. Lorsqu'il l'avait rencontré, il s'était dit qu'il avait compris chacun de ses vices. Et, compte tenu de ce qu'il savait des méfaits d'Anthony, il en avait conclu qu'il avait raison.

— Lord Colton, je suis surpris de vous voir.

La nuque d'Anthony le picota.

— La dernière fois que je suis venu, vous m'attendiez.

— C'est vrai. Si vous vous souvenez bien, on vous avait envoyé à moi, dit-il en arborant un petit sourire. En outre, j'étais au courant de vos dettes, dont certaines me concernaient.

Parce qu'il possédait deux des cercles de jeu où Anthony avait laissé des reconnaissances de dette.

— Vous n'avez vraiment aucune idée de la raison pour laquelle je suis ici aujourd'hui ?

— Asseyez-vous.

Le Vicaire montra d'un geste l'autre fauteuil devant l'âtre. Il n'avait pas de haut dossier, et n'était pas recouvert de velours. Il était simplement fait de bois, et il n'était pas très travaillé.

— Si vous le voulez bien, ajouta-t-il avec une pointe de chaleur.

Anthony s'installa et attendit que le Vicaire réponde à sa question.

— J'ignore la raison de votre présence aujourd'hui. Je n'ai pas l'habitude de recevoir dans ces circonstances, mais comme nous nous connaissons et que vous avez payé l'intégralité de votre dette, plus les intérêts, j'ai voulu vous faire une faveur.

En dépit de la fureur qui l'envahissait, Anthony savait qu'il avait en face de lui un dangereux criminel.

— C'est le moins que vous puissiez faire après avoir tué mes parents.

Il était fier d'avoir gardé un ton égal. Les yeux froids du Vicaire se plissèrent brièvement, tandis que ses narines se dilatèrent.

— Êtes-vous venu ici pour m'accuser de quelque chose ? Soyez très prudent, my lord.

Anthony faillit éclater de rire devant l'absurdité de la formule de politesse accompagnant la menace. Mais cette situation n'avait rien de drôle.

— Non. Cependant, je ne vois pas l'intérêt de cacher la vérité. Vous avez fait tuer mes parents parce que je n'ai pas pu vous rembourser assez vite.

— Qui vous a dit cela ? demanda doucement le Vicaire.

— L'homme qui les a tués. Il m'a envoyé un message disant qu'il arriverait la même chose à ma sœur si je ne payais pas.

Le Vicaire tourna la tête vers l'âtre, l'air renfrogné. Lorsqu'il se retourna vers Anthony, son regard était empreint d'une étonnante compassion.

— Je suis désolé qu'il ait fait cela. Il n'était pas censé les tuer du tout.

Anthony eut l'impression que le monde qui l'entourait avait complètement basculé. Il cligna des yeux pour ramener les choses à la normale, mais il ne parvint pas à dissiper le brouillard qui s'était abattu sur lui.

— Ils n'étaient pas censés mourir ?

Son cœur, qui s'était calmé après son entrée dans le bureau, s'emballa de nouveau, son sang rugissant dans ses oreilles.

— Non, je n'assassine pas les gens, lord Colton. Je prête de l'argent. Je perçois de l'argent. De temps à autre, il est nécessaire de rappeler aux gens qu'ils doivent rembourser leurs dettes lorsqu'ils en ont les moyens. Vous aviez des biens à vendre, vous en aviez donc les moyens. Par conséquent, vous étiez censé être encouragé à régler ce que vous deviez. On m'avait dit que vous seriez sur cette route ce jour-là.

C'était vrai. C'était Anthony qui était censé y aller. Le Vicaire souffla.

— Je regrette qu'il arrive que mes informations ne soient pas aussi précises que je le voudrais, mais cela ne se produit pas très souvent. Et jamais avec des conséquences aussi malheureuses.

Anthony faillit bondir de son siège. Il s'agrippa aux accoudoirs, le bois lui mordant les doigts et les paumes.

— La mort de mes parents a été un peu plus que « malheureuse ».

— Oui, bien sûr. Je comprends que vous ayez eu des difficultés, mais je vois que vous n'avez pas recommencé à jouer. Votre retenue est admirable.

S'agissait-il d'une marque de respect ?

— Je ne veux pas de votre maudite estime ! répondit

Anthony avec une grimace. Je veux savoir pourquoi vous m'extorquez de l'argent alors que je vous ai déjà payé.

Le Vicaire se pencha légèrement en avant, continuant de parler d'une voix douce, mais menaçante, comme de la soie imbibée de poison.

— Veuillez prendre garde à ne pas m'accuser de quoi que ce soit. Je suis plus navré que vous ne pouvez l'imaginer pour vos parents, mais je ne peux rien faire pour les ramener ou changer ce qui s'est passé. L'homme responsable de cela a payé le prix ultime. Vous devez y trouver réconfort et satisfaction. Ou pas. C'est à vous de choisir comment vous voulez vivre votre vie.

Anthony le dévisagea. Il ignorait quoi faire du conseil de cet homme.

— Je ne vous ai pas demandé votre avis, et je n'en ai pas besoin. Êtes-vous en train de me dire que vous ne m'extorquez pas d'argent ?

Le Vicaire n'avait rien dit de tel, mais à deux reprises maintenant, il avait mis Anthony en garde contre les accusations.

— Je ne suis pas un extorqueur, dit-il d'un ton ferme, empreint d'une profonde sincérité. Je ne suis qu'un homme d'affaires, et l'extorsion ne fait pas partie de mes nombreuses activités. Pourquoi croyez-vous que c'est moi ?

Parce qu'il était un criminel ? Anthony se retint de répliquer avant que les mots s'échappent de sa bouche.

— Parce que vous êtes la seule personne au courant de mes transgressions. Le mot que j'ai reçu disait qu'elles seraient toutes rendues publiques avec les détails les plus embarrassants : le fait que je jouais beaucoup, le fait que j'avais des dettes, l'alcool, les femmes… le meurtre.

Anthony détourna le regard et déglutit. Le Vicaire ricana.

— Vous n'avez pas plus commis de meurtre que moi. Le reste, en revanche, est tout à fait vrai. Et tout le monde n'est-il pas au courant que vous buvez et séduisez les femmes ? Vous n'êtes pas vraiment discret.

Non, il ne s'agissait pas de cela.

— Je parlais des dettes, et personne n'en connaît l'ampleur ou ne sait que j'ai dû vous emprunter de l'argent, ce qui a conduit au meurtre de mes parents.

— Votre père était au courant de ces dettes, mais cela n'a pas d'importance, expliqua le Vicaire en agitant la main. L'homme qui vous a adressé à moi l'était également. Sinon, comment aurait-il pu savoir que vous aviez besoin d'aide ?

Il s'agissait de Gilbert Chamberlain qu'Anthony connaissait depuis Oxford, et avec qui il avait souvent joué. Il avait énormément d'argent, et une chance insolente. Anthony avait cessé de le fréquenter, car il ne faisait que s'appauvrir.

— Chamberlain n'aurait aucun besoin de m'extorquer de l'argent. Il ne manque pas de fonds.

Le Vicaire s'esclaffa.

— Croyez-vous que j'aie besoin de fonds ?

Anthony leva une épaule.

— Vous avez insisté pour que je vous rembourse, avec intérêts, à une certaine date, et vous m'avez menacé quand je n'ai pas été en mesure de le faire. Vous avez assurément donné l'impression que vous aviez besoin d'argent.

Les mains du Vicaire s'enroulèrent autour des accoudoirs de son fauteuil, et ses muscles se contractèrent brièvement.

— Comme je vous l'ai dit, je suis un homme d'affaires. Une dette se doit d'être remboursée, et de préférence dans les délais. C'est la chose juste et honorable à faire. Comment puis-je diriger une entreprise si les gens pensent qu'ils peuvent me voler ? Je prends ce qui m'est dû, jamais ce que je n'ai pas gagné.

Il se détendit, fléchit les mains avant d'en lever une pour y poser son menton balafré, tout en appuyant son coude sur le bras du fauteuil.

— Si Chamberlain n'est pas dans le besoin, peut-être y a-t-il une autre raison pour laquelle il vous extorquerait de l'argent.

Anthony fouilla dans son esprit.

— Nous étions amis. Je ne vois pas pourquoi il ferait une telle chose.

— Alors, ce doit être l'argent, quoi que vous en pensiez. Voulez-vous que j'enquête sur sa situation financière ? Il n'est peut-être pas aussi riche que vous le pensez.

Le Vicaire lui proposait de lui rendre service ? C'était encore moins crédible que d'imaginer Chamberlain en extorqueur.

— Combien cela me coûtera-t-il ?

Le Vicaire sourit et abaissa son avant-bras.

— Je vous aime bien, Colton. Il se trouve que j'ai moi-même besoin d'une faveur.

Anthony se prépara. Il avait été soulagé de mettre un terme à ses relations avec cet homme et il n'avait pas particulièrement envie de passer un autre accord, même s'il ne s'agissait pas d'une affaire d'argent.

— Quelle sorte de faveur ?

— Rien de grave, je vous l'assure. J'aimerais participer à un événement de la société où je pourrais interroger certaines personnes. Je vous fournirai une liste d'invités. Vous pouvez en convier davantage, bien sûr, mais ce sont là les personnes que j'aimerais que vous invitiez.

C'était une demande particulièrement étrange. Anthony aurait voulu en connaître la raison, mais il était certain que l'homme énigmatique ne lui répondrait pas.

— Et comment dois-je vous présenter ? Les gens vont vous remarquer, car vous ne faites pas partie de leur entourage, et ils se demanderont qui vous êtes et la raison de votre présence.

— Si vous êtes d'accord et que vous décidez d'organiser la

fête, je vous fournirai ces informations. Rassurez-vous, je ne vous mettrai pas dans l'embarras et toutes les personnes que je rencontrerai seront charmées.

Ses lèvres s'incurvèrent en un sourire et, en dépit de la cicatrice disgracieuse, Anthony estima que ce serait sans doute le cas. Il était arrivé en croyant que cet homme avait tué ses parents, et maintenant, il envisageait d'organiser une fête pour ce brigand.

Mais cela en valait-il vraiment la peine, alors qu'Anthony ne pensait pas que Chamberlain puisse être le coupable ?

— Je ne crois pas que Chamberlain soit derrière tout ça. De plus, je ne peux pas organiser une fête sans hôtesse. Ma sœur est à la campagne.

— Peut-être pourriez-vous convaincre votre ami Ripley de l'organiser ? Peut-être à Brixton Park ? J'aimerais bien voir le labyrinthe.

Y avait-il une chose que cet homme ignorait au sujet d'Anthony ?

— Je ne suis pas certain d'être à l'aise de lui faire une telle demande.

— Alors j'attendrai que vous épousiez Mlle Pemberton. Cela ne saurait tarder, n'est-ce pas ?

Non, apparemment, il n'y avait rien que cet homme ne sache pas.

— Comment se fait-il que vous sachiez toutes ces choses à mon propos, et que vous ignoriez que je faisais l'objet d'une extorsion, ou l'identité de son auteur ?

— C'est une très bonne question, à laquelle je n'ai pas de réponse, répondit le Vicaire, fronçant à nouveau les sourcils. Et je n'aime pas être dans cette position. Je vais trouver de qui il s'agit. Cependant, si vous souhaitez que je partage cette information avec vous, j'aurai besoin de cette faveur.

— Donc, si ce n'est pas Chamberlain, et ce ne sera pas lui, vous trouverez quand même de qui il s'agit ?

— Oui. Avons-nous un accord ?

Bon sang ! Anthony avait envie de tourner le dos à cet homme diabolique, mais il devait mettre un terme à cette folie.

— Je dois effectuer un autre paiement demain soir. Pouvez-vous le découvrir d'ici là ?

— Probablement. Je vous contacterai dès que possible.

Il se leva, dépliant lentement ses jambes, se redressant de toute son immense hauteur. Il lui tendit la main. Anthony se leva à son tour et fixa du regard la main de l'homme. S'il la prenait, il ne pourrait plus revenir en arrière. Il se retrouverait de nouveau associé avec le diable.

Il serra la main du Vicaire.

— Je suis impatient d'avoir de vos nouvelles.

Il le relâcha, puis se tourna et se dirigea vers la porte.

— Je suis désolé pour vos parents, Colton. Sincèrement. Si je pouvais changer ce qui s'est passé, je le ferais.

La main sur la poignée de la porte, Anthony tourna la tête.

— Cela signifierait que je serais mort, alors.

Le Vicaire lui adressa un léger signe de tête.

— Peut-être.

Jusqu'à une date récente, Anthony s'en serait accommodé. Mais, ces derniers temps, il avait commencé à se demander si la vie ne lui réservait pas d'autres surprises, si finalement elle ne valait pas la peine d'être vécue. Ce devait être pour cela qu'il se battait maintenant, la raison pour laquelle il avait accepté un accord avec le célèbre Vicaire.

Anthony quitta le bureau, impatient d'obtenir ses informations, qu'il transmettrait ensuite à Bow Street. L'extorqueur, qui qu'il soit, ne pourrait pas dévoiler ses secrets.

Cela ne pouvait pas arriver, pas pour son propre bien, mais pour celui de ceux qui l'entouraient, surtout Sarah. Jane l'avait convaincu que cette dernière n'avait pas besoin de savoir, et il ferait n'importe quoi pour l'empêcher de le découvrir. Pour sa propre tranquillité d'esprit.

Surtout en tenant compte de ce qu'il savait maintenant, à savoir que le meurtre de ses parents n'était vraiment pas censé se produire, qu'il s'agissait en quelque sorte d'un hasard et que, sans la malveillance de leur assassin, ils seraient encore en vie aujourd'hui.

Ou lui-même serait mort.

L'une ou l'autre option valait mieux que cela. Pourtant, c'était tout ce qu'il avait.

Le souvenir des caresses de Jane et de son parfum l'assaillit. Ce n'était peut-être pas aussi terrible qu'il le pensait. C'était en tout cas mieux que ce qu'il méritait.

CHAPITRE 14

*J*ane était assise dans son lit et essayait de lire un livre, mais après avoir fixé la même page pendant dix minutes, elle le referma et le posa sur la table de chevet. Elle avait espéré qu'Anthony se présenterait à la porte de la salle jardin après le dîner, comme il l'avait fait l'autre soir, mais il n'était pas venu. Elle avait attendu plus tard qu'à son habitude, avant d'aller finalement se coucher.

La réunion de la Société des Femmes de tête avait été un succès. Lady Gresham avait évoqué l'hôpital Magdalen pour les prostituées repenties, et lady Satterfield avait même suggéré qu'elles aillent le visiter ! Lorsque Jane s'était inquiétée du qu'en-dira-t-on, elle avait agité la main en disant qu'elle s'en fichait, et qu'apporter de l'aide à ceux qui essayaient de s'en sortir par eux-mêmes était une initiative admirable. Elles avaient toutes donné leur accord.

Soudain, la porte de sa chambre s'ouvrit, la faisant sursauter.

Anthony referma derrière lui et s'avança vers le lit.

— Tu es en retard, lui dit Jane en se redressant sur les

oreillers qu'elle avait empilés derrière elle, contre la tête, de lit pour lire.

— Tu m'attendais ? s'enquit-il.

Il déposa son chapeau et ses gants sur le fauteuil près de l'âtre.

— J'espérais que tu viendrais, avoua-t-elle.

Il sourit, mais la regarda avec insistance.

— Mieux vaudrait ne pas considérer cela comme un événement régulier.

— Je suis d'accord pour que ce soit chacun son tour. Je viendrai chez toi la prochaine fois.

Anthony finit de retirer ses bottes, puis il vint de son côté du lit et l'embrassa, tirant brièvement sur sa lèvre inférieure.

— Coquine.

Elle baissa les yeux sur ses pieds déchaussés.

— T'ai-je invité à te déshabiller ? Ou à rester ?

— Tu as dit que tu m'attendais. Espérais-tu jouer au backgammon ?

Il ôta sa veste, ne croyant manifestement pas qu'elle ne voulait pas qu'il soit là. Ou qu'elle le préférait habillé. Jane sourit, puis s'agenouilla sur le lit devant lui pour lui retirer sa cravate.

— Très bien. Déshabille-toi. Reste. Fais ce que tu veux.

Il agita les sourcils en déboutonnant son gilet.

— Ce que je veux ?

— En fait, je pense qu'il est temps que *je* fasse ce que je veux.

Elle lui enleva sa cravate et la jeta par terre, puis elle repoussa son gilet sur ses épaules pour qu'il tombe au même endroit.

— Vraiment ? s'enquit-il alors qu'il passait sa chemise par-dessus sa tête.

Jane ouvrit son pantalon et glissa la main à l'intérieur pour saisir son vit.

— Mmm, confirma-t-elle, glissant au bas du lit avant de le pousser sur le matelas. Allonge-toi.

Il haussa les sourcils, mais s'exécuta sans mot dire. Il commença à retirer ses chaussettes, mais elle écarta ses mains.

— Pose-les ailleurs. Au-dessus de ta tête, peut-être.

Gardant son regard sombre fixé sur elle, il étira ses bras au-dessus de sa tête et s'agrippa à la tête de lit.

— C'est mieux ?

Elle lui retira ses chaussettes et les jeta par-dessus le pied du lit, puis elle se glissa sur lui et fit descendre son pantalon sur ses hanches. Son membre se libéra, se dressant vers elle. Après avoir envoyé le pantalon dans la même direction que les chaussettes, elle appuya ses mains sur ses cuisses et lui écarta les jambes afin de pouvoir s'agenouiller entre elles.

— Jane, qu'as-tu l'intention de faire ?

Elle fit remonter son doigt le long de sa cuisse, puis jusqu'à l'un de ses testicules. Il inspira brusquement.

— Jane.

— Puisque tu t'es servi de ta bouche à très bon escient, je me suis demandé si je pouvais faire de même.

Elle remonta son doigt sur ses bourses, puis sur le dessous de son vit. Sa chair tressaillit quand elle atteignit l'extrémité, puis elle repoussa son prépuce et observa la goutte de moiteur qui s'y formait.

S'abaissant, elle lécha Anthony, surprise par son goût salé.

— Est-ce que cela te gêne ? s'enquit-elle en levant les yeux vers lui.

Sa tête était surélevée sur les oreillers qu'elle avait empilés. Il posa sur elle ses yeux cobalt, plissés sous l'effet du désir.

— Jamais. Prends-moi dans ta bouche et fais ce que tu fais avec ta main, mais seulement avec tes lèvres et ta langue. Plus tu me prendras profondément, meilleur ce sera.

Le sexe de Jane palpita en réaction. Elle n'aurait jamais imaginé être excitée à ce point rien qu'en parlant de ce qu'elle pourrait lui faire. Elle attribuait cela au timbre sombre et séduisant de sa voix et au brouillard d'impatience sexuelle qu'il dégageait. Anthony remua les hanches, se soulevant légèrement du matelas en une supplique silencieuse.

Elle lécha à nouveau son vit, puis maintint le contact visuel tout en faisant tournoyer sa langue sur lui et autour de lui. Il gémit et empoigna sa natte, la poussant à baisser la tête. Elle détacha son regard du sien et l'aspira dans sa bouche, faisant glisser son sexe le long de sa langue, le prenant de plus en plus profondément jusqu'à ce qu'il touche presque sa gorge.

Craignant un réflexe nauséeux, elle le relâcha, lentement, passant sa langue contre lui et refermant ses lèvres autour de sa chair. Elle ne le libéra pas complètement ; elle le reprit à nouveau, plus confiante. Elle recommença, enroulant sa main autour de lui pour mieux le contrôler. Oui, c'était mieux.

— Bouge aussi ta main. En même temps que ta bouche.

Ses paroles l'enflammèrent et elle fit ce qu'il décrivait, suivant ses lèvres avec sa main alors qu'elle remontait jusqu'à la pointe. Puis elle le prit encore, ne craignant plus l'inconfort. Elle bougeait plus vite, trouvant un rythme avec sa langue et sa main. Anthony l'encourageait avec ses hanches, se mouvant en même temps qu'elle.

Il tira sur sa natte tout en se cambrant pour plonger plus loin dans sa bouche.

— Jane, je vais jouir, lui dit-il dans un grognement animal.

Elle l'avait réduit à l'état de bête. Une bouffée de fierté féminine éclata en elle. Elle savait ce que cela signifiait, bien sûr, et ce qui allait se passer. Remontant le long de son vit, elle le saisit dans sa main tout en retirant brièvement sa bouche.

— Alors, jouis.

Elle plongea une nouvelle fois sur lui, bougeant à un rythme effréné maintenant qu'elle se souvenait de la vitesse à laquelle il enfonçait ses doigts en elle et la caressait pour l'amener à l'orgasme. Il suivit son rythme, et poussa un cri lorsque son sexe se tendit et que sa semence jaillit dans sa bouche.

Ne sachant que faire, Jane avala jusqu'à ce qu'il ne reste plus rien. Puis elle se retira et s'assit, s'essuyant délicatement la bouche.

Anthony ouvrit les yeux et la contempla.

— Doux Jésus !

Jane se figea, horrifiée.

— Était-ce désagréable ?

— Euh, non. Jamais. C'était l'une des meilleures expériences sexuelles de ma vie.

Le soulagement l'envahit, ainsi que cette nouvelle fierté féminine.

— Seulement *l'une* des meilleures ?

— Je ne peux pas la placer au-dessus du cadeau de ta virginité ou, honnêtement, d'hier.

Chez lui, quand ils avaient enfin eu un lit sous eux. Deux fois, ils avaient fait l'amour, et les deux fois avaient été passionnément merveilleuses. Émouvantes, même.

Elle comprit soudain, avec une clarté et une peur terrifiantes, qu'elle était amoureuse de lui. Elle passa par-dessus sa jambe et alla se servir un verre d'eau de l'autre côté de la pièce.

Le lit grinça et elle l'entendit marcher sur le tapis, sachant exactement quand il se tiendrait derrière elle. Elle but une gorgée d'eau avant de se tourner vers lui.

— Jane, tout va bien ? s'enquit-il en l'observant avec une grande inquiétude. Aurais-je dû t'empêcher de…

Il s'inquiétait de sa réaction à ce qu'ils venaient de faire.

— Non. Je voulais juste boire, c'est tout. Tu es plutôt salé.

Il ricana.

— C'est ce que j'ai entendu dire.

Elle songea à l'endroit où il avait pu entendre cela, aux autres femmes qui lui avaient fait cela, et la jalousie qui brûlait en elle la poussa à boire une autre gorgée d'eau. Se sentant idiote, elle reposa le verre à côté de l'aiguière.

— Jane, c'était une plaisanterie, la rassura-t-il.

Avait-il lu dans ses pensées ?

— Reviens au lit pour que je puisse te rendre la pareille, dit-il avec un sourire.

Elle le regarda en cillant.

— Ce n'était pas une faveur, Anthony. Je n'attends rien en retour.

Mais… peut-être était-ce le cas. Si elle ne s'attendait à rien, elle le désirait certainement… son amour. Mais il s'était montré très clair sur le fait que ce n'était pas une option. Désirer l'amour d'Anthony était une folie. Et c'était aussi incroyablement douloureux.

Il lui prit la main et passa son pouce sur son poignet.

— Je sais que tu n'attends rien. Voilà pourquoi cette liaison est si parfaite.

Les paroles d'Anthony creusèrent un trou dans la poitrine de Jane. Il secoua la tête.

— J'ai failli oublier de te dire… parce que, dès mon arrivée, j'ai été incroyablement distrait. Ta beauté me coupe le souffle.

Il repoussa une boucle de cheveux derrière l'oreille de la jeune femme et l'embrassa. Elle s'écarta.

— Que voulais-tu me dire ?

— Tu vois ? J'ai été à nouveau distrait. Je sais qui essayait de m'extorquer de l'argent.

Jane fut surprise qu'il ait été distrait de cette importante révélation.

— Tu es allé à Bow Street ?

— Non, mais j'irai demain matin. J'ai reçu ce soir une note concernant l'extorqueur. C'est l'homme qui m'a envoyé demander de l'argent au Vicaire au départ. Jamais je n'aurais imaginé qu'il puisse m'extorquer de l'argent, parce qu'il n'en a pas besoin. De plus, je nous croyais amis, ajouta-t-il, la mâchoire tendue. Je faisais erreur.

— C'est affreux ! Pourquoi l'a-t-il fait s'il n'avait pas besoin d'argent ?

— Apparemment, il *a* besoin de fonds… pour acheter une nouvelle maison.

— Je ne comprends pas.

— C'est une canaille cupide, ce qui est peut-être pire que s'il avait vraiment eu besoin de cet argent.

Jane ricana.

— C'est horrible ! Qui est ce gredin ?

— Gilbert Chamberlain. Je l'ai connu à Oxford. Comme je l'ai dit, nous étions amis.

Tout sembla s'arrêter pendant un instant, y compris le cœur de Jane.

— Gilbert Chamberlain ? répéta-t-elle, et sa voix lui sembla venir de très loin.

— Oui. Tu le connais ?

— Il va épouser ma sœur.

— Bon sang ! souffla Anthony.

— Nous devons empêcher le mariage.

— Quand a-t-il lieu ?

Jane passa devant lui et se dirigea vers le lit dont elle saisit le montant.

— Après-demain. J'irai voir Anne et mes parents dans la matinée.

L'idée de voir sa mère et son père, surtout pour leur annoncer que le mariage dont ils rêvaient depuis des années ne pourrait pas avoir lieu, l'emplissait d'effroi.

— Que leur diras-tu ?

Jane se tourna, laissant retomber sa main contre son flanc. Elle ouvrit la bouche, mais rien n'en sortit. Qu'allait-elle leur dire ? Que le fiancé d'Anne était un extorqueur, et qu'elle le savait parce qu'il soutirait actuellement de l'argent à son amant ?

Anthony alla chercher sa chemise et la passa par-dessus sa tête. Puis il revint se placer devant elle.

— Ne leur dis rien. Laisse Bow Street s'en charger, et le mariage n'aura pas lieu.

Jane souffla, puis acquiesça.

— Je devrais quand même aller en parler à Anne. Je peux rester vague. Je ne suis pas obligée de lui raconter les détails.

Que l'homme à qui Chamberlain extorquait de l'argent était Anthony ni qu'il était son amant. Elle leva les yeux vers lui.

— Comment as-tu découvert qu'il s'agissait de Chamberlain ? Tu as dit avoir reçu un message. Il ne venait pas de Bow Street ?

Comment pourrait-il en être ainsi alors qu'il avait dit ne pas s'y être rendu ?

— Je suis allé voir le Vicaire, aujourd'hui. Il s'est proposé de retrouver l'extorqueur, ce qu'il a réussi en un temps étonnamment court. Il semble tout savoir.

— Comment peux-tu en être si sûr ?

Le Vicaire n'était-il pas un criminel ? Ou du moins, un personnage peu recommandable ?

— Est-ce vraiment un homme en qui tu peux avoir confiance ?

— En temps normal, j'aurais dit non, mais, dans ce cas précis, je crois pouvoir le faire.

Il se détourna d'elle et alla chercher son pantalon, mais il ne l'enfila pas.

— Pourquoi ? Je n'arrive pas à croire que tu lui fasses confiance après ce qu'il a fait !

— Assassiner mes parents, tu veux dire ?

Il prononça ces mots avec une très légère inflexion dans la voix. Peut-être était-il vraiment en train de guérir.

— Il n'était pas responsable. L'homme qui a fait cela était censé seulement les menacer… même pas eux, en réalité, mais moi. Je devais être sur la route d'Oaklands.

Jane n'était toujours pas convaincue qu'il faille faire confiance à un tel homme, mais, d'un autre côté, pourquoi mentirait-il ?

— Tu es certain que le Vicaire n'est pas derrière tout cela, et qu'il n'essaie pas de faire porter le chapeau au fiancé de ma sœur ?

— J'en suis sûr. Il m'a bien fait comprendre qu'il était un homme d'affaires, et qu'il n'était pas là pour prendre indûment de l'argent. Il accorde des prêts et les recouvre. Pour lui, l'extorsion n'est pas une transaction honorable.

Jane ricana doucement.

— Il t'a parlé d'honneur ?

Anthony la fixa un instant.

— Ne serait-ce pas simplement que tu refuses de croire que Chamberlain est le coupable ? Que ta sœur s'est fiancée à un tel homme ?

Jane se rendit compte que cela faisait partie du problème… Anne s'en serait forcément rendu compte ! Mais elle songea alors à Phoebe, qui s'était fiancée à quelqu'un d'affreux et l'avait heureusement découvert avant qu'il ne soit trop tard et qu'ils ne se marient. Jane ne pouvait pas laisser une telle chose arriver à Anne, même s'il y avait une chance que rien de tout cela ne soit vrai.

— Je suppose que je pense que ce serait plus facile pour tout le monde si ce n'était pas Chamberlain.

— La vie est rarement facile, dit-il avec un frisson, tout en enfilant son pantalon.

— Je sais.

Elle n'aimait pas le voir bouleversé. Faisant le tour du lit, elle lui toucha le bras.

— Si tu crois que Chamberlain a fait ça, je te fais confiance.

Anthony arrêta de boutonner son pantalon et posa la main sur sa joue.

— Merci.

— Tu t'en vas ? s'enquit-elle en le regardant rentrer l'ourlet de sa chemise dans sa ceinture.

— Pas encore tout à fait, mais bientôt. Je veux être à Bow Street de bonne heure. Je reviendrai dès que je saurai quelque chose.

— Fais ça, s'il te plaît.

Il se rapprocha, glissa les mains autour de sa taille et l'attira contre lui.

— Maintenant, je crois que c'est à mon tour de te donner du plaisir. Si tu en as envie.

Il baissa la tête et embrassa la joue de Jane et sa mâchoire. Il suçota sa chair, puis la mordilla tendrement.

— Ou bien, je pourrais m'en aller…

Le désir s'éveilla au creux de son ventre, et elle passa ses bras autour de son cou, appuyant fort ses doigts contre sa peau.

— Non. Reste. S'il te plaît.

Elle le regarda avec un désir intense, se demandant s'il pouvait voir l'amour qui couvait en elle et qui ne demandait qu'à être partagé et reconnu.

— Rien ne me rendrait plus heureux.

Il l'embrassa alors, ses lèvres remuant doucement sur les siennes avant de saisir ses fesses et d'ouvrir la bouche pour la dévorer.

Jane gémit, se délectant de chacune de ses caresses, espérant que ce qu'il disait était vrai, que rien ne le rendait plus heureux que d'être avec elle. Et, si c'était le cas, pouvait-elle espérer qu'un jour il l'aime en retour ?

~

*L*e lendemain matin, à son arrivée à Bow Street, Anthony fut conduit dans un petit bureau où il attendit l'arrivée de Harry Sheffield. Il avait demandé à lui parler, car c'était un bon ami de Marcus.

Quelques minutes plus tard, Sheffield entra, refermant la porte derrière lui. Il était doté de larges épaules et d'une épaisse chevelure auburn ; sa présence dominait la pièce. Anthony comprenait pourquoi cet homme avait choisi de devenir coureur. Il intimidait sûrement tous les criminels qu'il poursuivait. C'était une bonne chose, car Chamberlain ne méritait rien de moins, et sans doute bien plus.

Sheffield lui tendit la main.

— Bonjour, my lord.

Anthony serra la main de l'autre homme.

— Merci de me recevoir.

Sheffield montra une chaise d'un geste de la main, puis s'assit derrière le bureau.

— Asseyez-vous, s'il vous plaît. Comment puis-je vous aider ?

— Je suis venu signaler un crime commis à mon encontre. De l'extorsion.

De larges plis se creusèrent sur le front de Sheffield.

— Commençons par les preuves que vous avez. Il y a sans doute eu une lettre ?

Anthony sortit de sa veste les feuilles de parchemin pliées et les posa sur le bureau devant le coureur.

— Deux, en fait.

— Je suppose qu'il a réécrit parce que vous n'avez pas répondu à la première ?

— En fait, je l'ai payé, la première fois.

Sheffield tira les parchemins vers lui et déplia les deux feuilles sans baisser les yeux.

— Vous donnez l'impression de savoir de qui il s'agit.

— Gilbert Chamberlain. Vous devez l'arrêter rapidement. Il doit se marier demain, et cela ne peut pas se produire, dit Anthony en faisant un geste vers les lettres. De plus, comme vous pouvez le constater, il a exigé un paiement avant ce soir.

Sheffield cligna des yeux.

— Mmm, voilà qui me semble être un motif d'urgence. Mais je pense que tous les crimes méritent une attention urgente.

Il lui adressa un sourire tranquille, puis baissa les yeux sur les lettres. Anthony se crispa.

— Je préférerais ne pas partager ces lettres avec quelqu'un d'autre.

Sheffield prit un moment de plus avant de lever les yeux.

— Je comprends pourquoi. Peut-être devriez-vous m'expliquer les dettes de jeu et le meurtre de vos parents, dit-il doucement, une pointe d'acier dans la voix.

Anthony déglutit et s'efforça de calmer l'appréhension qui l'envahissait.

— J'ai accumulé une dette assez importante il y a plus d'un an. Je n'ai pas pu la rembourser, et j'ai dû emprunter de l'argent.

— Votre père n'a pas voulu vous donner les fonds ?

Anthony secoua la tête et tenta d'étouffer la honte qui le brûlait.

— Il ne m'a pas non plus donné d'argent lorsque j'ai continué à perdre et que je me suis retrouvé incapable de payer l'usurier.

La mâchoire de Sheffield se contracta brièvement et ses yeux se rétrécirent un instant. Il posa les paumes à plat sur le bureau.

— Je crois me souvenir que vos parents ont été tués par

un bandit de grand chemin, et que celui-ci a été pendu. Pourquoi Chamberlain pense-t-il que vous êtes un meurtrier ?

— Parce que le bandit a été envoyé pour m'attaquer moi, pas eux. Si je n'avais pas échoué à rembourser le prêt, ils seraient encore en vie.

Bon sang ! Il pensait avoir fait des progrès, mais l'angoisse familière le saisit à nouveau, le laissant à vif, blessé.

— Comment Chamberlain pourrait-il le savoir ?

— C'est lui qui m'a orienté vers le prêteur. Il savait tout de mes dettes, et, d'une manière ou d'une autre, il a appris que la mort de mes parents n'était pas le fruit du hasard.

— Vous n'avez pas parlé du prêteur, remarqua Sheffield d'une voix lente. Essayez-vous de le protéger ?

Ce n'était pas le cas.

— Je suppose que je ne voulais pas le dire. Tout cela est très embarrassant.

— Oui, l'extorsion est, par nature, embarrassante, constata le policier, empilant les lettres devant lui. Était-ce le Vicaire ?

Il posa sur Anthony ses yeux bruns, le fixant d'un regard intense. L'homme était très doué pour les interrogatoires, et ce n'était probablement rien comparé à ses tactiques habituelles.

— Oui. Je n'essaie pas de le protéger.

— Tant mieux. Il ne mérite ni votre protection ni celle de quiconque. Vous dites qu'il s'est arrangé pour tuer vos parents parce que vous ne l'avez pas remboursé ?

— Non, je n'ai pas dit cela. Il a envoyé le bandit de grand chemin pour m'effrayer… C'était moi qui étais censé être sur la route, pas mes parents. Mais le gredin les a tués. Le Vicaire était en fait sincèrement désolé que cela se soit produit.

— C'est ça ! marmonna Sheffield, la lèvre retroussée.

Il lança à Anthony un autre regard pénétrant.

— Pourquoi ne pensez-vous pas que le Vicaire soit derrière cette extorsion ?

— Parce qu'il a dit qu'il ne l'était pas. C'est un homme d'affaires, et il n'aime pas ces méthodes.

Sheffield grimaça.

— Quel était l'intérêt de votre prêt ?

— Excessif, répondit Anthony, l'air sombre.

— Et je suppose que vous l'avez payé. Évidemment.

Anthony ignora le ton critique du policier.

— Si vous comparez ces lettres à un écrit de Chamberlain, je suis sûr que vous constaterez que cela correspond.

— C'est ce que je vais faire, répondit Sheffield en pinçant les lèvres. Mais, Colton, vous comprenez qu'il s'agit de preuves ?

Il posa le bout des doigts sur les parchemins.

— Vos dettes de jeu, ainsi que l'histoire de la mort de vos parents deviendront des faits avérés. Tout le monde le saura.

Les paroles du coureur glacèrent Anthony jusqu'aux os. Tout le monde, y compris sa sœur et Felix. Il lutta pour reprendre son souffle.

— Il doit y avoir un autre moyen.

— J'aurai besoin d'autres preuves, des aveux, ou quelque chose qui relierait Chamberlain au Stinking Sheep. Je peux mener une enquête, et je le ferai, mais cela prendra du temps. Ce que vous n'avez pas.

Non, il n'en avait pas.

— Pourriez-vous l'arrêter maintenant et mener l'enquête ensuite ? Nous ne pouvons pas le laisser se marier demain.

— Je crains de ne pouvoir agir sans preuve. Donnez-moi ces lettres, et je pourrai le faire.

Anthony se leva et se dirigea vers le bureau. Il saisit le bord des parchemins et Sheffield leva les mains. Colton ramassa les lettres et les replia.

— Je vous trouverai une preuve d'ici la fin de la journée.

— Je l'espère. En attendant, je vais aller faire un tour au Stinking Sheep.

Anthony était heureux de l'apprendre, mais il avait l'intention de s'y rendre également. Il pourrait même retourner voir le Vicaire. Il avait découvert que Chamberlain était derrière cette extorsion. Il pourrait sûrement fournir des preuves qu'il l'avait fait ?

— Merci. Avec un peu de chance, je vous verrai ce soir.

— Je l'espère, répondit Sheffield qui s'adossa à sa chaise. Et si vous changez d'avis au sujet des lettres, j'irai les comparer à l'écriture de Chamberlain, et je l'arrêterai probablement tout de suite.

C'était terriblement tentant, mais Anthony pensa alors à Sarah, à son enfant innocente qui avait été privée de ses grands-parents ; il ne pouvait pas l'anéantir en laissant la vérité éclater au grand jour. Ce serait déjà assez terrible que sa sœur l'apprenne, mais qu'elle doive partager sa honte ? Non, cette histoire ne pouvait pas être révélée.

Sans un mot de plus, Anthony tourna les talons et s'en alla. Il sortit du bâtiment à grands pas, avec l'intention de se rendre directement au Stinking Sheep, où il espérait trouver un lien entre l'argent qu'il avait laissé au barman et ce maudit Gilbert Chamberlain.

Et s'il n'y parvenait pas ? Il repoussa cette idée. Il trouverait les preuves dont il avait besoin pour empêcher le mariage, pour sauver la sœur de Jane. Il ne pouvait pas faire autrement.

CHAPITRE 15

— C'est un plaisir de vous voir, mademoiselle Pemberton, la salua Mullins, le majordome des parents de Jane, arborant un large sourire.

Elle était ravie de voir sa chevelure blanche et son expression affectueuse.

— Vous avez l'air en forme.

— Je le suis, merci. Et vous aussi avez l'air en forme. J'imagine que vous êtes tous bien occupés à préparer le mariage d'Anne demain.

Jane jeta un coup d'œil anxieux au hall familier. Jamais elle n'aurait imaginé retourner chez elle alors que ses parents ne lui adressaient toujours pas la parole, et encore moins pour leur annoncer qu'Anne ne pouvait pas se marier.

Chez elle. Jane ne ressentait ni chaleur ni réconfort. Rien que de l'appréhension et de la crainte.

— J'aimerais voir mes parents. Et Anne, ajouta-t-elle.

— Si vous voulez bien attendre dans le salon, je vais leur annoncer votre arrivée.

Mullins quitta l'entrée, laissant Jane se rendre dans le salon.

C'était la pièce principale du rez-de-chaussée, en plus de la salle à manger, et c'était généralement là que la famille se réunissait. En regardant autour d'elle, Jane se souvint de moments plus heureux passés à lire, à jouer aux cartes et à discuter de sujets aussi variés que la politique et l'horticulture, qui intéressaient particulièrement son père. En réalité, plus elle y réfléchissait, plus elle se rendait compte qu'il n'y avait pas eu assez de ces moments-là.

— Jane, la salua sa mère d'un ton plat en entrant dans le salon. Je suis surprise de te voir.

— Dire que nous sommes déçus serait une meilleure description, remarqua froidement son père quand il la suivit dans la pièce.

Tous deux arboraient la même expression dégoûtée. Jane s'attendait à cette réaction, mais elle avait aussi espéré qu'il y aurait peut-être un soupçon de quelque chose de positif. Si ce n'était de la joie à l'idée de la voir, peut-être un peu moins... d'animosité ?

— Venir ici pour nous implorer de te permettre d'assister au mariage demain ne fonctionnera pas, remarqua son père, s'avançant pour s'appuyer contre la cheminée, où il croisa les bras.

Jane avait cru qu'ils pourraient s'asseoir et converser agréablement, mais, visiblement, cela n'arriverait pas. Sa mère resta près de la porte, le visage pincé, la coiffure sévère avec ses boucles blondes remontées en chignon serré. Son père, quant à lui, semblait avoir perdu un peu de ses cheveux bruns. Et peut-être avait-il gagné quelques rides autour des yeux et de la bouche.

Jane était convaincue que la véritable raison de sa venue les contrarierait davantage, mais elle répondit d'un ton ferme.

— Ce n'est pas pour cela que je suis venue. Où est Anne ? Elle doit entendre ceci aussi.

— Ta sœur est trop occupée pour se joindre à nous, dit sa mère d'un ton sec. Dis-nous simplement pourquoi tu es venue, et va-t'en.

Jane aurait voulu insister pour qu'Anne descende, mais elle comprit que c'était vain. Ses parents étaient inébranlables. Son mince espoir de pouvoir les persuader d'annuler le mariage s'amenuisait. Néanmoins, elle prit une grande inspiration et se lança. Elle n'avait pas le choix.

— Anne ne peut pas épouser M. Chamberlain. J'ai appris qu'il fréquentait des criminels notoires et qu'il pratiquait l'extorsion de fonds.

Le père de Jane laissa retomber ses bras le long de son corps et fit un pas vers elle.

— C'est une accusation grave. Et elle est également absurde. Quelles preuves as-tu de tout cela ?

— Je sais que cela semble incroyable, mais, croyez-moi, c'est la vérité. Je suis personnellement au courant de ces extorsions.

— Pourquoi, parce qu'il s'en prend à toi ? s'enquit sa mère en secouant la tête, les yeux tristes. Quelle chose embarrassante as-tu faite ? Vais-je ouvrir le journal et lire que tu es mêlée à une affaire sordide ?

Jane inspira brusquement, ce qui la fit tousser.

— Pardonnez-moi. *Non !*

Juste ciel ! Elle espérait que non. Elle n'avait pas pensé à demander si cela pouvait arriver. Si Chamberlain était au courant des pires secrets d'Anthony, n'était-il pas au courant pour eux aussi ? Pas nécessairement, mais il faudrait qu'elle pose la question.

— Il n'est pas question de moi. Il escroque quelqu'un que je connais.

— Sans doute quelqu'un qui le mérite. Il est impossible de savoir qui tu fréquentes maintenant, dit sa mère d'un air moqueur.

Jane regarda fixement sa mère, incapable de croire qu'elle puisse se montrer aussi insensible.

— Qui mériterait qu'on lui extorque de l'argent, maman ? Quelle horrible chose à dire ! Et si tu veux savoir qui je fréquente maintenant, tu devrais poser la question à lady Satterfield, nouveau membre de la Société des Femmes de tête, la prochaine fois que tu la verras, s'exclama Jane, inclinant la tête sur le côté. Ou peut-être pas. Je ne crois pas que tu la connaisses si bien.

Jane regretta sa raillerie dès qu'elle franchit ses lèvres. Elle ne voulait pas se disputer avec eux.

— Tu essaies juste de ruiner ta sœur, dit son père, les yeux brillants. Tu n'as pas eu de succès, et tu ne veux pas qu'elle réussisse non plus.

Le ventre de Jane se tordit, et elle commença à trembler.

— Comment peux-tu dire une chose pareille ? J'aime Anne. Je ne veux rien d'autre que son bonheur, et c'est pour cela que je ne peux pas rester là à la regarder épouser un homme aussi horrible que Chamberlain.

— Mais tu n'as aucune preuve qu'il soit horrible, remarqua sa mère. Il est absolument charmant... et il est riche, en plus. Bonté divine, Jane, nous le connaissons depuis des années ! Depuis ta première saison, en fait. Es-tu jalouse qu'il ne t'ait jamais courtisée ?

Elle secoua tristement la tête.

Jane avait l'impression de sombrer dans un bourbier dont elle ne pouvait s'échapper. Quoi qu'elle fasse, elle était aspirée de plus en plus profondément dans un abîme sombre et solitaire. Elle peinait à trouver ses mots.

— Non, dit-elle doucement.

Comment pourrait-elle être jalouse d'Anne, surtout à l'égard de M. Chamberlain, alors que son cœur appartenait entièrement à Anthony ?

Elle se souvint de l'endroit où il était allé ce matin-là ; elle n'arrivait pas à croire qu'elle ne l'avait pas encore mentionné. Elle avait été trop nerveuse, puis trop bouleversée pour penser clairement.

— Il est très probable que Bow Street arrête M. Chamberlain aujourd'hui. Je suppose que si cela se produit, le mariage n'aura pas lieu.

Le père de Jane haussa brusquement les sourcils, et il échangea un regard inquiet avec sa mère. La jeune femme ressentit une pointe de soulagement.

— Es-tu certaine que cela va arriver ? s'enquit son père d'un ton sévère.

Non, mais elle le croyait. Comment pourrait-il en être autrement ?

— Je ne sais pas quand, mais je m'attends à ce que ce soit à tout moment

Sa mère inspira et fit de son mieux pour arborer une expression sereine.

— Alors, nous devons attendre pour voir.

Choquée par leur refus de reconnaître la gravité de la situation, Jane les dévisagea tour à tour.

— N'y a-t-il rien que je puisse dire pour vous convaincre que je suis sérieuse et que mes motivations sont pures ?

— Pur n'est pas un mot que tu devrais utiliser, remarqua son père.

L'espace d'un bref instant, Jane se demanda s'il avait entendu cette vieille rumeur, et s'il la croyait vraie. Elle aurait voulu lui poser la question, mais elle ne pouvait pas. Non, à bien y réfléchir, elle ne voulait pas savoir. Apparemment, son lien avec cette famille était rompu. Ou du moins, son lien avec ses parents. Elle n'abandonnerait pas Anne, surtout en ce qui concernait son mariage. Dès qu'elle aurait la confirmation que Chamberlain avait été arrêté, elle en informerait sa sœur. Et ses parents ne pourraient pas l'en empêcher.

— Excusez-moi, s'il vous plaît, dit Jane, luttant contre l'émotion qui lui obstruait la gorge.

Elle tourna les talons et partit, contournant largement sa mère en sortant.

Lorsque Jane arriva à Cavendish Square, elle était parvenue à s'apaiser, et elle se sentait mieux. Anthony s'était rendu à Bow Street, et, à cet instant, un coureur pouvait être en train d'arrêter Chamberlain.

Elle aperçut la calèche de son amant au bout de la place, et son cœur s'emballa. Son véhicule eut à peine le temps de s'arrêter qu'elle ouvrit la portière et attendit patiemment que le cocher abaisse le marchepied.

Elle descendit, puis monta les marches à toute allure et atteignit la porte au moment où Culpepper l'ouvrait.

— Est-il dans la salle jardin ? s'enquit-elle, dénouant sa coiffe pour la tendre au majordome.

— Oui, mademoiselle.

Jane s'y précipita, retirant ses gants en chemin. Elle les déposa sur une table en entrant. Anthony se tenait devant les portes du jardin ; sa grande silhouette sculptée lui coupa le souffle. Il se tourna lentement, et elle comprit immédiatement que quelque chose n'allait pas.

À petits pas, elle s'approcha de lui, s'arrêtant à quelques centimètres.

— Que s'est-il passé ?

— Je me suis rendu à Bow Street.

Tout le corps de Jane se tendit.

— Ils ne vont pas arrêter Chamberlain, n'est-ce pas ?

Il tourna la tête vers le jardin, où le soleil brillait sur les roses et les arbustes en pleine floraison.

— Pas encore. Sheffield, le coureur, enquête.

— Pourquoi ne l'arrête-t-il pas tout simplement ?

— Parce qu'ils exigent des preuves.

— Mais, ne les leur as-tu pas fournies ?

Elle essaya de réfléchir : son témoignage n'était-il pas suffisant ? Même si ce n'était pas le cas, il avait les lettres.

— Tu as les lettres qu'il t'a écrites. Cela constitue sûrement des preuves. Ou bien, est-ce qu'il doit prouver que les lettres sont bien de Chamberlain, puisqu'il n'a pas signé de son nom ?

Le visage d'Anthony était crispé par l'angoisse et il semblait incapable de maintenir le contact visuel avec elle.

— Ce n'est pas si simple. Nous avons besoin de temps pour trouver d'autres preuves. En plus des lettres. As-tu rendu visite à Anne ?

— Je n'ai pas pu la voir. Mes parents ne m'ont pas laissée le faire.

Jane ne chercha pas à dissimuler son amère déception.

— Vont-ils annuler le mariage ?

— Non. Ils m'ont accusée d'essayer de voler le succès d'Anne, répondit Jane.

Le cœur de la jeune femme se tordit de nouveau alors qu'elle essayait de comprendre comment ils pouvaient avoir si peu d'estime pour elle.

— Je leur ai dit que Chamberlain serait sans doute arrêté par Bow Street aujourd'hui, et ils ont préféré attendre et voir ce qui se passerait, expliqua-t-elle, faisant un pas de plus vers lui. Mais, maintenant, tu me dis qu'il pourrait ne pas être arrêté aujourd'hui. Je ne comprends pas pourquoi ils ont besoin de davantage de preuves. Les lettres qu'il t'a envoyées suffisent sans doute.

— Elles ne suffisent pas ! s'écria-t-il, et sa voix explosa dans la pièce.

Il ferma brièvement les yeux et inspira profondément. Ensuite, il lui fit face, et un torrent d'émotions traversa son regard.

— S'ils se servent des lettres comme preuves, tout le monde apprendra pour mes dettes et la mort de mes parents. Comme l'a dit Sheffield, c'est une question d'archives.

Jane en eut le souffle coupé. Ses genoux flanchèrent.

— Il n'y a pas d'autre moyen ?

— Non, à moins que Sheffield ne trouve d'autres preuves. Cependant, cela ne semble pas bien parti. Je suis allé au Stinking Sheep, où j'ai déposé l'argent qu'il m'avait demandé la première fois. Le tavernier a remis la somme à un gamin, et il n'en sait pas plus aujourd'hui qu'au moment où je le lui ai remis. Impossible de retrouver le petit ni de relier mon argent à Chamberlain. Sheffield peut enquêter sur d'autres indices, mais je doute qu'il procède à une arrestation aujourd'hui, expliqua Anthony, posant un regard angoissé sur elle. Jane, tu dois convaincre ta sœur d'annuler.

— Elle n'en fera rien.

Bien que Jane n'en ait pas parlé à Anne, elle ne pensait pas que sa sœur serait d'accord. Et ses parents ne le permettraient certainement pas.

— Pas sans preuve des crimes de Chamberlain. Il doit y avoir un moyen.

— Je suis également retourné voir le Vicaire, mais il ne recevait pas aujourd'hui, quoi que cela veuille dire. J'espère qu'il pourra fournir d'autres preuves, étant donné qu'il a réussi à remonter jusqu'à Chamberlain.

Anthony s'approcha de Jane et s'arrêta à un souffle d'elle.

— Je ne peux pas laisser les lettres devenir des preuves. Tu le comprends, n'est-ce pas ? C'est toi qui m'as convaincu que je devais protéger Sarah de la vérité. Que je devais penser à elle et à sa famille.

Jane comprenait, tout comme elle comprenait la nécessité de protéger sa propre sœur.

— Tu sacrifierais ma sœur et la laisserais se marier à un criminel pour éviter que la tienne ne découvre tes transgressions passées ?

La question pesait lourd entre eux, un poids terrible de déchirement et de division.

— Non, répondit-il, la voix brisée, détournant à nouveau le regard. J'ai juste besoin de plus de temps.

— Nous n'en avons plus !

Son esprit tenta de reprendre le dessus, mais une fois de plus, le bourbier la tirait vers le bas, l'étouffant.

— Je suis désolé, Jane, murmura Anthony d'un ton sombre, réduisant en miettes les derniers morceaux du cœur de Jane.

Elle regarda au-delà de lui le jardin lumineux, une vision de beauté qui n'avait rien à voir avec les ombres qui l'englou-tissaient. Le bruit de ses pas qui s'éloignaient résonna dans sa tête.

Elle finit par cligner des yeux. Elle regarda tout autour d'elle : la pièce était vide. Un immense sentiment de solitude l'envahit. C'était ce qu'elle avait choisi, en même temps que cette nouvelle vie. Elle avait su qu'elle serait seule, elle s'en était même réjouie. En revanche, elle ne s'était pas attendue à ce que les gens qu'elle aimait lui tournent le dos. C'était la vraie solitude. C'était le désespoir.

C'était son avenir.

❧

Ce soir-là, lorsque Anthony entra chez White, il était déjà ivre, ce qui le réjouissait. L'engourdissement familier avait pris le dessus, et il pouvait presque sourire. Presque.

Malheureusement, il pouvait encore voir la douleur et la déception dans les yeux de Jane. Son regard avait failli le briser. Et il l'aurait fait sans la grande quantité de cognac qu'il avait ingurgitée.

Il lui avait dit qu'elle méritait mieux que lui. Ne le lui

avait-il pas dit ? Bon sang ! C'était tellement évident ! Elle était tout ce qu'il n'était pas : généreuse, gentille, attentionnée. Il l'avait souillée par sa présence, et elle se porterait bien mieux sans lui.

Il n'avait pas le temps pour de telles pensées larmoyantes. Il en aurait suffisamment pendant le reste de sa misérable existence. Maintenant, il devait trouver Chamberlain et empêcher ce mariage. Il devait bien cela à Jane.

Après avoir fait plusieurs fois le tour du club, Anthony finit par dénicher Chamberlain dans l'un des plus petits salons. Il se faufila jusqu'à l'endroit où l'homme était assis à discuter avec un autre gentleman.

— Chamberlain, dit Anthony en essayant de se montrer affable. Pourrais-je te dire un mot ?

— Colton, cela fait bien longtemps. Pourquoi ne pas t'asseoir avec nous ? proposa-t-il, indiquant d'un geste le fauteuil libre à côté de lui.

Anthony jeta un regard à l'autre homme avant de fixer Chamberlain.

— Je crains d'avoir besoin d'une conversation privée.

— Je vois, répondit Chamberlain, qui acquiesça, puis regarda l'autre homme. Pourriez-vous nous excuser ?

— Bien sûr.

L'homme, qui avait quelques années de moins que Chamberlain et Anthony, se leva et inclina la tête avant de quitter le salon.

Colton se retourna et le regarda partir, tout en faisant le compte des personnes restées dans le salon. Quelques gentlemen étaient regroupés dans un coin de l'autre côté de la pièce.

Se laissant tomber dans le fauteuil, Anthony se percha sur le bord et se tourna vers Chamberlain.

— Je suis venu te rappeler à l'ordre.

Les yeux bruns de Chamberlain s'écarquillèrent.

— Tu veux te battre en duel ?

Bon sang ! Ce n'était pas ce qu'il voulait dire.

— Non, mais je n'aimerais pas que nous en arrivions là, répondit Anthony, posant les yeux sur l'horloge du manteau de la cheminée. Tu remarqueras que je n'ai pas payé ton extorsion avant l'heure limite. Dis-moi, que prévois-tu de faire ?

— Que diable es-tu en train de raconter ? murmura Chamberlain, jetant des coups d'œil dans la pièce avant de fixer Anthony d'un regard noir. Tu es ivre.

— Oui, c'est souvent le cas. J'ai découvert que c'était une meilleure manière de traverser l'existence, en particulier lorsque l'on se fait extorquer de l'argent.

— Je ne t'extorque rien.

Chamberlain parlait d'une voix basse et insistante, et il balayait nerveusement la pièce du regard. Anthony agita la main et secoua la tête.

— Non, non, ne faisons pas semblant. Tu m'as conduit au Vicaire, et lui m'a conduit à toi. Je sais que tu es à l'origine des lettres d'extorsion que j'ai reçues.

Les narines de Chamberlain se dilatèrent, et sa mâchoire se crispa.

— Prouve-le.

— J'y travaille, mais tu pourrais m'épargner cette peine en l'admettant tout simplement. J'ai montré les lettres à Bow Street.

Chamberlain jura, puis se passa la main dans les cheveux, le regard furieux. Anthony se réjouit quelque peu de son malaise.

— Alors, tu as versé l'argent pour rien ? demanda Chamberlain. Tu vas laisser tes méfaits devenir publics ?

Il posa un regard plein de pitié sur Anthony. Celui-ci enroula la main autour de l'accoudoir de son fauteuil et le serra jusqu'à ce qu'il ne sente plus ses doigts.

— *Avoue.*

Levant une épaule, Chamberlain prit son verre de cognac sur la table à côté de son siège et en but une longue gorgée.

— Je pense que tu devrais te contenter de me payer les trois cents livres. Et tout disparaîtra.

Anthony serra les dents, s'efforçant de se maîtriser. Il avait envie d'abattre son poing sur la mâchoire de Chamberlain.

— Jusqu'à la prochaine fois que tu voudras de l'argent.

— Je promets de ne plus jamais t'ennuyer. Avons-nous un accord ? Personne n'a besoin d'apprendre pour tes dettes ou tes parents, ajouta-t-il au bout d'un moment, voyant qu'Anthony ne répondait pas immédiatement.

— Pourquoi veux-tu cet argent, d'ailleurs ? Tu en possèdes beaucoup. Même pour une nouvelle maison.

— Considère cela comme un cadeau de mariage, répliqua Chamberlain en riant doucement, puis il but une nouvelle gorgée.

— Je *devrais* te défier en duel, grogna Anthony.

— Je suis plutôt doué avec un pistolet, répondit le gredin avec une assurance tranquille. Et toi ?

— Assez doué, et je suis sûr que mon second, Ripley, veillera à ce que je sois le plus performant possible.

Marcus était réputé pour sa précision au pistolet. La façade de Chamberlain se fissura un peu, et son expression s'assombrit.

— Il te suffit de payer pour qu'on en finisse.

Cette invitation était aussi séduisante qu'elle était répugnante. Le fait qu'Anthony soit tenté ne faisait que multiplier le dégoût qu'il éprouvait pour lui-même. Il l'aurait fait s'il n'y avait pas eu la sœur de Jane. En fait, il aurait payé davantage si Chamberlain avait également accepté d'annuler le mariage. Mais s'il se désistait, cela ferait plus de mal à Anne qu'à lui. La réputation de la jeune femme en souffrirait, et Anthony ne pouvait pas lui faire une telle chose, pas après ce que Jane avait dû endurer au sujet de la sienne. La seule façon de la préserver était de faire en sorte que les crimes de Chamberlain soient connus de tous. Ou qu'il soit arrêté. De préférence les deux.

Chamberlain termina son cognac, posa son verre, puis se leva. Il tira son gilet sur sa taille qui s'épaississait et redressa sa veste, posant un regard empreint de dégoût sur Anthony.

— Réfléchis. Je te laisse jusqu'à demain pour te décider. Ce sera *vraiment* un cadeau de mariage, alors, dit-il en posant une main sur l'épaule d'Anthony.

Celui-ci se leva d'un bond, repoussant violemment la main de l'autre homme. Il toisa Chamberlain d'un air menaçant, les poings serrés, prêt à se battre.

— Touche-moi encore, et il n'y aura vraiment pas de mariage demain. Tu ne pourras pas parler, et encore moins consommer le mariage avec ton épouse.

— Veux-tu vraiment te battre ici ? l'interrogea-t-il, regardant autour de lui. Réfléchis bien avant de totalement ruiner ta réputation, Colton.

Anthony se tourna, balançant son épaule contre Chamberlain et le déséquilibrant avant de quitter le salon à grandes enjambées. Il passa devant un valet de pied portant un plateau avec des boissons et il en prit une. Avalant le porto d'un trait, Anthony déposa le verre vide sur une table avant de se diriger vers la sortie.

L'air frais du soir fouetta son visage brûlant. Il ferma brièvement les yeux, essayant de dissiper un peu de sa colère et de son impuissance. Cependant, son dégoût de lui-même persistait. Il serait toujours là. Il n'allait même pas essayer de s'en débarrasser.

Se passant une main sur le visage, il remonta St James Street et faillit percuter Marcus.

— Oh là, Anthony ! s'exclama son ami. Que faisais-tu chez White ?

Le Brooks était leur club favori.

— Je devais voir quelqu'un.

Marcus fronça les sourcils, mais il y avait de l'inquiétude dans son regard, éclairé par le réverbère.

— Harry Sheffield est venu me voir. Il m'a dit que tu pourrais avoir besoin d'un ami. Quand je te vois, je me dis qu'il a raison.

— Je ne mérite pas d'amis, répliqua Anthony en le dépassant pour remonter le trottoir.

— Cela inclut-il Jane ?

Marcus lui emboîta le pas, marchant à ses côtés au même rythme que lui. Anthony se renfrogna, mais garda les yeux rivés droit devant lui.

— Laisse-la en dehors de ça.

Marcus saisit le coude de son ami, l'obligeant à s'arrêter.

— Je ne peux pas. Phoebe et moi tenons à elle. Nous ne te laisserons pas lui briser le cœur.

Oh, mon Dieu ! Que savaient-ils ? Anthony se retourna face à Marcus, se défaisant de sa prise.

— Pourquoi crois-tu que je ferais cela ? En as-tu discuté avec Phoebe ?

— Oui. Jane lui a parlé de votre liaison.

Anthony eut l'impression que tout s'écroulait autour de lui. Il avait déjà bien du mal à tenir le coup, car il avait été heureux pendant une période qui lui avait semblé incroyablement courte. Mais il avait toujours su que cela ne durerait pas, parce qu'il ne méritait pas le bonheur. Cependant, il ignorait que Jane était revenue sur sa parole et qu'elle avait parlé de lui à Phoebe.

Et en quoi le cœur de Jane était-il impliqué ? Anthony l'avait avertie dès le début qu'il ne tomberait pas amoureux d'elle.

— Ne sois pas en colère, lui dit Marcus.

— Ne me dis pas ce que je dois être. Et ne me suis pas. Je suis sérieux, Marcus.

Anthony se détourna de son ami et recommença à marcher.

Une légère bruine tomba quelques minutes plus tard, mais il n'accéléra pas. Il n'était même pas sûr de savoir où il allait. Il fut donc plutôt surpris de se retrouver à Cavendish Square.

Il n'alla pas jusqu'à sa porte, mais il se faufila le long des écuries pour rejoindre son jardin. Il ignorait l'heure qu'il était, mais, selon son estimation, c'était après le dîner. Effectivement, Jane était dans la salle jardin lorsqu'il atteignit la porte.

Anthony appuya sur le loquet, qui n'était pas verrouillé, et il entra. Elle se leva de son fauteuil près de l'âtre, sans manifester la moindre surprise. Il s'approcha d'elle et prit son verre de porto qu'il vida d'un trait avant de le reposer sur la petite table.

Il pivota pour lui faire face.

— Tu es revenue sur ta parole.

— Toi aussi, répondit-elle sans ciller.

— Comment cela ?

Elle l'examina lentement, minutieusement, la bouche pincée.

— Tu es ivre.

— Je n'ai jamais dit que je ne me saoulerais pas. J'ai dit que je ne boirais pas pendant que j'étais ton invité.

— Alors, peut-être devrais-tu t'en aller.

Anthony se pencha vers Jane.

— T'inquiètes-tu vraiment du fait que je sois en état d'ébriété ?

— Je m'inquiète du fait que tu te détestes suffisamment pour boire autant, et régulièrement. Je suppose que je devrais être heureuse que tu ne sois pas blessé et plein de sang.

— En fait, tu devrais. Cela aurait parfaitement pu se produire ce soir. Cela pourrait encore arriver.

Il avait vraiment envie d'infliger de sérieuses blessures à Chamberlain.

— En quoi suis-je revenue sur ma parole ? l'interrogea Jane, le ramenant au début de leur conversation.

— Tu as parlé de moi à Phoebe. Alors que je t'avais expressément demandé de ne pas le faire.

— En fait, tu m'as demandé de ne pas le dire à Marcus. Tu m'as également demandé de ne pas lui parler de ta bagarre. Je ne lui ai rien révélé du tout, et je n'ai pas mentionné la bagarre à Phoebe. C'est à moi de décider à qui je parle de notre liaison.

— C'est aussi à moi de le faire, Jane. Ta réputation n'est pas la seule en jeu.

La jeune femme écarquilla les yeux et laissa échapper un bref rire.

— Tu es en train de me dire que tu te soucies de ce que les gens pensent de tes partenaires sexuelles *maintenant* ?

— Culbuter des prostituées n'a rien à voir avec le fait d'entretenir une liaison avec une lady comme toi, et tu le sais !

Il grimaça intérieurement devant la grossièreté de son propre langage. Jane le regarda fixement, puis hocha la tête.

— Tu as raison. Et tu as essayé de me repousser. De façon répétée.

Anthony détestait entendre le vide dans sa voix, voir le vide dans ses yeux.

— Je suis désolé, Jane. Je me *fiche* de ma réputation. Je suis un véritable réprouvé et tout le monde le sait, y compris toi. J'ai vu Chamberlain ce soir. Cela ne s'est pas bien passé.

Il se détourna de Jane, retira son chapeau et se passa les doigts dans les cheveux. Où diable avait-il laissé ses gants ?

— Que s'est-il passé ?

Il se tourna à nouveau face à elle, et il lut l'inquiétude sur son visage. La culpabilité l'envahit.

— Il a promis que, si je le payais, il ne s'en prendrait plus à moi.

Elle pâlit, le souffle coupé.

— Tu l'envisages. Qu'en est-il d'Anne ?

— Elle peut faire marche arrière.

Anthony fut parcouru d'un frisson. À cet instant, il sut que, quoi qu'il arrive, il ne pourrait pas revenir de cet endroit, de ce désespoir total.

— Je me fiche de ma réputation, je te l'ai dit, mais je ne peux pas faire subir tout cela à Sarah. C'est toi qui m'en as convaincu.

— J'aimerais ne jamais l'avoir fait, répondit Jane d'une voix douce. Sarah est plus forte que tu ne le penses. Elle comprendrait pourquoi tu ferais une telle chose. Pour *ma* sœur. Et sa réputation.

— Je ne lui demanderai pas une telle chose. Je ne peux pas.

La voix d'Anthony se brisa, et il regarda le jardin sombre derrière elle, le corps envahi par une tension qui menaçait de le faire éclater en morceaux.

— Je n'avais jamais remarqué que tu étais un lâche.

Il planta son regard dans celui de Jane.

— Tu aurais dû t'en rendre compte au moment où tu m'as ramassé sur ton perron. Je t'ai dit dès le départ qui j'étais, et à quoi t'attendre.

Le regard de la jeune femme se changea en glace ; Anthony eut l'impression qu'il ne retrouverait plus jamais la chaleur.

— Tu as omis de préciser que tu étais une crapule au cœur froid.

Il ne voyait plus qu'une seule chose à dire, et il n'était même pas certain de croire que c'était vrai.

— Sarah est tout ce qui me reste.

Les yeux de Jane s'écarquillèrent légèrement avant de redevenir glacials.

— Et dire que j'avais espéré que tu savais que tu avais plus que cela. Tu m'avais, moi.

La tête haute, elle passa devant lui et quitta la pièce. Il resta là, le corps figé, jusqu'à ce qu'il sente quelque chose pousser contre sa jambe. Baissant les yeux, il vit les chatons s'attaquer à son pied. Il avait peut-être effectivement plus qu'il ne le croyait. Ou il *avait eu*, en tout cas.

S'accroupissant, il caressa les deux petites. Lorsqu'il se releva, il balaya la pièce du regard, le cœur serré et la gorge brûlante. Il se dirigea vers la porte et adressa un petit sourire aux chatons.

— Si vous pouviez parler, je vous demanderais de lui dire que je l'aime, soupira-t-il, la voix rauque. C'est probablement mieux que vous n'en soyez pas capable.

Il se tourna et partit, convaincu que Jane possédait désormais ce qui restait de son cœur.

CHAPITRE 16

*J*ane aurait été surprise si elle avait dormi une heure. Tourmentée par le rejet d'Anthony et de sa détermination à se détruire lui-même, elle avait failli se rendre chez lui pour s'assurer qu'il allait bien. Pour lui dire qu'il s'en sortirait, qu'il n'avait pas le choix. Parce que même s'ils n'étaient pas ensemble, elle l'aimait. Même s'il était prisonnier de son propre désespoir au point de n'être pas capable de faire ce qu'il devait, elle l'aimait.

Mais il ne voulait pas de son amour. C'était peut-être pour cela qu'il avait choisi de lui briser le cœur.

La calèche de Jane s'arrêta devant l'église. La pluie ruisselait comme des larmes sur les vitres, et Jane fut heureuse de constater que ses yeux étaient secs après ses pleurs de la nuit précédente.

Inspirant profondément pour se fortifier, elle attendit que le cocher ouvre la portière. Il tint un parapluie au-dessus de sa tête jusqu'à ce qu'elle passe entre deux des hautes colonnes corinthiennes et pénètre sous le portique couvert de l'église Saint-Georges.

— Je vous attends ici, mademoiselle, lui dit l'homme.

Jane acquiesça et pénétra dans le vestibule. Le trouvant vide, elle se dirigea vers le sanctuaire. Anne et ses parents se tenaient un peu plus loin dans l'allée centrale.

— Jane ! s'exclama son père en colère en s'avançant vers elle, les sourcils froncés. Nous t'avions dit de ne pas venir !

— Vous m'avez dit de faire beaucoup de choses, et, comme vous l'avez remarqué, j'ai décidé de suivre plutôt mon propre conseil, rétorqua-t-elle, puis elle posa les yeux sur sa sœur. Anne, il faut que je te parle.

— Non, tu ne peux pas, intervint sa mère qui se plaça devant sa fille.

La sœur de Jane la contourna et s'approcha. Elle lança un regard irrité à leurs parents.

— Laissez Jane tranquille ! Je veux qu'elle soit là. Elle *devrait* être là.

Jane eut les larmes aux yeux en voyant sa sœur. Parée d'une robe bleu pâle garnie de petites perles et de fleurs brodées, ses boucles blondes entrelacées de perles et de rubans bleus et blancs, elle était époustouflante.

— Tu es magnifique.

Le regard d'Anne s'adoucit, et elle prit la main de Jane.

— Merci. Je suis tellement contente que tu sois là !

Une femme d'un certain âge, aux joues rouges et au sourire agréable, s'approcha d'eux.

— Venez, passons à l'arrière. Les invités commencent à arriver.

Elle les mena le long de l'allée centrale, puis dans une pièce sur le côté droit. Donnant une petite tape sur le bras d'Anne, elle lui dit :

— Ce ne sera plus très long.

Puis elle retourna dans le sanctuaire.

Poussée à agir, Jane resserra sa prise sur la main de sa sœur et se tourna vers elle.

— Écoute-moi, Anne. Tu ne peux pas épouser M. Chamberlain.

— Cesse tout de suite ! s'écria leur mère. Tu ne ruineras pas la vie de ta sœur comme tu as gâché la tienne ! Cette union est idéale, et tu aurais dû en faire une semblable, il y a bien des années. Ta jalousie est épouvantable !

Jane lui lança un regard accablé.

— Je ne suis pas jalouse, maman. Je ne voudrais pas de Chamberlain même s'il était le dernier homme sur terre.

— Pourquoi pas ? s'enquit Anne d'un ton prudent.

— Parce que c'est un extorqueur. Et qu'il fréquente des criminels. C'est une personne horrible, Anne.

— Écoutez-la.

Jane tourna brusquement la tête vers l'embrasure de la porte. Anthony se tenait juste à l'intérieur, tout de noir vêtu, le visage pâle, les cheveux plaqués en arrière. En dépit de sa colère et de sa douleur, le pouls de Jane s'emballa à sa vue.

— Lord Colton ?

Son père s'était tourné vers sa voix comme sa fille l'avait fait, ainsi que sa mère et Anne. Anthony s'avança dans la pièce. Il ne regarda pas Jane, gardant les yeux rivés sur son père.

— Vous devez écouter votre fille. Chamberlain est un extorqueur et il fréquente effectivement des criminels. Je le sais parce qu'il m'a envoyé chez un prêteur clandestin afin que je puisse emprunter de l'argent pour rembourser mes dettes de jeu considérables. Il m'a ensuite soutiré de l'argent avec cette information scandaleuse.

— C'est absurde, cracha le père de Jane.

Anthony haussa un sourcil.

— Me traitez-vous de menteur, monsieur ?

La mâchoire de l'autre homme se crispa. Il baissa brièvement la tête vers le sol.

— Non. Mais pourquoi Chamberlain ferait-il une telle chose ?

— Je n'en suis pas tout à fait certain, mais cela n'a guère d'importance. Peut-être aime-t-il simplement exercer un pouvoir sur les gens ; il n'avait certainement pas besoin des deux cents livres que je lui ai payées, ou des trois cents qu'il a exigé que je lui remette aujourd'hui en guise de cadeau de mariage.

Anthony s'interrompit, puis jeta un regard compatissant à Anne.

— Je suis désolé.

Jane serra la main de sa sœur pour lui montrer son soutien, tout en regardant Anthony avec incrédulité.

— J'espérais que Bow Street arriverait pour arrêter Chamberlain, mais je n'ai pas pu trouver de coureur ce matin. J'ai toutefois laissé un mot. Ainsi que les preuves : les lettres que Chamberlain m'a envoyées décrivant mes transgressions et demandant que je le paie pour qu'il les garde secrètes.

La femme plus âgée revint, les traits crispés, dans un état d'agitation évident.

— Je suis désolée de vous déranger, mais il semble y avoir un problème dans le sanctuaire. Des coureurs de Bow Street sont arrivés.

Le père de Jane passa devant Anthony et la femme. Anne lâcha la main de sa sœur et le suivit, sa mère sur les talons.

Jane s'approcha d'Anthony, se plaçant juste devant lui.

— Pourquoi ?

Elle ne voyait pas quoi lui demander d'autre.

— Je ne pouvais pas la laisser l'épouser… quel qu'en soit le prix.

— Lâchez-le ! s'exclama le père de Jane, dont la voix retentit dans le sanctuaire.

La jeune femme remonta ses jupes et se précipita hors de la pièce. Elle entendit Anthony bouger derrière elle.

Dans l'allée centrale, deux hommes encadraient Chamberlain, dont le visage était d'un rouge sombre et tacheté. Il posa les yeux sur Colton.

— Toi !

Plusieurs invités étaient arrivés. Ils se tenaient plus loin dans l'allée centrale, captivés par la scène choquante qui se déroulait devant eux.

— Vous ne pouvez pas l'arrêter à son propre mariage ! s'écria le père de Jane, la voix emplie de colère.

Jane le regarda, bouche bée.

— Tu préfères qu'il épouse Anne ?

— Voilà ce qu'il m'a écrit, annonça Anthony, dont la voix résonnait clairement dans l'église. *Je sais ce que vous avez fait, comment vous avez tué vos parents. À moins que vous ne souhaitiez que tout le monde apprenne vos péchés, j'exige deux cents livres, à remettre au barman du Stinking Sheep à Blackfriars. Vous devrez vous charger vous-même de la livraison le dix-sept mai, sinon tout le monde à Londres connaîtra* les détails embarrassants et sordides *de vos transgressions, que ce soit le jeu, la boisson, la séduction, mais* surtout, *le meurtre.*

Il se tourna vers le père de Jane.

— Voulez-vous vraiment que votre fille épouse l'auteur d'un tel texte ?

Le visage de son père prit une couleur de cendre et, à ce moment-là, Jane eut pitié de lui. Mais la fierté et l'amour qu'elle éprouvait pour Anthony l'emportèrent sur toutes les autres émotions qui bataillaient en elle.

— De toute façon, il ne peut pas épouser votre fille, annonça l'un des coureurs. Nous l'emmenons à Bow Street.

Chamberlain railla Anthony.

— Tu viens de te ruiner. Tu ne pourras pas t'en remettre.

— Dans tous les cas, il n'y avait pas de retour en arrière possible, murmura Anthony. J'étais déjà perdu.

Le cœur de Jane, brisé après la soirée de la veille, se gonfla tandis qu'elle le regardait. Il tourna la tête, et leurs yeux se croisèrent. Il arbora un petit sourire.

— Je suis vraiment désolé, Jane. Mon plus grand regret sera toujours la façon dont je t'ai traitée.

Puis il se tourna et partit dans l'allée latérale. Elle le regarda partir. Elle brûlait d'envie de le suivre, mais elle était comme clouée au sol alors que tout s'écroulait autour d'elle. Sa mère se mit à pleurer, et son père s'approcha d'elle.

— Colton était ton ami qui se faisait extorquer de l'argent ? J'imagine bien quel genre d'*ami* il était.

Une horrible prise de conscience s'opéra en elle.

— Tu étais au courant de cette rumeur ! s'exclama Jane, qui en était certaine à présent. Et tu y as *cru* !

Anne vint à côté d'elle.

— *Cette* rumeur ?

Jane hocha imperceptiblement la tête.

— Celle qui disait que j'étais une dévergondée et qu'aucun jeune homme respectable ne devrait m'épouser, lança-t-elle, des larmes lui brûlant les yeux. C'était un mensonge, papa. Lancé par je ne sais qui.

— C'est lui qui l'a lancé.

Tout le monde se tourna pour voir qui avait parlé. Il s'agissait de lord Rockbourne, le beau-frère de Chamberlain. Sa femme, Dorothea, lady Rockbourne, se précipita à ses côtés et lui murmura quelque chose d'urgent.

Lord Rockbourne leva la main et regarda son épouse d'un air renfrogné, puis il se tourna vers Jane, l'air désolé.

— J'aurais dû savoir que ce n'était pas vrai. Vous étiez une jeune femme si charmante et intelligente, si vive. Vous m'aviez séduit.

Anne s'avança vers son fiancé.

— Est-ce vrai ? Est-ce toi qui as lancé cette rumeur ignoble et dégoûtante sur ma sœur ?

Chamberlain fit un signe du menton vers sa propre sœur, lady Rockbourne.

— Elle m'a supplié de le faire. Elle voulait Rockbourne, et elle craignait qu'il ne soit sur le point de faire officiellement la cour à ta sœur.

— Alors, tu as ruiné la réputation de Jane ? s'exclama Anne, dont la voix s'éleva et résonna dans le sanctuaire.

Puis elle fit la chose la plus troublante, la plus choquante, la plus merveilleuse qui soit : elle frappa son fiancé au nez.

La tête de Chamberlain bascula en arrière, et il poussa un hurlement de douleur.

— Je ne t'épouserais pas même si j'avais un pistolet sur la tempe, et je me fiche éperdument que cela ruine ma réputation ! Si la bonne société considère qu'il vaut mieux que j'épouse un menteur, un extorqueur, une véritable ordure, je préfère être une paria, merci bien !

Anne revint à grands pas vers sa sœur et lui prit la main.

Les coureurs traînèrent Chamberlain dans l'allée. Tous les invités qui étaient arrivés et s'étaient rassemblés s'écartèrent, bouche bée. Voilà qui allait faire jaser pendant *un bon moment.*

Jane adressa un sourire rayonnant à sa sœur. Puis elle lança un regard de pur dégoût à lady Rockbourne, qui était, comme il se devait, abattue. Rockbourne, quant à lui, semblait absolument fou de rage. Il s'éloigna de sa femme et descendit l'allée jusqu'à l'endroit où Anne se tenait auprès de Jane.

— Je vous présente mes plus sincères excuses, dit-il en s'inclinant devant cette dernière. Quand je pense à ce qui vous a été volé, à ce qui *nous* a été volé…

Jane acquiesça alors qu'un amalgame de sentiments lui

obstruait la gorge. Mais l'un d'eux prit le dessus sur tous les autres. Elle sourit à lord Rockbourne.

— En l'occurrence, je crois avoir reçu un cadeau, qui a mis quelques années à se concrétiser, mais qui est plus grand que tout ce que j'aurais pu espérer.

En vérité, elle se sentait plus attristée pour Rockbourne et sa situation actuelle qu'elle ne le serait jamais pour elle-même. Le vicomte se retourna et repartit auprès de sa femme ; la prenant par le bras, il la raccompagna prestement hors de l'église.

Le père de Jane passa un bras autour de son épouse, et ils retournèrent dans la salle au fond du sanctuaire, laissant Jane et Anne s'occuper des répercussions de ce qui venait de se passer.

Cette dernière haussa la voix.

— À l'évidence, il n'y aura pas de mariage, pas plus qu'il n'y aura de petit déjeuner de mariage.

Elle adressa ensuite un regard à Jane, puis ajouta en souriant à tout le monde :

— Merci d'être venus.

Jane faillit rire tant sa dernière phrase était absurde. Elle se rendit alors compte qu'elle voulait elle aussi dire quelque chose. S'adressant aux invités, elle déclara :

— J'espère qu'aucun d'entre vous n'en tiendra rigueur à ma sœur. Mlle Anne Pemberton n'a absolument rien à se reprocher dans cette affaire, et sa réputation ne doit pas être entachée.

— Et celle de Jane non plus, intervint sa sœur, coulant un regard malicieux à sa sœur. La société lui doit des excuses pour avoir cru à un odieux mensonge.

— Hourra, hourra ! s'écria quelqu'un, et Jane se rendit compte qu'il s'agissait de Phoebe.

Elle se tenait au fond du sanctuaire avec son mari.

Jane rit doucement, levant la main pour couvrir sa

bouche alors que des larmes commençaient à rouler sur ses joues. Anne l'entoura de ses bras.

— Ne pleure pas, Jane. Tout cela a merveilleusement bien tourné. Pour nous deux.

Jane se tourna vers sa sœur, s'essuyant les joues.

— Tu ne le vois donc pas ? Cela ne s'est pas bien passé du tout ! L'homme que j'aime a ruiné sa réputation. Pire encore, il a fait face à ses démons, et personne n'est là pour le protéger. Le cœur battant à tout rompre, Jane serra sa sœur dans ses bras, très fort et très vite.

— Je dois y aller.

Anne acquiesça.

— J'espère qu'il est conscient de tout ce que tu lui apportes.

— Je l'espère aussi.

❧

$\mathcal{E}$n revenant de Saint-Georges, Anthony se rendit directement dans son bureau, avec l'intention de se servir un verre de ce qu'il trouverait en premier. Avant qu'il n'y parvienne, Purcell l'intercepta avec une lettre.

— Ceci vient d'arriver pour vous, my lord.

L'écriture de Sarah sauta aux yeux d'Anthony. Il entra dans le bureau et s'assit près de l'âtre. Ouvrant le parchemin, il en lut lentement le contenu et sourit même à un moment. La fin, cependant, lui glaça les sangs.

J'espère que tu viendras nous rendre visite. J'ai vraiment hâte que tu rencontres Marianne. Viendras-tu bientôt à Oaklands ? S'il te plaît, écris-moi quand tu le pourras.

Anthony n'était pas retourné à Oaklands depuis l'été précédent. Le voyage avait failli le briser. Le simple fait d'em-

prunter la route sur laquelle ses parents avaient été assassinés l'avait plongé dans une affreuse spirale de chagrin et de
colère. Pour être honnête, il ignorait quand il y retournerait.

Il pourrait rendre visite à Sarah et Felix, et rencontrer
Marianne à Stag's Court. C'était proche d'Oaklands, et il
pourrait s'y rendre par un autre chemin. Cela prendrait plus
de temps, mais c'était un maigre prix à payer, et peut-être
nécessaire.

Pourquoi ne pas prendre cette route vers Oaklands ?

Anthony avait envie de s'insurger contre cette voix qui
résonnait dans sa tête. Stag's Court ne lui rappelait pas ses
parents, qui n'y étaient d'ailleurs pas enterrés.

Son esprit fit l'impensable : il suivit le chemin emprunté
par ses parents. Il les imagina dans leur calèche — qu'il avait
fait détruire après leur mort — en train de profiter de leur
voyage. Ou pas. Peut-être avaient-ils passé le trajet depuis
Londres à discuter de leur mécontentement vis-à-vis d'Anthony. De ses dettes de jeu à son incapacité à prendre femme,
en passant par son refus de se rendre à Oaklands pour traiter
des questions relatives au domaine, il les avait profondément
déçus.

Qu'avaient-ils fait lorsque le bandit de grand chemin les
avait rattrapés ? Le brigand avait tiré sur le cocher, mais sans
le tuer. L'homme était resté inconscient et n'avait aucun
souvenir. Anthony l'avait mis à la retraite avec une bourse
bien remplie.

Fermant les yeux, Anthony laissa libre cours à son imagination, ce qu'il n'avait pas fait depuis longtemps. Il songea à
sa mère, à ses yeux bleu-gris qui pouvaient se révéler froids
et exigeants, mais aussi chaleureux et bienveillants. Et à son
père, dont les traits étaient très proches des siens. Parfois,
lorsqu'il se regardait dans le miroir, il voyait son père. Dans
ces moments-là, il ne manquait jamais de détourner les yeux.

Le bandit de grand chemin leur avait-il dit pourquoi il

était là ? Que son but était d'intimider Anthony de sorte qu'il paie sa dette ? Son père était au courant, car il avait refusé de lui fournir les fonds nécessaires pour la combler. Quand il songeait à ce qui avait dû traverser l'esprit de son père à ce moment-là...

Avait-il été abattu le premier, ou bien était-ce sa mère ? Il espérait que c'était elle, car il n'aimait pas imaginer l'horreur qu'elle aurait pu ressentir en voyant son mari se faire abattre en premier. Mais il pensa ensuite à son père assistant à la mort de son épouse, si elle était morte immédiatement, et une douleur transperça le ventre d'Anthony.

Et s'ils n'étaient pas morts immédiatement ? Ou si l'un d'entre eux était décédé sur le coup, et que l'autre avait senti la vie lui échapper lentement ? Et s'ils s'étaient étreints au moment de leur mort ? Les possibilités se succédaient dans son esprit jusqu'à ce qu'il craigne de devenir fou. S'il ne l'était pas déjà.

Avec un cri d'angoisse, il froissa la lettre de sa sœur et la jeta dans l'âtre. Le corps tremblant, il se leva et balaya violemment tout ce qui se trouvait sur le manteau de la cheminée. Puis il se dirigea vers son bureau et fit de même. Le souffle court, il regarda le buffet et se demanda s'il devait tout casser ou boire jusqu'à la dernière goutte. Si la première option lui semblait la plus satisfaisante à ce moment-là, la seconde était la décision la plus intelligente. Cela faisait longtemps qu'il ne s'était pas plongé aussi profondément dans l'enfer, car il s'était maintenu dans un état d'engourdissement. Et c'était de loin préférable à cela.

Il s'avança vers le buffet et saisit une carafe.

— Anthony, non.

La voix de Jane était comme un baume qui aurait dû l'apaiser. Mais après ce qui s'était passé à l'église... Non, après ce qu'il lui avait fait avant cela, sa seule présence ne faisait que l'enfoncer davantage dans son désespoir.

Il se retourna, la main sur la carafe.

— Tu ne devrais pas être ici.

Sa voix était basse et rauque, et le simple fait de contempler sa beauté depuis l'antre de sa propre laideur lui faisait mal.

Jane entra dans le bureau et referma la porte derrière elle. Elle retira lentement son chapeau, puis ses gants, les posant sur la chaise qu'il avait quittée. Regardant autour d'elle le désordre qu'il avait créé, elle ne dit pas un mot. En tout cas, pas à ce sujet.

Jane fit un geste du menton vers le buffet.

— As-tu envie d'être engourdi, ou as-tu envie de ressentir ? Moi, je préfère ressentir, car si je ne le faisais pas, je ne t'aimerais pas, et c'est absolument inconcevable pour moi.

La tourmente qui habitait Anthony atteignit son paroxysme.

— Tu ne peux pas m'aimer. Je t'ai dit de ne pas le faire.

— En réalité, tu as dit que tu ne m'aimerais pas.

Elle parlait d'un ton égal, ce qui n'était pas du tout ce qu'il voulait. Il voulait sa colère, sa déception, sa haine. Ne méritait-il pas tout cela ? Ne l'avait-il pas *amplement mérité* ?

— Je n'ai jamais promis de ne pas tomber amoureuse de toi.

Anthony saisit la carafe, mais ne la souleva pas.

— S'engourdir est plus facile.

Jane s'avança vers lui, inclinant doucement la tête vers la droite.

— C'est sans doute vrai, mais est-ce mieux que de ressentir ? Ce n'est certainement pas mieux que l'amour.

Il lâcha la carafe et se tourna vers elle, s'élançant vers elle, envahi par la rage.

— L'amour s'accompagne de douleur et de déception ! C'est le comble du malheur. Je ne veux pas de ça, Jane. Je ne peux pas, gémit-il.

Ses jambes faiblirent, et il tendit la main derrière lui pour attraper le buffet et ne pas tomber.

— *Je ne peux pas.*

Jane se précipita, posant une main sur sa taille et l'autre sur sa joue. Sa peau le brûla, lui rappelant qu'il ressentait *vraiment* des choses, même s'il ne le voulait pas.

— Bien sûr que l'amour peut faire mal, mais la douleur n'en vaut-elle pas la peine ? Pour moi, si, dit-elle d'une voix douce.

Incapable de se tenir debout plus longtemps, Anthony se laissa tomber à genoux devant elle. Il recouvrit la main de Jane sur sa joue, puis il agrippa sa hanche de l'autre. Il leva sur elle des yeux emplis d'émotion.

— Oui, je préférerais ressentir, gémit-il. Je n'arrive pas à m'*arrêter* de ressentir. Et tout cela, c'est à cause de toi. Pour toi. Je t'aime *tellement.*

Ses doigts la serrèrent plus fort. Jane lui sourit, et, avec son pouce, elle essuya une larme qui roulait sur sa joue.

— Je m'en doutais. Je l'*espérais.*

— Je ne voulais pas. Pas du tout. Et je ne veux vraiment pas que tu m'aimes, lui dit-il, éloignant la main de la jeune femme de son visage pour la serrer fort. Je ne te mérite pas, Jane.

— Je ne suis pas d'accord, et, de toute manière, l'amour n'est pas une question de mérite. Nous ne choisissons pas qui nous aimons… ou peut-être que si, parce que je t'ai choisi, affirma-t-elle en lui serrant la main, le regard empreint d'amour. Nous avons convenu d'aller de l'avant *ensemble*, et je suis toujours là, prête à le faire. Toi et moi.

La lumière qu'elle lui apportait toujours sembla soudain plus brillante, ou l'obscurité moins grande. La douleur en lui se contracta, laissant une sensation de tension dans son sillage. Mais aussi un fil d'espoir.

Anthony embrassa la paume de Jane avant de la relâcher,

puis il se leva, et passa une main sur son visage. Les larmes s'étaient taries, et il éprouvait un calme apaisant.

— C'est ce que je veux, dit-il doucement. Je *te* veux. Mais je dois m'assurer que j'en vaux la peine. Ce n'est pas le cas… pas encore.

— J'attendrai, répondit-elle simplement, arborant un petit sourire.

Anthony hocha la tête.

— J'essaierai de ne pas prendre trop de temps.

— Quel que soit le temps que cela prendra, je n'irai nulle part, affirma Jane, avant de faire demi-tour et de récupérer ses accessoires. Tu sais où me trouver.

Puis elle s'en alla.

Anthony respira profondément en tremblant. Il tourna le regard vers le buffet, mais ne bougea pas. Le calme qu'elle lui avait apporté persistait.

Il commença à ranger la pièce, replaçant les objets qu'il avait renversés et les rangeant proprement. Lorsqu'il eut terminé, il s'assit à son bureau et sortit un morceau de parchemin.

Il réfléchit quelques instants en encrant sa plume. Puis il écrivit à sa sœur, pour lui dire tout ce qu'elle devait savoir. Il aurait été bien mieux de le lui raconter en personne. Mieux encore, il aurait dû le faire depuis bien longtemps. Sarah méritait la vérité, et Jane avait raison : elle était forte. Bien plus forte que lui.

À mesure que sa plume grattait la page, ses sentiments s'apaisaient. Après le dernier mot, il s'adossa à son fauteuil, se sentant mieux qu'il ne l'avait été depuis longtemps.

Il n'était pas guéri, bien loin de là, mais, pour la première fois, il imaginait que c'était possible.

CHAPITRE 17

*L*e soleil chauffait les épaules de Jane, assise dans le jardin. Une limonade et une pile de correspondance se trouvaient sur une petite table à sa gauche. Elle observait Jonquille et Fougère qui chassaient les insectes et donnaient des tapes sur les fleurs, mais même leurs pitreries ne parvenaient pas à lui remonter le moral.

Une semaine s'était écoulée depuis le mariage manqué d'Anne, et depuis qu'elle avait vu Anthony. Il n'avait pas précisé de combien de temps il avait besoin, et même si elle ne voulait pas le brusquer, plus il tardait, plus elle s'inquiétait.

Allait-il bien ? Avait-il replongé dans une spirale de dégoût de lui-même ? Était-il seulement à Londres ?

Personne ne l'avait vu : les gens l'avaient remarqué. La bonne société était en effervescence à la suite des événements du mariage d'Anne : les révélations d'Anthony, l'arrestation de Chamberlain, la vieille rumeur sur Jane.

En fait, la jeune femme avait reçu plusieurs messages de soutien à ce sujet. Seuls quelques-uns contenaient de vraies excuses, et un peu plus étaient des invitations. Pourtant, elle se demandait si ces dernières étaient dues à la conscience du fait qu'elle avait été victime d'une fausse rumeur ou si c'était parce que lady Satterfield avait clairement annoncé qu'elle la soutenait. Elle lui avait rendu visite le lendemain du mariage et l'avait invitée à faire de même, conseil que Jane avait suivi deux jours plus tôt.

Après l'arrestation de Chamberlain, plusieurs autres personnes s'étaient manifestées pour dire qu'il leur avait également soutiré de l'argent au fil des ans. Apparemment, il allait être déporté en Australie pour ses crimes. Jane trouvait la sentence appropriée.

Quant à Anthony, il lui manquait atrocement. Elle devait faire appel à toutes ses forces pour ne pas se rendre chez lui, ne serait-ce que pour s'enquérir de son bien-être. Elle n'avait même pas envoyé de message.

Oh ! Elle en avait écrit plusieurs. Ils étaient empilés sur son bureau, dans le salon situé à l'extérieur de sa chambre à coucher. Peut-être en enverrait-elle un aujourd'hui.

Jonquille bondit après un papillon et se heurta à sa sœur, qui avait fait de même. Les petites tombèrent au sol et roulèrent l'une sur l'autre, insouciantes et joueuses. Jane ne put s'empêcher de rire.

— C'est le son le plus doux que j'aie jamais entendu.

La jeune femme se tourna vers la maison. Anthony se tenait nonchalamment appuyé contre le chambranle de la porte menant à la salle jardin. Il était exceptionnellement beau avec sa cravate blanche impeccable et un gilet d'un vert profond. Sa veste bleu marine et son pantalon chamois épousaient sa silhouette familière. Elle faillit soupirer de désir.

— Depuis combien de temps es-tu là ? s'enquit Jane.

Il s'éloigna du cadre de la porte et s'approcha d'elle.

— Trop longtemps, sans doute. Je ne pouvais pas résister à cette vue.

Il s'assit sur la chaise en face d'elle à la table et but une gorgée du verre de limonade de Jane.

— Ce n'est que de la limonade, le prévint-elle.

Anthony lui adressa un regard ironique.

— Tant mieux.

Les chatons accoururent pour le saluer, et il rit en les voyant.

— Quelqu'un vous a-t-il prévenues que vous n'étiez pas des chiens ? demanda-t-il, puis il leva les yeux vers Jane. As-tu déjà vu des chats se précipiter pour accueillir quelqu'un ?

Elle secoua la tête, submergée par la joie de voir à quel point il avait l'air en forme, à quel point elle était heureuse de le voir.

— Non. Mais elles l'ont toujours fait avec toi. Tu es spécial.

Elle retint son souffle, s'attendant à ce qu'il réponde que ce n'était pas le cas. Il se pencha pour les gratter derrière les oreilles.

— J'en ai l'impression, murmura-t-il.

— Tu as l'air en forme, affirma Jane en le dévorant des yeux.

— Je me sens bien. Aussi bien que quand je suis resté ici avec toi, expliqua Anthony, laissant les chats s'ébattre à nouveau. C'était la meilleure semaine de ma vie.

Son regard croisa celui de Jane, et le cœur de la jeune femme manqua un battement. Elle se rendit alors compte de ce qu'il avait dit.

— Mais, je n'étais pas avec toi la semaine dernière.

— Non, et j'en suis heureux. Ce n'était pas très joli à voir, et pas seulement parce que j'ai totalement arrêté de boire de l'alcool, car je l'ai fait aussi quand j'étais avec toi.

— Alors pourquoi ?

— J'ai autorisé mon esprit à aller où il le voulait, je me suis donné le droit d'être en colère, d'être triste, de faire mon deuil, raconta-t-il avant de grimacer. J'aimerais pouvoir dire que j'en ai fini.

— Je ne m'attendais pas à ce que ce soit le cas.

— Eh bien, cela fait un an. Ou presque, ajouta-t-il doucement.

— Une année où tu as mis tes sentiments de côté. Il n'y a pas de limite de temps pour le chagrin ou pour la guérison, dit Jane, se sentant mal d'avoir été si impatiente qu'il vienne la voir.

Mais elle était aussi heureuse qu'il soit enfin là.

— Oui, et je veux me montrer honnête avec toi. J'ai essayé de l'être, mais c'est difficile quand on n'est même pas honnête avec soi-même, dit-il, avant d'arborer un sourire qui illumina tout le monde de Jane.

Il s'estompa toutefois avant qu'il ajoute :

— Je ne m'aime toujours pas beaucoup.

— Oh, Anthony ! s'exclama-t-elle en se levant pour s'approcher de sa chaise. Je t'aime assez pour nous deux.

Le jeune homme rit, puis lui prit la main et l'attira sur ses genoux.

— C'est la meilleure des nouvelles, car je t'aime énormément.

Il se pencha en avant, entoura sa taille de ses bras et l'embrassa, ses lèvres si douces et familières contre les siennes.

Jane passa les bras autour de son cou.

— Je t'aime aussi.

Il s'écarta pour la regarder dans les yeux.

— Assez pour m'épouser ?

La jeune femme en eut le souffle coupé. Elle avait espéré qu'ils y viendraient un jour ou l'autre. Elle n'aurait jamais imaginé qu'il lui demanderait si tôt.

— Tu en es sûr ? s'enquit-elle.

Elle le voulait plus que tout, mais elle ne voulait pas le pousser trop loin, trop vite.

— Je n'ai jamais été plus sûr de quoi que ce soit dans ma vie. Je suis encore en train de guérir, mais je parie que je ferai encore plus de progrès si la meilleure infirmière de Londres est à mes côtés.

Elle éclata de rire et ne put s'empêcher de sourire.

— Je ne suis pas la meilleure infirmière de Londres !

Anthony redevint sérieux.

— Tu m'as apporté ton aide et ton soutien au moment où j'en avais le plus besoin, physiquement, mentalement et émotionnellement. Je serais perdu sans toi. J'en suis convaincu. Si tu as la patience de continuer à subir ma folie, je serai honoré de faire de toi ma femme.

— Il se trouve que c'est le cas, confirma Jane, posant les mains sur ses joues, le cœur débordant d'amour. Et tu n'es pas fou.

— Je suis fou de toi, répondit-il avec un clin d'œil. Oh ! Parfait, cela fonctionne encore !

Elle l'embrassa avec un enthousiasme débordant, entortillant ses doigts dans ses cheveux.

— Hum.

Ils se séparèrent et Anthony la souleva en se levant de sa chaise. Le marquis de Ripley se tenait dans l'embrasure de la salle jardin.

— Je craignais que vous ne poursuiviez si je ne vous interrompais pas.

Anthony sourit.

— Tu avais sans doute raison, répondit-il en se tournant vers Jane pour lui prendre les mains. Juste pour confirmer… tu consens à devenir ma femme ?

Elle s'accrocha fermement à lui.

— Oui. Oui. *Oui !*

— Oh ! Parfait. Si tu es d'accord, nous pouvons nous marier tout de suite.

Anthony fit un signe de tête à Ripley, qui conduisit un

cortège de personnes dans le jardin : Phoebe, Anne, le major-dome d'Anthony et un autre gentleman, ainsi que toute la maisonnée de Jane.

— Comment ? demanda Jane, incapable d'articuler un autre mot.

— Permis spécial, mon amour, lui répondit Anthony. Et avec beaucoup d'aide. Il s'avère que lorsque tu en demandes aux gens, ils sont ravis de te l'apporter.

Jane avait l'impression que son cœur allait exploser de joie. Phoebe lui offrit un petit bouquet de fleurs et la serra dans ses bras.

— Tu étais au courant ? voulut savoir Jane.

Phoebe hocha la tête.

— J'ai trouvé que c'était une idée brillante.

Jane le pensait aussi. Elle n'arrivait pas à y croire. Anne se joignit à sa sœur.

— Je serai ton témoin, à moins que tu ne préfères lady Ripley.

— Non ! s'exclama Jane en serrant fort sa sœur dans ses bras. Je suis tellement contente que tu sois là !

Elle recula, puis se décida à poser la question à laquelle elle n'était pas certaine de vouloir une réponse.

— Maman et papa sont-ils au courant ?

Anne secoua la tête.

— Je ne voulais pas leur donner la satisfaction de l'apprendre avant que ce soit fait. Je voulais être sûre que tu allais dire oui ! ajouta-t-elle en chuchotant.

Jane sourit et hocha la tête.

— Merci. Tu leur diras ?

— Quand je rentrerai à la maison. Ils pensent que je fais des courses avec Mme Hammond.

Anne se tourna vers la maison, où ladite femme se tenait dans l'embrasure de la salle jardin. Elle sourit et lui adressa un signe de la main.

— Venez vous joindre à nous ! l'invita Jane avant de reporter son attention sur sa sœur. Maman et papa ont-ils toujours l'intention de quitter Londres ?

Anne avait envoyé un mot à Jane à ce sujet l'autre jour.

— Oui. Mais je ne pars pas avec eux. Je préférerais m'installer chez ma sœur, lady Colton.

— Oh oui ! s'exclama Jane, l'étreignant à nouveau. Bien sûr que tu peux !

Anthony vint les interrompre, posant son regard sur Jane.

— Le pasteur est prêt.

Il offrit son bras à Jane et ils marchèrent jusqu'au centre du jardin où se tenait l'officiant.

Anne les rejoignit, se tenant auprès de Jane, et Ripley alla se placer aux côtés d'Anthony.

— Je suis très heureux de marier au moins une Mlle Pemberton aujourd'hui, déclara le pasteur avec un sourire, faisant clairement référence au mariage qui n'avait pas eu lieu la semaine précédente.

— Pas autant que moi !

Jane lança un regard rayonnant à son futur mari lorsque l'officiant commença la cérémonie.

Ensuite, en présence des gens qu'elle aimait le plus, avec des chatons qui gambadaient autour des pieds du pasteur, tous les rêves de Jane se réalisèrent.

ÉPILOGUE

Sarah Havers, comtesse de Ware, déposa les bleuets sur le sol entre les tombes de leurs parents, puis se recula pour rejoindre Anthony. Leurs bras se touchèrent et ils baissèrent les yeux ensemble.

— Je suis heureuse que tu aies décidé de venir, dit Sarah d'une voix douce.

Anthony jeta un regard à sa sœur.

— Eh bien, tu n'arrêtais pas de me le demander !

Elle sourit.

— Quand tu as épousé Jane, tu as dû te rendre compte que rien ne nous arrêterait, toutes les deux.

Il éclata de rire.

— C'est vrai. Mais je t'avais *déjà* dit que je viendrais avant notre mariage.

— Je suppose que c'est vrai. Je suis simplement navrée d'avoir manqué la cérémonie.

Anthony se tourna vers sa sœur.

— Je sais, mais nous avons convenu qu'il n'y aurait plus de regrets. En fait, il me semble que c'est toi qui as insisté pour ça.

Sarah lui fit face, ses yeux bleus familiers emplis d'amour.

— Oui. Quand je pense à tout ce que tu as enduré… *seul*, remarqua-t-elle, secouant la tête.

Après lui avoir envoyé la lettre décrivant ses échecs, elle lui avait répondu en lui enjoignant avec véhémence d'arrêter de s'en vouloir. C'était une réponse à laquelle il ne s'était pas attendu, et il lui avait fallu du temps pour avoir l'impression de la mériter. Heureusement, Jane l'avait aidé.

— Je ne suis plus seul.

— Tu ne l'as jamais été ! s'exclama-t-elle, lui donnant une tape sur le bras. Les hommes sont tellement frustrants !

Anthony sourit à sa sœur.

— Nous pouvons l'être, oui.

Sarah se tourna à nouveau vers les pierres tombales de leurs parents.

— Ils seraient fiers de toi.

— Je passerai chaque jour de mon existence à m'assurer que ce soit vrai.

— Maman serait absolument *enchantée* de savoir que tu as épousé Jane. Elle l'a toujours aimée.

— Maman aurait été enchantée que j'épouse même un buisson !

Sarah éclata de rire.

— Peut-être. Toutefois, je suis heureuse que ce soit Jane : elle a une très bonne influence sur toi.

— Elle est tout pour moi.

C'était une vérité simple, imparable. Elle était la raison pour laquelle il se levait chaque jour, l'amour de sa vie, et l'air qu'il respirait.

Après avoir jeté un dernier regard aux tombes, ils repartirent vers la maison. Sarah glissa son bras sous celui d'Anthony.

— Comment se passe la cohabitation avec la sœur de Jane ?

— Très bien. Elle est très occupée par le projet de la Société des Femmes de tête.

— L'hospice réservé aux femmes ? C'est une entreprise merveilleuse. J'ai hâte de leur apporter mon aide. Je vais leur apprendre à coudre, et, si elles le souhaitent, à faire des chapeaux.

— Tu vas le faire toi-même ? s'enquit Anthony.

— Quand je le pourrai.

— Tu es une femme exceptionnellement entreprenante, remarqua-t-il.

Épouse, mère, propriétaire d'une boutique de chapellerie à Londres. Il se rendit compte qu'il s'était beaucoup désinté-ressé d'elle l'année passée. Mais c'en était terminé. Il avait déjà assisté à deux commissions à la Chambre des lords et se réjouissait de reprendre le travail à la rentrée parlementaire.

Ils retournèrent à la maison, où Jane tenait Marianne dans ses bras. Felix les rejoignit à la porte et embrassa la joue de sa femme.

— Elle s'est réveillée ?

Sarah alla prendre sa fille des bras de Jane.

— Oui, mais elle est de très bonne humeur, répondit celle-ci, souriant en rendant sa nièce à sa belle-sœur.

Sa nièce. Anthony aimait que Jane fasse désormais partie de sa famille. Il regarda Felix, son plus vieil et plus cher ami, qui contemplait sa femme et son enfant avec une telle adora-tion que la plupart des gentlemen de Londres auraient levé les yeux au ciel.

— Jamais je ne t'aurais imaginé en père amoureux, le taquina Anthony.

— Oui, eh bien, je n'aurais pas non plus imaginé que tu serais une telle plaie pour moi pendant plus d'un an ! répliqua Felix avec un regard ironique.

Anthony savait qu'il plaisantait. La veille, Felix l'avait

accueilli avec une telle affection qu'il avait failli en pleurer.
Mais, d'un autre côté, ils partageaient un lien presque fraternel,
et Felix avait connu les parents de son ami presque aussi bien
qu'Anthony. C'était un lien que ce dernier chérirait à jamais.

— Mais c'est presque terminé, n'est-ce pas ? l'interrogea
Felix.

Anthony n'en était pas si sûr, mais les choses s'amélio-
raient de jour en jour.

— Il reste quelques points sensibles, mais, dans l'ensemble, c'est bien mieux.

Il avait commencé à faire des cauchemars de temps en
temps. Il réveillait Jane en se débattant et en criant, et elle
l'apaisait chaque fois, le berçant jusqu'à ce qu'il comprenne
que tout allait bien, que tout irait bien.

Son regard se posa sur cette femme qui était la sienne
depuis presque deux mois, et son cœur faillit éclater de fierté
et d'amour. Il ignorait toujours comment il s'était retrouvé
sur le pas de sa porte ce matin-là, mais il en serait éternellement reconnaissant.

Comme si elle sentait son attention sur elle, Jane le
regarda, plissant légèrement les yeux tandis qu'un sourire
discret étirait ses lèvres. Il en eut le souffle coupé : il était
l'homme le plus chanceux du monde pour qu'elle le regarde
ainsi.

Plus tard ce soir-là, alors qu'ils se mettaient au lit,
Anthony ne flancha pas comme il l'avait fait la veille. Cela
avait été la chambre de ses parents, et il n'était pas sûr de
pouvoir y dormir. Mais Jane l'avait serré dans ses bras, et
l'avait tenu jusqu'à ce qu'il s'abandonne à un sommeil sans
rêves.

Ce soir, cependant, il avait d'autres projets.

Dès qu'elle fut sous la couverture, il roula sur elle et l'embrassa à pleine bouche. Elle plongea les mains dans ses

cheveux, l'embrassant en retour, et elle se souleva du lit pour plaquer ses seins contre son torse.

Anthony remonta la chemise de nuit de Jane jusqu'à sa taille.

— Pourquoi portes-tu cela ?

— Je n'étais pas sûre que tu voulais…

Il l'embrassa encore.

— J'en ai envie.

Elle remua les hanches.

— Tant mieux, parce que j'en ai envie aussi.

Ensemble, ils se débarrassèrent du vêtement et Jane l'attira à elle pour un nouveau baiser. Quelques instants plus tard, il léchait sa gorge pendant qu'elle s'agrippait à sa tête.

— Sarah m'a assuré que nous pourrions le faire sans souci pendant que je porte un bébé.

Anthony se figea juste avant d'aspirer son mamelon dans sa bouche. Il leva les yeux vers elle.

— Tu es enceinte ?

— Je crois que oui. Je n'ai pas eu mes règles depuis… Eh bien, depuis que tu as séjourné chez moi. Je pense à ce jour, chez toi, quand nous nous sommes laissés emporter et que tu n'as pas…

Il s'empara à nouveau de sa bouche, submergé de joie. Il la regarda encore, éprouvant plus de bonheur qu'il ne l'aurait cru possible. Avant que les ténèbres l'envahissent.

Elle posa la main sur sa mâchoire.

— Qu'y a-t-il ?

— Et si j'étais un mauvais père ?

— Tu ne le seras pas. Il suffit de te regarder avec les chatons. Oh ! Comme ils me manquent !

— Tu crois que parce que Jonquille et Fougère m'adorent, je serai un bon père ? demanda-t-il, laissant échapper un doux rire. Les chatons ne sont pas des enfants.

Elle rit à son tour, lui caressant le visage.

— Non. Mais tu es sensible, gentil et absolument charmant. De plus, tu me donnes l'impression d'être la personne la plus merveilleuse au monde. Je n'ai aucun doute sur le fait que tu feras en sorte que notre enfant ressente la même chose.

Anthony recommença à l'embrasser, la fit descendre sur le matelas et s'installa entre ses jambes. Elle s'enroula autour de lui, l'accueillant en elle, et, pendant un certain temps, il se perdit dans un bonheur absolu.

Plus tard, quand il roula sur le côté, il l'attira à lui. Elle se blottit contre son torse qu'elle caressa.

— Pourquoi es-tu tombée amoureuse de moi ? Je t'avais expressément dit que je n'allais pas t'aimer.

— Ou m'épouser. Et regarde-nous maintenant, répondit-elle, faisant le tour de son mamelon avec le bout de son doigt. C'était quand tu es venu chez moi. En fait, je crois que c'est quand les chatons ont décidé que c'était toi qu'ils préféraient.

— Tu étais jalouse ?

Jane éclata de rire.

— Peut-être.

— Je ne vois pas comment tu pouvais m'aimer à cette époque. Je n'en étais pas digne. Et j'avais l'air atroce !

— Tu étais aussi incroyablement vulnérable. Et gentil. Et charmant. Je ne m'en rendais pas compte, mais je me sentais seule, et j'avais l'impression de ne pas être digne d'avoir des gens autour de moi. Tu m'as prouvé que j'avais tort.

Il se tourna face à elle.

— Tu es la femme la plus méritante que je connaisse. Je passerai ma vie à te le prouver.

Elle lui caressa le visage et approcha ses lèvres des siennes.

— Tu l'as déjà fait.

FIN

Ne manquez pas ma prochaine série *Régence, Les Insaisissables : Les Imposteurs*, avec lady Gresham et Beatrix Whitford, Anne Pemberton, Harry Sheffield, lord Rockbourne (oui !), et… le Vicaire ! Le premier livre, *Une capitulation secrète*, arrive bientôt !

Merci beaucoup d'avoir lu **Le Vicomte Blessé** ! J'espère que vous l'avez aimé ! Vous voulez en savoir plus sur certains des personnages de ce livre, comme Felix et Sarah, le comte et la comtesse de Ware ? Ou Marcus et Phoebe, le marquis et la marquise de Ripley ? Plongez-vous dans *Le Duc Boute-en-train* et *Le Marquis Charmeur* !

Si vous voulez savoir quand mon prochain livre sera disponible et être averti des ventes spéciales, inscrivez-vous à ma newsletter en anglais sur https://www.darcyburke.com/join ou en français https://darcyburkefrancais.com/newsletter/ et suivez-moi sur les réseaux sociaux :

Facebook: https://facebook.com/DarcyBurkeFans
Instagram darcyburkeauthor

Vous aimez les romans Régence ? Découvrez mes autres séries historiques :

Les Insaisissables : Les Imposteurs
Au cœur de l'univers captivant des *Insaisissables*, suivez la saga d'une fratrie de trois enfants qui excellent dans l'art d'être ce qu'ils ne sont pas. Un intrépide coureur de Bow

Street, un vicomte anéanti et une demoiselle de la société désabusée peuvent-ils dévoiler leurs secrets ?

Il y a de l'amour dans l'air

Des contes de Noël classiques réconfortants (écrits après la Régence !) revisités au temps de la Régence, mettant en scène un village chaleureux, une fratrie de trois enfants, et le plus beau des cadeaux : l'amour.

Le Club des ducs fringants

Six livres écrits avec ma meilleure amie, Erica Ridley, auteure de best-sellers du New York Times. Rencontrez les hommes inoubliables de la taverne la plus célèbre de Londres, *Le Duc fringant*. Beaux, attirants, charmants et pleins d'esprit, une nuit avec ces séducteurs et voyous ne sera jamais suffisante...

J'espère que vous accepterez de laisser un avis sur le site de votre boutique en ligne ou de votre réseau préféré ! J'aime tellement mes lecteurs. Merci beaucoup!

xo,

Darcy

DU MÊME AUTEUR

La Joie du duc

À PROPOS DE L'AUTEUR

Darcy Burke est l'auteure à succès USA Today de romance sexy, sentimentale historique et contemporaine. Darcy a écrit son premier livre à 11 ans, une fin heureuse entre un cygne accro à la magie et une femelle cygne qui l'aimait, avec des illustrations extrêmement pauvres.

Native de l'Oregon, Darcy vit en bordure des vignes avec son mari guitariste, une fille artiste d'un incroyable talent, et un fils débordant d'imagination qui écrira sans doute un jour mieux qu'elle (et peut-être dès demain). Ils forment une famille-à-chats un peu folle, avec deux bengals, un petit chat en quête de notoriété qui porte le nom d'un fruit, un vieux maine-coon rescapé plutôt arrogant, et une collection de chats du voisinage qui trainent sur la terrasse et entrent quelquefois. Vous trouverez Darcy au chai, dans son confor-table fauteuil d'écrivain avec son portable et un ou trois chats sur les genoux, en train de plier son linge (ce qu'elle adore), ou encore devant le télévision avec sa famille. Ses havres de bonheur sont Disneyland, le week-end du Labor Day au Gorge, Le Danemark et partout au Royaume-Uni – tant que sa famille y est aussi. Retrouvez Darcy en ligne à https://www.darcyburkefrancais.com et suivez-la sur ses réseaux sociaux.